복사뼈

Albertine Sarrazin

L'Astragale

복사뼈

알베르틴 사라쟁
이수진 옮김

미앤

일러두기

• 이 책은 Albertine Sarrazin의 소설 *L'Astragale* (Pauvert, 2013)을
옮긴 것이다.

• 주는 모두 옮긴이의 주이다.

차례

1장   7

2장   24

3장   43

4장   57

5장   68

6장   75

7장   90

8장   113

9장   122

10장   140

11장   155

12장   175

13장   187

14장   206

15장   221

알베르틴 사라쟁 소개   237

옮긴이의 말   244

편집 후기   247

1

하늘은 적어도 십 미터는 더 높아져 있었다. 나는 바닥에 앉아 있었고 급할 건 없었다. 충격으로 돌이 깨진 게 분명했다. 오른손으로 돌 더미를 더듬었다. 숨을 조금씩 내쉬자 침묵이 별들의 폭발음을 줄여주었고, 여전히 머릿속에서는 타닥 타닥 낙하물이 떨어지는 소리가 들렸다. 돌의 하얀 모서리들이 어둠 속에서 미약하게 빛났다. 내 손은 바닥을 벗어나 왼쪽 팔을 지나 어깨까지 올라갔고, 그런 다음 옆구리를 지나 골반으로 내려왔다. 모두 멀쩡했다. 나는 무사했다. 계속 갈 수 있다.

나는 자리에서 일어나 섰다. 별안간 코가 덤불로 곤두박질쳤다. 대자로 바닥에 누운 채로 방금 전 다리를 확인하는 걸 깜빡했다는 사실을 깨달았다. 밤을 뚫고 들어온, 내가 알고 있는 현명한 목소리들이 노래했다.

"조심해, 안. 그러다 발이 부러지는 수가 있어!"

나는 앉은 자세로 몸을 다시 탐색해나갔다. 낯설게 굵어진 발목 부근을 발견했다. 퉁퉁 부어올라 손가락으로 박동이 만져지는….

꾀병으로 의사 진료를 받으러 갔을 때, 나는 그가 내 몸에서 건드리지 못할 거라 생각되는 부위에서 고통이 느껴진다고 꾸며냈다. 그때 모범적인 보행자의 다리로 내 여동생들, 너희들의 침대 위로 허브티를 올려놓을 때, 나는 너희들의 소화 불량이 부러웠지…. 하지만 이제 그런 건 모두 끝났다. 이제 내 발이 부러졌으니 너희들이, 혹은 다른 이들이 나를 치료할 것이다.

고개를 들어 여전히 잠들어 있는 담벼락 위의 세상을 바라보았다. 얘들아. 내가 날았어! 나는 꼭 백 년처럼 길게 느껴졌던 찰나 동안 하늘을 날았고, 활공했으며, 선회했다. 그리고 저 위로부터, 너희들로부터 해방되어 이곳에 지금 앉아 있다.

오후까지만 해도 나는 아트로핀에 취해 있었다. 허벅지에 벤젠을 스스로 주사했다. 출소한 롤랑드가 나를 찾으러 돌아오기를 마냥 기다리고 싶지는 않았다. 그래서 병원으로 이송되기 위해 수를 썼던 것이다. 병원에서는 물건을 슬쩍하는 게 더 쉽고 날들이 더 빨리 흘러가니까.

"거기 너, 얼굴이 새파랗잖아!" 전날 밤 교도관이 내게 말했다.

"벽에 스쳤나 봐요." 뺨이 송장처럼 변해가는 걸 느낀 내가 작업복 등판을 보려 몸을 꺾으면서 대답했다. 막 식당 벽을 페인트칠하던 참이었다. 한쪽 벽은 노란색, 바로 옆의 한쪽 벽은 파란색, 다른 두 쪽은 초록색, 창턱은 햇살을 연상시키도록 주황색으로.

"그게 아니라, 안색이 창백하다고! 어디 안 좋은 거야?"

린덴 허브티의 첫 모금을 음미할 여유 같은 건 없었다. 문을 지나면 있는 담 반대쪽의 완만한 경사로를 따라 내려가지는 않을 거다. 나는 뛰어내리는 편을 택했다. 어쨌든 도로변에서 너무 멀지 않은 아래쪽에 내려와 있다. 도로까지는 가야 한다. 담벼락 근처에 있다가 사람들에게 다시 붙들려 가는 건 아니겠지?

롤랑드와 다시 만나기로 한 장소와 저녁은 아직 멀었다. 우선 걷기를 방해하는 이 혹을 도로변까지 끌고 가야 했다. 두 번, 세 번… 뒤꿈치를 바닥에 디뎌보려 노력했지만 벼락이 치며 다리를 관통하는 듯한 고통이 느껴졌다.

두 발의 쓸모가 사라진 탓에 나는 팔꿈치와 무릎으로 걸어갈 거다. 이십 미터 정도를 기어가다가 덤불을 마주하고는 방향을 돌려 돌길로 돌아왔다.

시간은 백 년은 더 지난 것 같은데 나는 아무것도 찾지 못했다.

발과 다리가 직각을 이룬 채로 발목은 단단히 굳어 있었다. 나는 무거운 짐을 나를 때처럼 발목을 수직 방향으로 들어 날랐다. 발목은 돌길을 지나며 덜컹거리고, 덤불에 할퀴였다. 흐릿한 밤이었다. 저 위에서 보낸 몇 개월의 시간 동안 나는 대로변에서 지근거리에 있는 덤불숲을 바라보며 그곳에서라면 눈을 감고도 길을 찾을 수 있을 거라 확신했었다. 그때의 계획은 아직 거기에까지 미치진 못했지만, 남을 뛰어내려

탈출하고 싶다는 유혹은 내 무의식 속에서 제 길을 가고 있었던 것이다. 교도관 주위로 꼭 달라붙은 여자애들 무리에 미소를 보내며 주머니 속으로 슬그머니 들어온 롤랑드의 손을 꼭 잡고 나는 돌길 아래로 폴짝 뛰어내렸고, 후후, 빈정거리는 웃음과 함께 정화된 마음으로 다시 몸을 일으키곤 했었다….

우리는 떨어지지 않는 발길로 다시 불빛이 비치는 곳으로 되돌아왔었다. 그 애의 손을 내 주머니 속에 넣어두고, 그 애의 주머니를 더듬어 옷감 아래서 관절 한두 마디를 찾아냈다. 롤랑드, 네 뼈가 움직이는 게 느껴져…. 외투 속에서 우리는 웃음을 터뜨렸고 조명이 환하게 켜진 건물은 다음 날까지 우리들의 꿈을 앗아가곤 했다.

나는 기어가고 있다. 팔꿈치는 흙투성이가 되었고 진흙 속에서 피를 흘리고 있다. 운 나쁘게 살갗을 파고든 덤불 가시들이 따끔거렸지만 계속해서 나아가야만 한다. 적어도 저기에 있는 저 불빛, 도로변에 다 왔음을 알려주는 저 집까지만이라도…. 불빛과 나 사이에는 철망이 있었고, 거기에 부딪친 나는 고꾸라졌다. 괜찮다. 등을 대고 누워서 눈을 감고, 팔에 힘을 뺐다…. 제길, 그들이 잠들어 있는 나를 주워 가겠군. 이 휴식의 대가로 굴복과 새로운 고통을 치러야 할 거다. 흙바닥으로 이동해서 거기서 쉬어야겠다. 어쩌면 벽이 뛰어내린 나를 뒤따라와 거기에 나를 묻어버릴지도 모른다.

나는 무릎뼈로 땅을 딛고 몸을 일으켜 철망을 에워갔다. 무릎, 팔꿈치, 무릎, 팔꿈치…. 괜찮아, 점점 익숙해지고 있었다. 처음부터 다시 시작하고 싶다. 이번에는 시간을 들여서,

멍청이처럼 냅다 뛰어내릴 게 아니라 담벼락에 난 돌을 붙잡고 따라 내려가다가 발 디딜 곳이 더는 없어질 때가 되어서야 손을 놓고, 풀이 두텁고 푹신하게 자라 있는 부드러운 곳을 찾아 그곳에 안착한다면….

그런 생각으로 전등이 켜진 건물을 지나, 풀숲을 헤치며 팔꿈치, 무릎, 다시 팔꿈치로 벽에 바싹 붙어 나아갔다…. 드디어 노란 선으로 구분이 된, 광택이 도는 도로가 나왔다. 인도에는 철판이 하나 서 있었다. 주유소 브랜드 광고판이었다. 나는 광고판 막대기에 매달렸다. 여기서 히치하이킹을 해야겠다…. 아냐. 파리는 반대쪽이니까 길을 건너자. 달군 쇠 같은 첫걸음과 젤라틴 같은 두 번째 걸음으로 나는 재빨리 노란선을 가로질렀다. 처음으로 지나가는 운전자가 나를 치게 해야지…. 바로 저기, 트럭이다. 트럭이 이쪽 방향으로 오고 있었다. 그가 나를 파리로 데려갈 것이다. 바퀴에 내 살점을 붙인 채로. 트럭의 커다란 노란색 눈을 똑바로 바라보았다. 트럭이 내게로 달려온다.

몇 미터를 남기고 트럭은 방향을 틀어 갓길에 멈춰 섰다. 브레이크가 내는 바람 소리, 차 문이 열리며 가까워지는 발소리가 들렸다. 나는 눈을 감은 채로 계속해서 누워 있었다.

이봐요, 아가씨!

망설임과 걱정이 담긴 손가락이 나를 건드리고, 살폈다.

나는 말했다.

"괜찮으시다면 저를 좀 데려가 주세요…. 부축해주세요. 다리가 부러진 것 같아요."

트럭 운전자는 나를 트럭 발판까지 부축했다. 발목을 어둠 속에 내려두고 나는 발판에 앉았다. 발목을 쳐다보긴 싫었다. 바로 옆의 가로등 불빛이 오른발을 비추었다. 흙투성이였다. 말라붙은 흙이 새카매진 발톱부터 무릎까지 두꺼운 수갑처럼 다리를 감싸고 있었고, 긁힌 상처에서 흘러내린 약간의 피가 줄무늬처럼 그어져 있었다. 주머니 속 두 주먹을 꽉 쥐고, 외투 속에서 나는 몸을 움츠렸다. 몸에 걸치고 있는 건 그게 다였다. 비로소 추위가 느껴졌다. 심장까지 얼릴 추위였다.

"담배 하나 주실래요?"

남자는 골루아즈 담배를 꺼내 불을 건넸다. 성냥불 속에서 나는 그의 얼굴을 볼 수 있었다. 야간 운전자들의 전형적인 얼굴이었다. 번들거리는 얼굴, 돋아나기 시작한 수염, 나를 빤히 보는 수척한 얼굴.

"무슨 일이 있었던 겁니까?"

"저는… 음, 그러니까. 지금까지는 괜찮아요. 이 근방을 잘 아세요?"

"매주 여길 세 번씩 오고 가니까, 잘 알죠."

나는 숲과 커다란 담벼락밖에 없는 진흙탕 속에서 유일한 길잡이가 되어주는 건물 불빛이 보이는 건너편을 가리켰다.

그럼 당신은 저 너머에 뭐가 있는지도 알겠네요….

"어… 그렇죠. 그러면 저기서 오신…?"

"네, 방금요. 아니, 한 삼십 분인가 한 시간밖에 안 됐어요…. 그러니 아직은 날 찾고 있지 않을 거예요. 부탁해요. 제발 저를 파리로 데려가 주세요. 저 때문에 곤란해질 일은 없을 거예요. 약속해요. 파리에만 내려주시면 거기서부터는 알아서 할게요."

남자는 오랫동안 곰곰이 생각한 뒤에 말했다.

"저도 도와드리고는 싶은데… 이해해줘요. 당신 다리가 그 지경이잖아요."

"그래도… 파리까지만 부탁드릴게요. 아저씨, 더는 부탁 안 해요. 무슨 일이 있어도 당신에 대해서 언급할 일은 없을 거예요. 믿어주세요."

"당신의 말은 믿어요. 하지만 빠져나갈 순 없을 거예요. '그들'에게는 우리에게 없는 수단과 방법이 있으니까요. 내겐 아내와 자식들이 있어요. 전 못 해요."

나는 두 손으로 발목을 붙잡아 자리에서 일어나기 위해 발바닥을 땅에 디뎠다.

"그래요. 그럼 이만 가세요. 하나만 부탁드려요. 이다음 마을에 가서 '그들'에게 신고만 하지 마세요. 절 만난 건 잊어버려요. 그냥…."

나는 "그냥 넘어가 달라"라고 말하려 했지만, 그 말이 얼마나 우스운지 깨달았다. 그가 내게 허락해준 담배의 맛과 십 분의 시간이 끝이 났다.

"잡아요." 그가 내게 말했다.

"차를 얻어 탈 수 있게 도와줄 수는 있어요. 어쩌면 누군가에게 당신을 태워 달라고 부탁하는 것쯤은 할 수 있죠…. 내가 잘 말해볼게요."

그러든지 말든지 나는 그저 이 다리를 잘라버리고 푹 자고만 싶었다. 다리가 새로 돋아나고 누군가 이 꿈에서 내가 웃으며 깰 수 있게 해줄 때까지. 얼마 전 시느는 내게 편지를 보냈다. "악몽을 꿨어. 네가 아주 높은 곳에서 심하게 떨어지는 꿈이었어. 네 두 귀에서 피가 흘러내리고, 내가 할 수 있는 거라곤 그저 우는 것뿐이었지…. 잠에서 깨서 네 사진을 보고, 안도의 한숨을 내쉬었어. 진짜가 아니었구나. 매일 아침 커다란 우유 냄비를 들고 반짝반짝한 모습으로 주방으로 달려가던 너를 다시 볼 수 있을 거라 생각하니…."

그 편지를 읽으며 롤랑드와 얼마나 웃었던지! 작년에 사귄 친구였던 시느는 여전히 날 위해서라면 뭐든 할 기세였다. 담담하고 관대한 소녀가 거의 매일 내게 가져다주었던 반 접힌 촘촘한 지폐 다발이 끊기고부터 나는 저를 이미 잊었는데도 말이다… 시느! 나는 시느의 확신, 독점욕으로 점철된 신뢰, 내게 남겨놨다고 믿는 저의 흔적, 엄마 같은 과보호가 지긋지긋했다. 언니이자 어린애였던 시느.

시느를 만난 건 기차에서였다. 남녀가 둘로 나뉘어 같은 객차를 나눠 썼다. 남자들은 노래를 불렀고, 여자들은 침묵하거나 눈물을 흘렸다. 나는 창가에 몸을 꼭 붙이고 앉아서 멀어지는 파리의 모습을 바라보았다. 더러운 유리창, 빗물, 그리고 내 눈물, 세 겹의 층 속에서 파리의 모습이 희뿌옇게 변해갔다.

울면 안 돼!

나는 최대한 소리를 죽여 콧물을 들이켰고, 손가락으로 눈물을 훔쳤고, 누군가의 목소리에 고개를 돌렸다. 검은 올리브

색 눈동자, 낮게 틀어 올린 갈색 머리를 한, 삼십 대로 보이는 여자가 옆자리에 앉아 있었다. 목소리만큼이나 보기 좋은 미소였다. 눈물을 그치고 나니 얼굴이 더 선명하게 보였다. 부드러운 스카프부터 슬리퍼를 신은 발까지. 나는 몸을 약간 기울여 좌석 아래에 있는 적당한 높이의 검은 하이힐을 보았다. 세련된 스타일…. 나는 물었다.

"오래?…"

"오래됐냐고, 아니면 오래 있을 예정이냐고?"

"오래 있을 예정이냐고요. 다른 건 관심 없어요."

"오, 왜? 비밀도 아닌데. 7년 형 받았어."

"나도 마찬가지예요…. 이제 5년 남았죠. 당신은요?"

"얼마나 남았는지는 아무도 몰라. 사면도 있고, 가석방도 있으니까…."

"참나", 내가 말했다. "그런 말들은 다 허풍이에요. 내가 운 건, 파리를 5년이나 떠나 있어야 한다는 사실을 납득해서예요. 봐요, 이제 뚝 그쳤죠. 저기 쉬지 않고 노래 부르는 저 남자들도 마찬가지예요! 도중에 다 내려버리면 좋겠어요."

우리는 서로 이름과 나이를 밝혔다.

"미성년자라니! 대체 어쩌다가…." 프랑시느가 말했다.

"미성년이라 죄송하네요! 그래도 형벌로도, 정신적으로도, 난 완전히 성년이에요. 전 2년 형을 예상했는데 재판부에서 많이 봐줘서 거기에 5년을 더한 게 그 증거죠. 제가 어린 건 맞는데, 앞으로 가게 될 곳에서는 모두가 어리다고요. 소년교도소*에는 서른이나 서른다섯 이하만 가나 봐요."

아침 동안 풍경은 바뀌고, 껍질이 벗겨지고, 이내 사라졌다. 우리는 북쪽으로 '올라가고' 있었다. 정오 무렵에 기차가 마침내 멈췄다. 나는 늘 신발을 벗어버리고 싶어 했는데, 교도소 슬리퍼를 끌고 다니고부터는 하이힐을 신던 버릇이 사라져서 슬리퍼를 벗어버릴 생각은 하지 않게 되었다.

"샌들 똑바로 신어!"

나는 2년간 그 소리를 들어왔다. "눈 밑에 그 검은 거 지워", "얼른 가서 작업복 입어. 셔츠 안에는 아무것도 입지 마. 아니, 그거 깨끗한 거라고 했잖아"와 같은 말들도 함께였다. 이제 사람들은 내게 뭐라 소리를 지를 것인가?

"도와드릴까요?"

사람들은 더는 내게 명령하지 않았고, 제안했다. 그들의 말은 짖는 소리가 아니라 듣기 좋은 소리를 냈다. 우리 그룹은 승강장에 집결했고, 미소 띤 천사 같은 여자들은 우리가 짐 가방, 끈이 제대로 묶이지 않은 소포, 잡다하지만 없어서는 안 될 물건들로 가득한 그물 가방을 드는 걸 도왔다.

"우리 계속 옆자리에 앉을까?" 프랑시느가 물었다.

그 뒤로 다른 신호들, 다른 우연들이 겹치며 우리는 더욱더 가까워졌다. 우리는 같은 그룹에 속했고, 규정상의 3개월 격리 기간 동안 같은 교도관이 우리를 찾아왔다. 개인 산책 시간에는 안뜰 담벼락 위에서 수다를 떨었고, 설거지나 청소 같

---

*   실제로 작가가 가게 됐던 둘랑(Doullens) 교정 시설은 미성년 여성 경범죄자들을 위한 교정 교육 시설이었다.

은 노동을 할 때도 함께였다. 같은 그룹 내에서 두 명씩 짝을 지어 다녔고, 시느와 나는 다른 애들과 교대로 일을 했다.

3개월이 지난 뒤에 우리는 그룹에 합류할 것이었다. 너무 먼 미래처럼 느껴지는 석방의 날보다, 우리는 이날에 대해 더 열성적으로 이야기를 나눴다. 건물 안에 갇힌, 풀 먹인 옷을 입은 그룹의 투명함과 청결함 속에서 우리는 과거를 잊고 일종의 '새로운 인생'을 꿈꿨다…. 다시 말하자면 젊은 수감자들, 기독교 신자들, 입을 모아 노래하는 천사들의 합창을 말이다.

시느, 왜 그 다행인 계획들 뒤로 저주받은 현실이 뒤따라와야만 했던 걸까? 너는 왜 내가 나만의 작은 내적 변화를 겪도록 내버려두지 않고 흙탕물을 튀기려 했던 걸까? 나는 도박을 했고, 시도했고, 포기했었다. 내 청춘과 지루함을 달랠 만한 것이 딱히 없었기 때문이었다. 너도 그걸 알았지. 우리는 밤이면 창살이 없는 우리들의 방(그땐 '감방'이라고 부르는 게 금지였다) 창문에 기대어 함께 웃었고, 너는 이따금 내게 꾸중했지…. 그런 네게 내가 품었던 건 우정뿐이었지만 너는 사랑으로 날 숨 막히게 하려 했어. 너는 내게 네 감정들을 이식하고, 네 마음의 끄트머리를 내게 꿰매어 달 수 있을 거라 믿었었지….

어쨌든, 시느는 저 위에서 잠을 자고 있었고, 시느의 꿈은 형체를 갖추기 시작했다. 이를테면 '내 귀'에서 피가 줄줄 흘러내리고, 더는 걸을 수 없게 되었으니 나는 시느나 롤랑드, 혹은 다른 누구와도 함께 산책할 수 없을 이 도로변에서 친친히 죽어갈 것이다. 트럭 발판에 앉은 채로, 나는 눕거나 영원한 죽음을 맞이하는 것과 같은 최후만을 그릴 수 있었다.

"이 시간대에는 차가 다니지 않아요." 되돌아온 트럭 운전자가 말했다. "괜찮아요?"

"아까 전보다 더 나쁘지도 않아요. 이만 가세요. 이미 저 때문에 꽤나 지체했잖아요. 이러나저러나 사람들이 곧 절 찾으러 올 거예요…."

그때, 밤의 배경 속에서 엔진 소리가 불쑥 들렸다. 한 남자가 튀어나온 것이었다. 전조등 불빛에 잘려 나간 남자의 형체가 커다란 몸짓을 해대고 있었다. 요즘 차들이 얼마나 빠르게 다니는데! 저러다 치이겠어…. 나는 트럭 그림자 속으로 몸을 숨기며 눈을 감았다. 차량이 멈추었고, 문이 열리면서 발소리와 목소리가 가까워졌다. 눈꺼풀 틈새로 말을 건네는 트럭 운전자 앞에 서 있는 남자가 보였다. 트럭 운전자는 담벼락과 나를 번갈아 가리켰다…. 가로등을 등지고 서 있는 남자는 옷깃을 세우고 주머니에 두 손을 찔러 넣고 있었고, 그림자는 진하고 선명했다. 그들은 아주 가까이서 이야기하고 있었지만 그들의 말을 거의 알아들을 수 없었다. 솜처럼 두껍고 유리처럼 반투명한 안개가 그들과 나 사이를 가로막고 있었고, 나는 잠에 빠져들 듯 그 속으로 조금씩 빠져들고 있었다.

"발 좀 보여줄래요?" 형체가 내게 말했다.

움직임이 둔해진 무릎은 발판 아래로 다리를 내려놓지 못했다. 두 손으로 종아리를 잡아당겨 무릎을 보조해야 했다. 그런 다음, 나는 기계적으로 뒤꿈치를 바닥에 대고 몸을 일으

컸고, 끔찍하고 절망적인 고통에 온몸에 힘이 풀리며 내 발이 다시 어둠과 진흙 속으로 쓰러지도록 내버려둘 수밖에 없었다.

남자는 내 앞에서 몸을 구부려 손전등 불빛을 비추었다. 윤기가 흐르는 금색 머리카락과 분홍색으로 물든 귀와 손이 보였다. 다시 몸을 일으킨 그는 손전등을 끄고, 트럭 운전자와 함께 자신의 차량 쪽으로 멀어졌다. 그가 떠나든 말든 상관없었다. 대화에 귀를 기울이고 신경 쓰기를 멈췄다. 그다음부터는 일이 순식간에 흘러갔다.

한쪽 팔이 내 어깨 위를 둘렀고, 다른 쪽 팔이 내 무릎 아래로 미끄러져 들어왔다. 나는 들어 올려졌고, 옮겨졌다. 내 얼굴로 바짝 다가온 방금 전 나타난 남자의 얼굴이 하늘과 나뭇가지 사이를 헤치며 드러났다. 그는 나를 단단하고 부드럽게 안아 들었고, 그의 품 안에서 나는 진흙탕을 벗어나 하늘과 땅 사이에 떠서 걸었다. 남자는 샛길로 들어가 몇 미터를 더 이동하고는 나를 바닥에 조심스레 내려놓았다. 어둠에 익숙해진 눈은 커다란 나무와 덤불, 웅덩이를 알아보았다.

"아무한테도 당신 이야기를 해서는 안 돼요. 그리고 무엇보다 움직이지 말아요." 남자는 그렇게 말하고 몸을 일으켰다. "내가 다시 당신을 찾으러 올게요. 그러니 기다려요. 시간이 얼마가 걸리든 여기서 기다려요."

그리고 그는 멀어졌다. 얼마간의 시간이 지나자 트럭과 차량의 엔진 소리가 들리고 전조등 불빛이 서로 스치더니 온통 조용해졌다. 아무도 없는 새카만 밤.

나는 움직이지 않았다. 고통이 조금 가시면 도로변으로 조금 더 가까이 갈 생각이었다. 샛길 안으로 너무 깊숙이 들어와 있어서 남자가 나를 다시 찾지 못할지도 몰랐다. 몇 미터 떨어진 반대쪽 나무 몇 그루를 기준으로 삼았다. 시간은 있었다. 사십 킬로미터 떨어진 곳에 가장 가까운 마을이 있었다. 사십 킬로 갔다가, 다시 사십 킬로를 되돌아온다면…. 그의 차량에는 사람들이 타고 있었다. 그렇게 말하는 것을 들었다. 어쩌면 남자는 승객을 내려주고 다시 돌아오려는지도 모른다. "아무한테도 당신 이야기를 해서는 안 돼요…." 나는 나무뿌리 쪽을 향해 미소를 지었다. 이제 나는 완전히 누운 채였다. 풀 속에서 땀을 흘렸더니 조금씩 몸이 으슬으슬해졌다. 몸의 반대편 끝에 달린 발목은 심장이 박동할 때마다 격렬한 웃음을 터뜨리며 거세게 뛰고 있었다. 아직 박자가 맞지 않는, 나머지 몸에 무질서하게 반응하는 새로운 심장이 다리에 돋아난 것만 같았다. 머리 위로는 검은 나뭇가지들이 얼어붙은 하늘 속에 꽁꽁 얼어 있었고, 도로에는 자동차들이 쌩쌩 지나가고 멀어졌다. 속도를 줄이거나 내게로 방향을 돌리는 차는 없었다. 남자가 되돌아오는 것이 최선이었다. 다른 기회를 찾아 나설 기력도 남아 있지 않았다. 여기 있다간 아침이 되어도 아무도 나를 찾지 못할 거였다. 다리는 전혀 걱정되지 않았다. 결국엔 치료될 거니까. 나는 이미 통증에 익숙해져 있었다. 통증은 내 몸을 활보하고 구석구석 방문하고 지나는 곳마다 마비시키고는 길게 늘어지더니 사라졌다. 이곳저곳에서 튀어 오르는 작은 불꽃들만이 나를 소스라치게 하

20

며 완전히 잠드는 것을 방해하고 있었다. 트럭 운전자가 줬던 골루아즈 담배꽁초를 주머니 안에서 주물럭거렸다. 이게 내 유일한 전리품이 될지도 모른다…. 사실 그리 나쁘지만은 않다. 내게 담배가, 그것도 커다란 골루아즈 담배가 있는 것이었으니. 그리고 이걸 버리든 잘게 부수든, 그건 오로지 내 자유였다. 담배를 마는 종이와 성냥은 저 위에 두고 왔다. 롤랑드, 롤랑드. 내게 훌륭한 꽁초가 있는데 그걸 피울 방법이 없어….

성냥이 그어졌다. 떨어지는 별똥별인가, 안개등인가? 아니다. 샛길을 밝히는 건 내 발목에 있는 제련소다. 날아온 불빛은 잠시간 소용돌이치다가, 하나로 모였다가, 눈부신 원을 그리며 멈췄다. 머리를 스치듯 지나간 커다란 횃불은 내게 닿지 못하고 나무 기둥을 가만히 비추었다. 마치 죽어가는 짧은 엔진 소음이 밤을 가득 채우는 듯했다. 하지만 이건 꿈인 게 틀림없다. 귀로는 추위가 내는 소리만이 들렸다. 하지만 전조등은 여전히 그곳을 비추고 있었다. 나무의 껍질을 분명히 볼 수 있었다. 그때, 작고 흔들리는 두 번째 불빛이 켜졌다. 땅 가까이를 빠르게 훑는 불빛이었다. 이제 됐다. 나는 발견된다.

불이 모두 꺼지더니 누군가 다가왔다. 그건 물론 그였다.

"내가 움직이지 말라고 했잖아요!"

아, 내가 움직였던가? 가능한 일이다. 모든 건 다시 가능해졌다. 남자의 목을 감싼 채로 내가 웃고 있는 것 같았다….

"그래요, 그래." 그가 재킷 안주머니를 뒤지기 위해 재킷을 벗으며 말했다. 그는 거기서 납작한 병 하나와 담뱃갑 하나를 꺼냈다. 이제 우리에게 시간은 충분했다. 우리는 차례로 병에 입을 대고 술을 마셨다. 담배를 한 모금 피울 때마다 티끌만 한 담뱃불이 어둠 속에서 우리의 얼굴을 밝혔다. 담배 한 갑 과 술 한 병을 비운다. 그다음은? 아무렴 어떤가? 나는 희망 을 되찾았다.

남자는 계속해서 물건들을 꺼냈다.

"자, 바지와 스웨터를 가져왔어요. 밸포 밴드*도 있어 요…."

그렇지. 나는 거의 헐벗은 채였다. 외투를 벗고 나는 스웨 터를 입었다. 그런데 바지는…. 구부러지지도 않고 조금만 스 쳐도 통증이 느껴지는 이 발로 바지를 어떻게 입지? 나는 외 투를 다시 걸치고 말했다.

"이름이 뭐예요?"

이제 우리는 두 개의 이름으로 존재한다. 어두운 숲을 함 께 빠져나가고, 아침이 되면 나머지에 대해 알아갈 거다. 우 선은 떠나야 한다. 어서….

"밴드라도 착용해볼까요? 날이 추워요."

"오, 아뇨. 건드리지 말아요. 부탁이에요. 그냥 맨발로 있 을래요. 하나도 안 추워요."

"원하는 대로 해요. 오토바이 위에 내려줄게요. 나를 꼭 잡 아요. 어디 불편하면 말하고요. 오토바이는 탈 줄 알아요?"

---

*   깁스 환자용 팔걸이 보호대.

22

"네. 익숙해요. 걱정 마요. 이제 가요."

알코올이 내 안에 그려놓은 단단한 불꽃 주위로 몸을 오므리고, 발은 바퀴 옆에 대롱대롱 매달리게 내버려두었다. 두 팔은 쥘리앵의 어깨에 고정했다.

또 다른 한 세기의 시작이었다.

2

아까 전, 담벼락에서 떨어지면서 손바닥을 펼 때도 나는 떨지 않았다. 혼자서는 움직일 수 없고 잔뜩 긴장한 상태로 밤새도록 나는 내게 무슨 일이 일어난 건지 들여다볼 여력이 없었다. 그리고 지금, 주방의 밝은 전등 아래에서 따스함과 휴식을 다시 맛보게 되자, 비로소 내게 통증을 유발한 것이 무엇인지 알게 되었다. 나는 온몸의 뼈마디가 떨리도록 두었다. 싱크대와 난로 사이에서 흔들리는 몸을 통제하려고 노력했지만 치아는 서로 딱딱 부딪치고 온몸의 신경이 소용돌이치며 앉은 의자와 손에 들고 있는 담배에까지 진동이 전달되고 있었다. 내가 남자 잠옷과 검은색 자카르 스웨터를 입고 있다는 사실을 깨달았다. 죄수복 겉옷은 사라지고 없었다.

사람들은 나를 의자에 앉히고, 다리 아래로 쿠션을 놓은 의자 하나를 밀어 넣었다. 사람들의 형체가 내 앞에서 분주히 움직였다. 밤의 구원자, 그보다 키 큰 다른 남자 하나, 그리고 호리호리한 노부인. 여전히 대화는 알아들을 수 없었지만 커

24

피가 준비되고 있다는 걸 소리와 느낌으로 알 수 있었다. 커피포트 소음, 필터에서 한 방울씩 커피가 떨어지는 소리, 약간은 쌉싸래한 향. 발은 밤새도록 울부짖은 뒤에 집 안으로 들여보내져 벽난로 가까이에서 잠든 개처럼 비로소 짖기를 멈추었다.

키가 큰 남자가 의사처럼 심각한 기색으로 내 발목을 이리저리 짚었다. 노부인은 붕대와 병을 가져왔고 물을 끓였다.

"제 어머니세요." 쥘리앵이 말했다.

쥘리앵의 엄마는 내 피를 닦았고, 커다란 붕대로 내 발을 깔끔하게 꽁꽁 싸맸다. 그들 중 어느 한 명도 놀라거나 질문하는 사람은 없었다. 그들의 행위는 자연스럽고 효율적이었다. 나는 어쩌면 어둡고 고단했던 여행을 마치고 어릴 적 살던 집으로 돌아온 게 아닐까? 그리고 저 노부인이 내 엄마인 건 아닐까? 여전히 쥘리앵에게 안긴 채로 나는 이층으로 향하는 계단을 올라가고 있었다. 아이들 방의 침대로 가기 위해서였다.

"이제 조금이나마 자려고 노력해봐요." 쥘리앵이 볼에 가볍게 입을 맞추며 말했다.

"아침에 다시 올게요. 그리고 절대 창문에 모습을 내비치면 안 돼요."

"거기까지 걸어갈 수나 있어야죠!"

"맞아요. 자, 이제 자요. 내일 더 또렷한 정신으로 보자고요."

그는 불을 끄고, 미세한 한 줄기의 빛만 통과할 정도로 문

25

을 살짝 닫았다.

청소년 정도의 아이가 쓸 만한 아주 작은 내 침대는 방 한 가운데에 있었다. 양옆의 벽 쪽에는 두 개의 침대가 더 있었는데, 바닥에 매트리스가 깔려 있고 주위로 살대가 둘러진 유아용 침대였다. 그 안에서 무언가 꼼지락거렸다. 작게 꾸르륵거리는 소리, 기분 좋거나 나쁠 때 내는 신음, 갑작스레 젖혀지는 이불, 다시 코로 내쉬는 약간의 깊은 호흡… 잠자고 있는 아이들이었다. 우리는 세 명의 아이들이었다. 내 발은 압축된 커다란 인형처럼 내 몸 끄트머리에 놓여 있었다. 나는 그것을 일 센티미터씩 움직여 침대 바닥까지 끌고 왔고, 굽혀진 오른쪽 다리로 아픈 다리가 무거운 이불과 닿지 않도록 텐트를 쳤다. 직사각형 침대 속에 가만히 누운 내 위로 벗어날 수 없는 미지의 무게가 달라붙어 있었다. 엄청난 무기력과 뻣뻣함의 무게, 말을 듣지 않고 반항하는 사지, 말을 듣게 하려는 정신과 근육의 노력과 그것에 아랑곳하지 않는 살아 있는 나무토막.

새벽녘에 젊은 여자가 방 안에 들어왔다. 잠옷 셔츠 위로 붉은색 가운을 걸치고 있었다. 여자는 커튼을 걷으며 희미하게 미소 지었다. 그 역시도 방에서 나를 본 것에 조금도 놀라지 않는 것 같았다. 여자는 침대에 누운 아이들을 부드럽게 흔들어 깨우며 속삭였다. "자, 이제 일어나야지…." 나도 자리에서 일어나서 붉은색 가운을 입은 여자가 '안녕하세요…'라고 말하게 시킨 예쁜 두 아이들과 함께 잼을 바른 빵과 책가방이 있는 아래층으로 내려가고 싶었다.

하지만 커다란 잠옷을 입고 그들의 밤에 침입한 내 엉뚱한 처지가 불편하고 아이들을 대하는 게 낯설었던 까닭에 나는 일곱 살쯤 되어 보이는 숙녀와 다섯 살쯤 되어 보이는 신사에게 마치 어른에게 인사하듯 아침 인사를 건네고 말았다. 가혹했던 유년기를 보낸 나로서는 바닥에 무질서하게 놓인 장난감과 책들, 파란 카펫, 창문 틈새로 회색빛 봄날 아침이 반겨 주는 커다란 창이 나 있는 즐거운 아이 방에서 달리 할 수 있는 것이 없었다.

며칠이 그런 식으로 흘러갔다. 아침이면 아이들이 학교로 떠나고, 지네트나 엄마가 이층으로 아침 식사와 따뜻한 세숫물을 가지고 올라왔다. 나는 최소한의 삶을 연명하기 시작했다. 내게는 지네트가 빌려준 빗, 칫솔, 잠옷, 수건이 생겼다. 지네트의 남편인 장신의 에디는 오래된 라디오를 창고에서 꺼내와 내 침대 가까이 뒀다. 나는 그걸 아이들이 잠들기 전까지 하루 종일 들었다. 밤에는 네모난 침대 안으로 다리를 집어넣고 불면증에 시달리며 새벽이 오기만을 기다렸다.

상반신을 씻는 건 그다지 어렵지 않았지만 나머지 부위는 모든 동작을 취하기 위해서 움직이고, 계산하고, 만드는 새로운 방식을 익혀야만 했다. 바닥에 놓인 대야로 몸을 조준하고, 왼발을 한 손으로 붙잡아 공중에 뻗고 바닥에 딛지 않도록 하며—무릎 아래로 전혀 힘을 줄 수가 없어 왼발을 손으로 꼭 잡아야만 했다—다시 침대로 올라와서 대야의 물을 비운다…. 대부분의 시간에는 발을 시트 끄트머리에 두었고, 무릎을 매 동작의 출발점으로 삼았다. 그리고 양쪽 무릎을 디디며 어깨에 힘을 실어 기어간다.

그래도 매일 아침 걸으려 노력하면서 상황을 점검했다. 침대 가장자리에 앉아 발을 바닥에 내려놓고 몸을 일으켰다. 조금씩 균형을 잡으며 두 다리에 같은 무게를 실었다. 약간의 찌릿찌릿함 이후 통증은 거대한 공처럼 묵직해지다 이내 잦아들었다. 그러면 오른발을 가동하여 굴리면서 발을 천천히, 조심스레 바닥에서 뗐다…. 하지만 언제나 속도가 붙어 무릎이 빠지고 구부러졌고, 뒤의 침대로 넘어지거나 앞의 타일 위로 엎어졌다. 그런 날이면 다음 날까지 낙심해 다리를 다시 손으로 붙잡아 수직 방향으로 올려두었다.

다리를 살펴보려 붕대를 벗기기도 했다. 처음 며칠은 종아리와 발목 위치가 서로 바뀐 게 아닌가 싶을 정도였다. 부종이 종아리를 집어삼켜 발이 마치 원뿔의 바닥면처럼 느껴졌다. 파란색, 보라색, 초록색 멍들 주변 피부 아래로 피가 고여 있었고, 가시덤불에 긁힌 상처엔 검은 피딱지들이 앉았다. 이따금 살에 박힌 가시를 발견해 두 손톱으로 뽑아내기도 했다. 부종은 점차 가라앉았다. 나무 같던 다리는 딱딱하고 차가운 대리석으로 변했고, 고인 피는 더는 움직이지 않았다.

낮에는 지네트가 가져다준 짧은 로맨스 소설들, 라디오에서 나오는 편안하고 상투적인 음악들, 에디가 마저 마시라고 올려다준 절반가량 채워진 물병들이 짐승의 반항을 막았다. 그들은 나를 보러 와서 네모난 침대 가장자리에 조심스럽게 걸터앉았고, 그들의 존재, 그들이 건네는 말들은 시간을 훌쩍 흐르게 만들었다. 지네트는 청소기를 돌렸고, 콧노래를 부르며 침대를 정돈했고, 내가 예의상 애를 써서 떠올린 질문들에 대답해주었다. 어떤 불편함이 내 안에 상주하고 있었다. 내가 하는 모든 말과 내 침묵조차 내가 부끄럽게 여기진 않지만, 그렇다고 해서 시원스레 떠들 수도 없는 것을 훤히 드러내 보이고 있다는 생각이 들었던 것이다. 나는 여자애들을 사랑하고 떠보는 법을 배웠었다. 얼마 전까지만 해도 모성 이외의 사랑과 죄를 감추기 위해 아이들 뒤로 몸을 숨긴 엄마들과 지냈었다. 내가 담벼락 위에 두고 온 여자들은 내게 솔직함이나 피상적이나마 동지애 같은 것도 보이지 않았고 그런 그들과 다른 지네트의 모습은 나를 놀라게 했고, 어떤 말도 입 밖으로 낼 수 없게 했다.

반면, 쥘리앵에게는 과거에 있었던 모든 일과 일어날 거라 확신하는 미래에 관한 이야기를 털어놓았다. 나는 다시 걸을 것이고, 롤랑드를 만나러 갈 것이다. 쥘리앵은 나를 구조한 날로부터 이틀째 되던 밤에 돌아왔다. 아래층에서 그의 목소리가 들리는 것을 알아챈 나는 그가 곧장 나를 보러 올라오지 않는다는 사실에 놀랐고, 한편으로는 화도 났다….

"어머니가 동의했어요." 깜깜한 숲에서의 그날 밤, 나를 다시 데리러 온 그가 내게 분명히 말했었다. "그러니 내 어머니와 문제를 일으키지 않도록 조심해요."

그는 제 엄마를 보러 온 것이고, 나는 초조했다….

에디와 지네트가 자러 올라간 뒤에야 쥘리앵이 문을 열고 들어왔다. 그는 불을 켜지 않고 마치 그림자처럼 움직였는데 어디에도 부딪히지 않았다. 내게 가까이 나아온 그는 손가락으로 틀어막은 손전등을 침대 위에 던지고 앉았다.

눈에 보이는 건 오로지 하나의 덩어리인 그의 형체와 불빛이 비치는 그의 두 손뿐이었다. 나는 그의 한 손을 붙잡고 그의 맨팔뚝을 더듬어 올라가 걷어 올린 잠옷 소매에서 멈추었다. 드러난 이두근이 단단하고, 또 단단했다···. 남자의 팔을 만져보는 건 4년 만이었다.

"화이트 럼 좋아해요?"

한 번도 마셔본 적 없었지만 얼떨결에 그렇다고 대답했다.

머리맡 탁자에 놓인 은은한 조명이 깨트린 어둠 속에서 우리는 서로의 모습을 거의 보지 못했고, 아이들을 깨우지 않기 위해 조용한 목소리로 이야기를 나눴다.

지난 4년간 밤은 고집스럽게 내게 똑같은 꿈을 가져다주었다. 하나의 형태, 하나의 목소리, 하나의 존재. 나는 밤마다 그 남자를 불렀고 낮이 되면 맹렬히 밀어냈다. 가끔 나를 '외톨이 멍멍이'라고 불러주던 아주 커다란 보호자 같은 그림자. 언제나 나를 앞서갔던 목소리.

"그런 꿈도 꿀 수 있지 뭐!"

그리고 우리는 착한 엄마와 착한 아내들의 궁금해하거나 분개하는 시선을 받으며 킬킬거렸었다.

"열 명 중에 여섯은 영아 살해로 들어왔어요." 내가 쥘리앵에게 설명했다. "나머지 네 명 중에서 셋은 멍청이들이고요. 우린 아주 작게 무리를 지어 다녔죠. 첫 3개월은 러닝셔츠를 바느질하고, 양복 셔츠용 천에 견본용 바늘땀을 떠서 공책에 붙였어요. 누가 뭘 잘하는지를 토대로 애들을 분류하기 위한 거였죠. 우리는 평가되고, 측정되고, 시험을 치렀어요…. 그런 다음에 그룹으로 나누어졌죠. 다른 그룹과는 대화할 수 없었어요. 그룹마다 밥을 먹는 곳, 쉬는 곳, 담당 교도관도 달랐죠. 물론 작업장에서는 모두가 뒤섞여 지내서 낮에는 서로 수다도 떨고 어울릴 수 있었어요…. 밤이 되면 모든 애들이 창문에 매달려서 물건을 거래하고, 큰 소리를 내며 서로 불러대고, 쪽지나 지폐 같은 게 오고 갔죠. 시느는 제 옆방을 썼어요. 아침마다 교도관은 문을 열어주고 ("안녕, 안. 잘 잤니?"라고 말하면 저는 "넵. 교도관님!"이라 답했죠.) 아래층 식당으로 가버려요. 시느는 내가 침대에서 일어나는 걸 도와주죠…. 알다시피… 다른 사람들이랑 점심을 먹으러 내려갈 준비가 되어야 하잖아요. 시간이 오래 걸리는 일이죠. 아니면 내가 시느를 깨우러 가기도 했어요. 하지만 나는 그걸 별로 안 좋아했어요. 시느의 장식장에는—무명천이 덮인 침대 위에 장식장이 있었어요. 원룸이 따로 없었죠—아이들과 남편 사진이 빼곡했거든요. 나는 내 방이 더 좋았어요. 아이들도, 남자도 없는 싱글 여성의 방이었죠. 같은 무리의 사람들은 내 방으로 모이곤 했어요…. 뭐, 더러운 엉덩이 사건이 일어나기 전까지만 해도 모든 게 순조로웠죠."

"내가 중앙교도소에 있었을 때는…." 쥘리앵이 말했다.

나는 알고 있었다. "아무한테도 당신 이야기를 해서는 안 돼요"라는 말. 옆으로 걷듯 아슬아슬한 걸음걸이. 처음 만난 순간부터 그와 나 사이에 피어났던 전적이고 어렴풋한 동질감…. 지네트는 자신의 남동생이 '골칫덩어리'라고 밀했지만,

교도소를 탈출한 내게는 일종의 섬세한 면이 엿보였다…. 그가 직접 입을 열기 전부터 나는 그를 알아보았다. 감방에 가보지 않은 사람은 인지할 수 없는 낙인이 존재한다. 상대를 헷갈리게 만들기 위해 눈으로는 무심이나 정반대 의미를 표현하면서 입술을 움직이지 않고 말하는 방식이나, 손바닥 안에 숨긴 담배, 어쩔 수 없이 낮에는 침묵하고 행동이나 말을 할 때는 밤 시간대를 고르는 것과 같은.

병 속의 럼은 줄어들었고, 밤이 속삭임과 함께 새벽으로 향하고 있었다. 쥘리앵은 앉고 나는 드러누워 있었고, 그래서 그의 가슴팍에 머리를 기대고, 무릎부터 몸을 둥글게 말아 통증을 다른 곳에 맡김으로써 줄이는 것이 자연스럽고 편했다. 내가 말했다.

"나는 남자가 싫어요. 아니, 심지어 다 잊었어요. 쥘리앵 이걸 봐요. 당신의 가슴을 만지려는데 손이 저절로 동그랗게 모아지잖아요. 당신이 단단하게 느껴지고, 내가 무력하게 느껴져요…."

쥘리앵은 내게 남자를 다시 떠올리게 했다.

감동한 나는 되풀이해서 말했다. "여기 머물러요…."

"이제 내려가야 해요. 어머니 때문에 그래요. 원래 어머니 방에서 자거든요. 또…"

"오, 그냥 있어요…."

"그럼 몇 분만요."

"자지 않을 거예요. 당신을 불러낼 거예요."

뛰어내린 이래로 나는 잠을 잔 기억이 없었다. 물론 이따금 밤의 무의식과 수면의 무의식이 충돌하기도 했다. 하지만 머릿속으로 상영되는 이미지들과 새로운 상태로 적응을 마친 몸을 규칙적으로 두드리는 충격은 멎을 기미를 보이지 않았다. 벌써 회로가 구성되었고, 리듬이 생겨났다. 발목에서 별안간 슈욱 하고 바람 빠지는 소리와 함께 구멍 난 파이프에서 물이 새어 나오듯 무언가 터져 나왔고, 다른 수원(水源)들도 분출되기 시작했다. 결국 모든 수원이 하나로 모여, 내 몸을 따라 교묘히 흘러가거나 뒤꿈치 위쪽에서 서서히 구르고 뒤틀리는 통증이 점점 커져갔다. 눈덩이처럼 불어난 통증은 준비를 마친 뒤—이제는 그 순간을 예측할 수 있는 경지에 이르렀다—빛이 번쩍하는 감각과 함께 산산조각이 나며 내 발을 전속력으로 가로지르는 번개가 되어 폭발하고, 금세 소멸하는 별똥별이 되어 발톱 끝까지 내달렸다. 그때가 되면 비로소 숨을 내쉴 수 있었다. 다음번 눈덩이가 만들어지기 전까지는 그럭저럭 나쁘지 않은 시간을 보냈다. 골절은 태어나 처음이었고 뼈와 살이 한데 뒤엉켜 그 안에서 부글부글 끓는 것이 느껴졌다. 그것을 마음대로 조종하기 위해서는 많은 기술과 인내가 필요했다. 그게 아니면…

나는 쥘리앵이 등을 대고 누울 수 있도록 작은 침대 가장자리에 바짝 몸을 붙였다. 어둠 속에서 팔꿈치를 괸 채로, 그의 얼굴 위로 얼굴을 가져갔다. 손전등은 더는 불빛을 내지 않았고, 멀찍이서 작고 둥근 붉은 눈만이 남았다. 쥘리앵의 허리께에 배를 대고, 나는 사랑과 럼, 그날 밤의 수수께끼에 감격해 흐느꼈다. 눈물은 나오지 않았다.

"싫어요…."

쥘리앵은 한쪽 눈을 떴다.

"왜 그래요, 내 작은 토끼?"

"사람들이 내 발을 자를 거예요…. 싫어요! 내 다리가 썩고 있는 게 보이지 않나요? 사람들이 절단할 거예요. 다시는 걸을 수 없게 될 거라고요…."

내가 그에게 뭘 요구할 수 있었을까? 쥘리앵은 나를 온전히 구해주었다. 그러니 내 발도 구해줄 거다. 그러면 위험의 정확한 경계 지점에서 해결책을 찾을 거다. 기다려야 한다. 울지 않는다. 이를 꽉 깨문다. 엄마와 아이들이 있다. 아이들은 아침에 깼을 때에도 잠에 빠져 있는 나를 보고도, 밤에는 그들 사이에 있는 나를 보고도 놀라는 법이 없었다. 안녕하세요? 내 침대 위를 넘나드는 아이들의 지저귐과 웃음소리. 거기엔 어떤 의문도 적의도 없었다…. 사람들이 아이들에게 아무것도 알려주지 않고 그들은 무지하지만, 아이들의 눈은 이미 내가 가진 것들을 파악했고 그것을 비추어 보였다. 그런 만큼 나 역시 부서져 쪼개어진 끔찍한 이 다리, 이 역겨운 부분만은 아이들에게 숨기려고 노력했다.

쥘리앵이 말했다. "며칠만 참아요. 조금만 더 힘을 내요. 당신을 숨길 곳을 찾고 있어요. 거기선 얼마든지 치료받을 수 있을 거예요. 아직은 너무 이르고 거리도 가까워서 안 돼요. 그들은 이곳저곳, 병원까지도 탐문하고 있을 거예요."

그리고 그는 떠났다. 며칠 밤이 지난 뒤에 돌아왔고, 태양이 뜨면 다시 사라졌다.

나는 그것에 대해 놀라 하고 의문을 품는 것을 포기했었다. 시간의 흐름과 나 자신으로부터 떨어져 나온 듯한 기분을 느끼며 그들이 건네는 물과 빵, 말과 음악을 받아들였다. 다른 곳에서와 마찬가지로 그곳에서의 일상도 관성처럼 굳어졌다. 슈욱- 눈덩이 폭발에 주의, 쿵쿵- 아이들이 학교에서 귀가, 곧 에디가 마실 것을 가져다줄 것이다. 그것을 전부 마시고, 갓 구운 빵 냄새가 커피포트와 커다란 대야와 함께 올라올 내일까지 빈 병에다 통증을 보관해둔다.

2주가 더 지났다. 교도소를 탈출했을 때가 부활절 즈음이었는데, 부활한 것은 아무것도 없었고, 죽거나 산 것도 아무것도 없었다. 롤랑드와의 만남을 준비할 시간은 아직 몇 개월 더 남아 있었다. 내가 롤랑드에 관해 말했을 때, 사랑을 나눈 뒤 쥘리앵은 미친 듯이 웃음을 터뜨렸다.

"그야 물론 네 여자 애인들과는 다르지…." 그러곤 덧붙였다. "걱정 마. 넌 거기 갈 수 있을 거야. 정 안 되면 내가 안아서 데려다줄게."

"목발을 짚고 있는 내 꼴을 봐!"

"그럼 차로 데려다주면 되지…. 장담하는데, 두 달이면 너는 토끼처럼 뛰어다니게 될 거야. 마음대로 생각해." 그는 내 이마에 자신의 이마를 살짝 박으며 덧붙였다. "하지만 넌 내게 빚진 거 없다는 걸 잊지 마. 나는 그냥 너와 잔 천하의 몹쓸 놈이야."

"쥘리앵 네가 날 겁탈한 것도 아니잖아…. 그게 뭐 어쨌다고? 네가 내 친오빠라도 돼?"

"친오빠? 아, 내가 널 찾으러 가고, 네가 다 나은 뒤에 자유의 몸이 되었을 때… 그때였더라면 아름다웠겠지. 하지만….”

창밖으로 부활절 분위기가 만연했다. 창은 4월의 경쾌한 하늘을 향해 활짝 열려 있었다. 우리는 손가락에 유리잔을 끼운 채로 이야기했다. 쥘리앵이 이른 시각부터 찾아와 아페리티프*를 가져다준 건 처음이었다. 구운 고기와 케이크 냄새가 계단을 타고 올라왔고, 나는 내 네모난 침대를 벗어나 먹고 마시고 싶은 마음이 들었다. 때마침 쥘리앵이 약간의 변화도 줄 겸이었는지 가족과 함께 점심을 들지 않겠느냐고 물었다.

"좋은데… 입을 옷이 없는걸….”

"기다려 봐. 지네트가 빌려줄 옷이 있는지 보고 올게.”

그렇게 나는 준비를 시작했다. 낡은 스웨터와 치마, 메마른 피부를 부드럽게 만들기 위한 바셀린, 한쪽 발에 슬리퍼 한 짝. 쥘리앵은 식탁이 차려진 주방으로 나를 안아 옮겼고, 나를 그와 엄마 사이에 앉혔다. 작고 둥근 식탁이었다. 붕대를 감은 발을 쥘리앵 무릎에 올려놓기 위해 의자를 움직였다. 식사를 하는 동안 그는 한 손으로만 음식을 먹었고, 다른 한 손은 통증을 줄여주기 위해, 붕대 감은 내 발을 약간의 힘을 주어 잡았다. 앉은 자세에서 느껴지는 통증은 달랐다. 뼈들은 꼭 스스로 조이는 나사, 잘못된 장소에 놓인 성가시고 거대한 쇳조각처럼 느껴졌다. 그럼에도 다른 사람들과 함께 웃으며 음식을 먹었다. 부활절에는 이런 발조차 반항의 주체가 될 수

---

* 식전에 마시는 술.

없었다. 내 발은 다른 건강한 발들과 나란히 식탁 아래 존재했고, 그들과 접촉하며 덩달아 건강해졌다.

후식을 먹을 때, 남자아이는 에디의 시가 연기를 아무렇지 않게 맡았다. 에디는 엄마를 제 무릎에 앉히고 한쪽 팔로는 엄마를 껴안고 약간 취해 이야기하며 다른 쪽 팔로는 과장되게 웃는 지네트를 끌어당겼다. 닭 뼈와 완두콩 세 숟가락이 접시 한구석에 남았고, 케이크는 음식 찌꺼기, 유리잔, 다 쓴 냅킨 사이에서 제가 나설 차례를 기다리고 있었다. 나는 아직도 배가 고팠다. 몇 년 만의 만찬이었다. 어느새 내게 먹는 것은 하나의 습관과 겉치레, 심심풀이, 핑계가 되어 있었다. 나는 수료증을 받을 수 있는 선에서 저녁 수업에서 면제되었고, 다른 여자애들이 교도관들과 함께 '학교'에 가 있는 동안, 나는 저녁 식사를 준비했다.

나는 빠른 속도로 가정 수업을 익혔다. 십오 분이면 맛없는 요리가 뚝딱 완성되었고, 자유 시간 한 시간 반이 생겼다. 주방 창문을 통해 밖으로 빠져나가 담벼락 위에서 한숨 돌리거나, 아프다는 핑계로 수업을 면제받은 애와 만났다. 우리는 보리수나무 아래서 춤을 췄다.

그랬다. 교도관이 없을 때는 주방을 비웠다가 냄비 뚜껑을 열어보기 위해 교도관이 오면 순식간에 계단을 내려간다. "안, 음식 냄새가 너무 좋네! 오늘은 어떤 음식을 한 거니?"

일요일이면 교도관은 자신의 신도들과 식사를 함께했다. 우리는 춤을 조금 추고, 미사가 끝나면 가족들에게 편지를 썼다. 그런 다음이 안의 맛있는 음식을 먹을 차례였다. 방금 전의 산책이 소화를 돕는다. 밀가루 반죽으로 무거워진 마음으로 우리는 떨어지지 않는 발길, 걸음을 관장하는 작은 뼈—나의 소중한 뼈야, 걸을 수 있을 때 더 걷지 그랬어!—를 옮겨 저녁을 먹으러 가서 졸릴 때까지 배를 더 채우고, 자러 간다. 일주일이 다시 시작된다.

거룩한 식사는 다음과 같다. 저장고에서 훔친 마가린을 바른 빵과 3개월마다 시행되는 재고 조사 직전에 사육장에서 도살하여 몰래 조리해, 나누고, 먹는 닭고기, 소중한 공동체에 의무적으로 지급되는 보호 대상 여자애들을 위한 만찬을 위한 소포, 고마워요 엄마. 사람들이 그러는데 엄마가 보내준 비둘기 고기가 참 맛있었대요. 얘야, 오늘 저녁에 실감개를 들어 올리렴. 창문으로 네가 마음껏 먹을 수 있는 뭔가를 올려 보낼 테니. 네, 교도관님. 나는 한 번도 가득 찬 우유를 마셔본 적이 없어요. 사람들이 다 뺏어갔죠. 나는 일을 하니까 우유를 마셔야 한다고요.

식사, 지루함, 울적함, 얼룩. 그들이 귀가 닳도록 말했던 진수성찬의 날보다 몇 주 앞서 담갔던 그 '아페리티프'도, 이 자유의 와인보다 나를 뜨겁게 달구지 못했었다. 나는 만취했다…. 대자로 드러누워 둥둥 떠다니고 싶다는 열망이 일시적인 행복감과 더불어 내 안에 차올랐다. 발목을 뻗어 쥘리앵의 바지를 힘주어 눌렀다. 가자, 올라가자. 끝날 기미도 없고 나를 소외시키는 가족 간의 대화는 이제 그만해.

거나하게 취한 사람들은 내 방까지 엄숙하게 나를 배웅하러 와서는 내 다리를 둥글게 에워싸고, 붕대를 벗기고, 내 다리를 구부러뜨리고 가지고 놀려고 하면서 한 사람씩 손가락으로 꾹꾹 눌러댔다. 나는 울고 말았다. 내 발이 모두를 위험하게 만든다는 사실은 분명했고, 또 사실이었다. 쥘리앵조차 나를 위로하지 않았다. 그는 단지 나의 울음을 분노로 바꿀 뿐이었다. 날 데려가 줘. 어디든 좋으니 데려가 줘. 네가 원한다면 나를 데려가. 이건 내 다리의 문제고, 하루하루 내 다리의 시간은 줄어들고 있어.

쥘리앵은 약속했다. 내일 그러자.

"…차에 탄 놈에게 수작 걸지 않도록 노력해 봐. 내 친구니까."

내 연인 쥘리앵은 어디로 간 걸까? 왜 그는 나를 조롱하고, 이렇게 잔인하게 구는 걸까? 왜 모든 애정을 죽인 걸까? 그를 사랑하는 것이 내게는 손해이고 그에게 빚을 진 것과 다름없다고 믿었던 걸까? 내가 원했던 건 오로지 나의 회복과 자존심이었을 뿐인데.

…마침내 아침이 찾아왔고, 집 앞에 자동차 한 대가 섰다. 지네트는 내가 제 바지를 입는 것과 침대 머리맡 탁자에 있던 물건들을 비치백에 넣는 걸 도와주었다. 처음보다 짐이 늘어났다. 수건, 비누, 수면제. 수면제는 어느 날 저녁 가족의 주치의가 식염수를 적신 초산 면습포와 함께 처방해준 것이었다. 나는 제대로 된 설명을 할 수 없어 말을 얼버무렸고, 그는 '심한 염좌'라는 진단을 내렸다.

그러니 염좌라고 믿어보자. 비록 지금처럼 오랫동안 달리지 못한 적은 한 번도 없었고, 가벼운 반상 출혈과 그럭저럭 견딜 만한 통증을 참으면 다시 건강해질 수 있었던 어린 날의 염좌들과 이것은 차원이 다르지만. 정도의 차이일 뿐이지 이건 염좌가 맞다. 나는 극복할 거다. 혼자서 계단을 내려갈 거다. 아야, 또 바닥에 넘어졌다. 이번에도 실패다. 얼른, 무릎, 팔꿈치, 한 발로 딛고 서서 다시 네모난 침대로 돌아가자. 아무도 내가 드러누운 모습을 보지 못하도록.

"좋은 아침. 준비됐어? 그럼 안을게."

기척도 없이 들어온 쥘리앵은 나를 바라보지도 않고 어깨에 비치백을 둘러맸고, 내 무릎 아래로 한 팔을 넣어 나를 안아 들었다. 두 팔을 쥘리앵의 목에 두른 친밀한 자세가 되어, 나는 이불이 엉망이 된 네모난 침대, 비눗물이 가득 차 있는 대야, 여전히 잠들어 있는 아이들의 침대를 바라보았다. 한 줄기 햇살이 닫힌 덧창을 가르고 들어왔다.

"날씨가 좋아?" 내가 물었다.

"심지어 더워. 게다가 5월 첫날이라 길이 막힐 거야."

인사, 훈훈함, 커피, 입맞춤. 나는 대체로 좋은 분위기 속에서 그제야 긴장이 풀리는 이유를 알아냈다. 그건 내가 치료를 받을 거란 사실과 다른 곳으로 갈 거라는 사실 때문이었다…. 3주라는 기간 동안 나뿐만이 아니라 이 집의 사람들도 그 시간이 길게 느껴졌던 건지도 모른다.

경찰이 이곳으로 나를 찾으러 올 위험은 전혀 없었다. 그러나 쥘리앵을 찾으러 올 가능성은 있었다. 그는 이 지역에 머무르는 것이 금지되어 있었다. 그러니 경찰이 들른다면 나까지 덜미를 잡힐 수 있었다.

"아무리 그래도 어머니도 보러 못 오게 할 줄이야!"

쥘리앵이 밤에만 오던 이유가 있었다. 경찰은 고요한 밤에 문을 두드릴 일이 없으므로 그는 동이 터오기 전에 떠났다. 나는 이층에 숨겨져 있었다. 우연한 방문이나 착한 이웃들의 신고로 경찰이 왔을 때 그들에게는 수색 영장이 없었고, 지네트와 엄마는 놀란 눈으로 문을 열어주고 집을 뒤지게 할 수 있었다. 다리가 부러진 사촌 여자애쯤이야 문제될 것도 없었다. 하지만 돌발성은 치밀한 계산을 우롱하고, 종종 도처의 과한 열정으로 가해지는 작은 손길로도 기계는 탈선하는 법이다.

그의 친구라는 사람은 매우 몸집이 컸고, 쾌활했으며, 대략 오십 대로 보이는, 옷을 잘 차려입은 사람이었다. 교도소와 위험한 일에서 손 떼고 성공한 깡패를 상상하면 떠오르는 그런 이미지였다. 사실 내 머릿속에는 그런 가상의 이미지가 넘쳤다. 그게 무엇이든 직접 눈으로 보고 겪기에는 지나치게 어린 나이에 나는 감옥에 갇혔다. 그 대신 나는 많이 읽었고, 공상했고, 헛소리를 했다. 내게 있어 현실은 비현실만큼이나 비틀려 있었고, 자동차 뒷좌석에 타 있는 동안—완전히 몸을 뉠 수 있었다—나는 사치스럽고 끔찍한 은신처와 하나가 되는 상상을 했다.

가족들을 가득 태운 차들로 꽉 막힌 봄날의 도로는 아무 죄가 없었다. 가느다란 방울꽃들이 핀 도로였다.

쥘리앵은 친구와 이야기를 나눴다. 구불구불한 금발이 에워싼 그의 귀, 그의 목, 남색 양복 위로 살짝 올라온 하얀 깃을 바라보았다. 파란색, 금색, 짧게 깎은 털, 분홍색, 또 다른 파란색, 짧게 깎은 털, 분홍색, 희끗희끗한 색. 이제 나는 침대에서 자동차 뒷좌석으로, 다시 침대로 옮겨지고 뉘어지고, 내게 빚진 것이 없고 내가 빚져야만 하는 형제 같은 낯선 남자들이 원하는 곳으로 이리저리 옮겨 다닐 운명이었다. 나는 그것이 거북하다기보다는 실망스럽고 울적했다. 모든 건 내게 마땅했으나 스스로 앞가림을 하고 싶다. 더는 사람들에게서 뭔가를 취할 수도 없고, 사람들이 내게 무엇을 주고 싶어 하는지 모르고, 그걸 알아내려 노력해서도 안 된다.

지난 며칠 밤 우리는 너무나도 좋았고, 서로가 소중했었다…. 네가 내게 준 그 침대에서 나는 너를 극진히 대접할 수 있었다. 동작들을 손쉽게 내보이면서 놀란 감정을 숨기던 나는 순결하면서 동시에 능숙했다…. 하지만 지금의 우리는 이미 떠났다. 이 의자의 등받이는 나를 다치게 만들었던 담벼락보다 더 두껍고, 문은 철창처럼 굳게 닫혀 있었다. 굴러가고 또 굴러가는 차량의 가벼운 흔들거림 속에서 나는 직전의 삶이 어떠했는지에 관한 어렴풋한 인상만을 느낄 뿐이었다. 체포된 후로 형성된 삶. 수년 동안 나는 유쾌한 방식으로 부조리하고, 순진하며 역겨운 그 삶이 움트도록 내버려두었다.

그 삶에서는 누구도 나를 데려가 주지 않았고, 포옹해주지 않았으며, 해방시켜 주지도 않았다. 호송 차량의 캄캄한 철창 안에 서 있거나 딱딱한 나무판자에 앉아 있었겠지만, 매일 분명한 발걸음으로 콩콩 뛰는 것이 가능했었다. 새로운 자유는 나를 가두고 마비시키고 있다.

3

"자, 니니, 그런 표정 짓지 말고 어서 병이나 따 줘."

"오, 물론이지. 정말 유쾌한 분이네. 이제 우리에게 이런 귀찮은 것도 가져다주고….."

니니는 거무스름한 피부에 마르고 뼈가 앙상하며, 가슴이 빈약하고 뾰족한 광대뼈가 발그레한, 생기 넘치는 작은 눈을 한 여자였다. 니니의 여성성은 장식에서 드러났다. 구불구불한 컬, 딱 달라붙는 원피스, 두껍고 높은 굽. 꼭 마리오네트 같은 모습이었다. 분명 요르단 사람일 것이다. 내가 이해한 바로 니니는 사장과 그렇고 그런 관계가 되기 전에 이곳에서 일하던 종업원으로, 지금은 사장의 엄마와 사장의 아들과도 함께 살고 있었다.

한 잔만 하자는 쥘리앵의 제안을 승낙한—"가볍게 마실게. 아내가 기다려서"—우리를 데려다준 낡은 신발을 신은 남자, 니니, 니니의 남자 피에르, 그리고 '귀찮은 것'인 나까지, 술집에는 우리들뿐이었다. 손님도, 가게의 활기나 환대도 없었다. 문을 닫은 뒤로 피에르는 미소와 둥근 팔 모양, 그리고 나머지 모든 것을 먼지가 앉은 버려진 배경 속에 처박아두었다. 투박하고 반질반질한 식당은 깊게 파인 아치형 문을 통해 바와 연결된 구조였는데, 가림막 커튼은 내내 젖혀져 있었다. 그 사이로 더러운 카운터, 어지럽혀진 선반, 빈 병과 전화번호부 옆에 천들이 담겨 있는 바구니와 다리미, 아무렇게나 쌓여 있는 종이, 서류, 악보가 보였다…. 그들이 폐점을 할 수밖에 없어서 그곳을 썩어 문드러지도록 내버려둔 건지, 아니면 차후에 영업을 재개할 생각으로 내버려둔 건지 알 수가 없었다. 후자라면 테이블을 정돈하고 먼지떨이를 휘두르면 충분히 가능할 것으로 보였다.

이런 난장판 속에서 꾸며낸 흐뭇함과 슬픔이 뒤섞여 흘러나왔다. 감방의 협소함에 익숙한 나였지만, 이런 공간은 내게도 현기증을 불러일으켰다. 바에 인접한, 어떤 왁스를 사용해도 반짝이지 않는 무도장 바닥, 검은색 덮개가 씌워져 미라처럼 굳은 채로 피아노나 벤치 더미에 몸을 기댄 악기들이 놓여 있는 연주단의 자리….

무도장 바닥 위로는 유리창이 나 있어 스포트라이트처럼 바닥을 밝게 비추고 있었다. 우리가 있는 쪽으로 식당 창문을 통해 그보다 희미한 햇살이 들어와 테라스의 초록을 비추었다. 온갖 종류의 식물과 꽃을 담은 제각기 다른 크기의 화분들과 항아리들이 신선한 공기를 맡으며 술을 마실 수 있는 야외 테이블 대신에 공간을 채웠다. 그 너머로 대문, 길, 강가가 있었다.

나는 무슨 말이라도 하기 위해 입을 뗐다.

"여기서 다들 수영도 하나요? 물가 바로 앞에 사니까 잠에서 깨면 다이빙부터 하겠죠?"

"그러기엔 바닥이 진흙투성이라!" 피에르가 말했다. "가재를 잡기엔 좋아. 그 덕에 사람들이 꽤 오거든. 아코디언 투어, 카누 투어….

그는 말을 끝마치지 않고 자신의 작은 아코디언을 가지러 갔고, 바람통에 천천히 숨을 불어넣으며 건성으로 아르페지오를 연주하기 시작했다. 그는 매우 더운 듯 보였다. 통통한 상반신에 러닝셔츠만을 걸친 그의 겨드랑이는 축축했고 이마가 번들거렸다.

"무슨 음악인지 알겠어?"

나는 설명을 하려 했다. 지방 예술학교에서 몇 년간 바이올린과 솔페지오를 배웠고, 연습 부족으로 지금은 손가락이 녹슬었다. 하지만…

"어이 쥘리앵", 피에르는 내 말을 끊고, 잔의 4분의 1에 술을 채우고, 은퇴한 술꾼들의 창백한 유백색 식전주인 파스티스를 두 방을 떨어뜨린 술잔을 낚아채기 위해 길게 펼친 아코디언을 내려놓으며 말했다. "그렇다면 바이올린을 가져다주면 되겠네. 하루 종일 연주해보라고! 나중에 음반을 내게 되면 꼭 날 잊지 말라고, 응? 니니에게는 솔렉스 전동 자전거를 한 대 사주고 말야….

"알았어, 알았어." 쥘리앵은 다리를 벌리고 의자에 가만히 앉은 채 대답했다. 이곳 주인집에는 물건을 훔칠 줄 아는 사

45

내에 대한 존중과 남을 도울 줄 아는 사내에 대한 호의 사이에서 균형을 잡고 있는, 친구이자 공범의 말투 뒤에 가려진 저열한 탐욕이 느껴졌다. 결국 그들은 이유를 어쩌면 거의 다 알면서도 나를 그곳에 머물게 해주었다. 쥘리앵은 대충 나를 '도망 중인 미성년자'라고 소개했기 때문에, 내가 도망친 곳이 감옥이든 부모의 집이든 그들에게 나는 위험했다. 게다가, 피에르는 테이블로 나를 불러와 앉혀놓고, 지나갔거나 다가올 피해에 관해 넌지시 암시하고, 내가 다시 잡히게 될 날을 예견하며 내가 위험한 존재라는 점을 강조하려 했고, 나는 거기에 맞섰다.

"하지만 4년 전에는 경찰들이…"

"아이고!" 피에르는 반색하듯 펄쩍 뛰며 말했다. "말 한번 잘했다. 말 나온 김에 약속을 하나 하자고. 이 집에는 내 아이가 살아. 그러니 애 앞에서는 말조심하라고…"

"지금은 없잖아요!"

"있거나 없거나 마찬가지야. 지금부터 버릇을 들여야지. 절대 '경찰'이나 '감옥' 같은 말은 하지 않는 거야. 알겠어?"

이거야 참, 감옥으로 다시 돌아온 것 같았다!

사실, 조사를 받는 것에 비하면 이편이 낫다. 바로 그때부터 나는 꼭 필요한 말 외에는 말을 하지 않기로 결심했다. 몸을 움직이지 못하는 것처럼 입도 다물자고. 고래고래 고함을 외쳐대는 일은 내 다리에 맡기기로 결심했다.

종업원에서 안주인으로 지위를 바꾸기 위해서 니니는 요리 실력을 발휘해야 했던 게 분명하다. 닭은 입에서 살살 녹

46

았고, 아이스크림은 조금도 녹지 않았고, 케이크는 달콤했다. 두 주인은 커다란 물 잔에 이 모든 걸 차려냈다. 쥘리앵이 내 잔과 자신의 잔을 채웠다. 그 값이라면 질 낮은 레드와인 정도는 마실 권리가 있다.

테이블 아래에는 가로로 놓인 받침대가 있었고, 나는 거기에 발을 끼워 넣었다. 그렇게 하면 발가락이 벌어지는 빈도가 줄어들면서 고통이 덜했기에 그 자세로 꼼짝 않고 있었다.

게다가 다리가 폭발하는 듯한 통증도 더는 느껴지지 않았다. 통증은 예상 가능한 때에 1초 정도 강렬하게 느껴지고 사라졌다. 주의를 집중하고 미소를 지으며 입술을 벌리고 눈은 똑바로 뜬 채로 손수건을 몰래 움켜쥐는 것으로 참아낼 수 있었다. 그렇게 내 겉모습은 "심한 염좌네요. 하지만 몇 주면 나을 겁니다…"라는 일반적인 진단과 거의 일치하게 되었다.

쥘리앵, 이만 일어날까? 술도 너무 많이 마셨고 배도 너무 불러. 이제 졸려. 나는 이미 우리가 만나고 서로 이해할 어떤 여지도 없다는 걸 느끼고는 있었지만, 그래도 대화를 나누고, 명예로운 손님이 되고, 무슨 수를 써서든 저 사람들을 내 편으로 만들고 싶었다. 그들은 은신처였고 나는 금지된 물품이었다. 그러니 서로가 서로를 얼른 떨쳐내고 싶은 게 당연했다. 내 발만은 그들이 어떤 일에 연루되었는지 알고 있었다….

"자기야, 졸려?" 쥘리앵이 속삭였다.

"많이는 아닌데…"

식사 시작부터 나는 어른용 의자에 수줍게 앉아 안절부절

47

못하는 어린애가 된 기분이었다. "잠시 실례할게요" 말하며
고결하게 조용히 일어나, 급할 건 아무것도 없다는 듯이 무심
하게, 네온사인은 꺼졌지만 표지판은 남아 있는 '화장실'이 있
는 무도장 바닥 쪽으로 걸어가고 싶었다.

쥘리앵은 얼마든지 나를 들어서 옮겨주겠다는 기색을 보
였다.

"혼자서 할 수 있겠어?"

"걱정 마. 구멍에 빠지지는 않을 테니까."

하지만 하마터면 그럴 뻔했다. 한쪽 발만으로 무게를 지탱
해 변기에 쪼그려 앉아야 했다. 양 손가락으로는 하얀 타일
벽을 미끄러져 내려가고 뒤꿈치로는 엉덩방아를 찧지 않게
겨우 버텼다. 바지가 허벅지를 꽉 조였다.

"쥘리앵", 다시 쥘리앵의 목 뒤로 손깍지를 끼며 말했다.
"이제 우리 뭐 해?"

"기다려. 5분만 있으면 다들 낮잠 자러 갈 거야. 커피 타임
이거든. 배를 꾸역꾸역 채워야 하는 사람들이라, 어쩔 수 없
어! 그리고 넌 걱정 안 해도 돼. 네 식사는 위층으로 가져다줄
거야. 거기에 라디오도 있고, 편할 거야. 오로지 너만이 쓰는
방이야. 예전에는 여길 호텔처럼 쓰기도 했거든…."

"비싼 돈 받고 계속해서 매음굴을 운영하는 거야? 괜찮아.
나도 알 건 다 알아. 이제 식탁으로 데려다줘. 꼼짝 않고 있을
게."

결국 끝이 없는 식후 커피, 식후 커피 다음의 술, 그다음의
술까지 몽땅 마신 뒤에야 신혼부부처럼 새로운 숙소의 문턱

을 넘을 수 있었다. 평범한 호텔방이었다. 가죽이 벗겨졌지만 깊은 안락의자, 라디에이터, 뜨거운 물이 나오지 않는 세면대, 태피스트리 장식과 이불 커버의 꽃무늬가 이루는 불가피한 부조화. 늘 그렇듯 너무 높은 곳에 달려 있는 거울, 옷장 선반에 깔린 얼룩이 묻고 노랗게 바랜 신문지. 나는 가능한 한 짐을 넓게 펼쳤다. 대낮부터 지네트의 속바지를 펼쳐놓는 건 자랑할 만한 일은 못 되었지만, 공간을 채워 넣을 필요가 있었다.

침대 머리맡 근처에 놓인 의자 위에 담뱃대와 성냥을 올려두고, 조심스럽게 옷을 벗었다. 문을 열쇠로 걸어 잠근 쥘리앵은 윗옷을 벗고 곧바로 잠에 들었다. 그에게 순식간에 잠드는 능력이 있다는 건 이미 알고 있었다. 네모난 침대를 나누어 썼을 때, 그는 잘 자란 인사를 건네고 나서 내게 미처 대답할 틈도 주지 않고 잠에 빠지곤 했다. 그러면 나는 한 번도 제대로 보지 못했던, 몇 초간 오로지 나만의 것이 된 그의 몸을 손가락 끄트머리로 알아가는 재미를 누렸다. 그런다고 외로움이 달래지지 않은 걸 보면 그건 얼마나 별거 아닌 것이었는지!

그의 가슴에 손을 대고 나는 낮은 목소리로 질문했다. 가끔 대화가 통할 때도 있었고, 쥘리앵이 잠꼬대를 하기도 했다. 나는 우리 사이에 드리워진 거대한 미지의 면들에 답답함을 느끼며 곰곰이 생각에 잠겼다.

어느 날 밤에 그가 말했다.

"네가 보여… 파란색과 하얀색 체크무늬 셔츠를 입고 풀숲을 뛰어가고 있는 모습이…."

감옥에서 입던 죄수복이 파란색과 하얀색 체크무늬로 된 셔츠였다. 쥘리앵은 그걸 본 적이 없을 게 분명했고, 나도 그에게 그것에 대해 말한 적이 없었다.

나는 자고 있는 그에게 말했다. "하지만 너는 내가 달리는 걸 본 적이 없잖아…."

잠에서 깬 쥘리앵은 미친 듯이 웃었다.

"꿈은 네가 꾼 것 같은데?"

이해하려는 노력은 더는 하지 않았다. 조만간 내가 다시 걷게 될지도, 혹은 담벼락 뒤에 두고 온 꿈을 향해 다시 떠나게 될지도 모른다. 이 몇 주간의 경험으로부터 말로 다 할 수 없는 애정이나 수수께끼의 기억, 분명하게 말할 수 없는 희미한 형태만을 간직할지도 모른다. 그리고 낮과 밤을 함께 쌓아 올리며 즐거워했던 그 소녀와 다시 만나게 될 수도 있다. 어쩌면 권태와 싫증의 잔해가 뒤따를지도 모른다. 이미지는 싸구려 앨범 속에 달라붙은 채로 남고, 또 새로운 이미지들을 불러올 것이다…. 그게 아니면… 아니면 쥘리앵의 품에 안겨 더 오래 걸을 수도 있다. 사랑을 나누거나 더는 나누지 않거나, 그건 별로 중요하지 않다. 하지만 캄캄한 숲에서의 그날 밤 이후로 그와 나 사이에 직조된 끈은 그와 나를 단단히 감아올릴 것이다. 그와 나….

아니, 아니다! 삶은 다른 것들과 마찬가지로 그 끈을 잘라 버리고 말 거다.

처음으로 이 모험의 끝, 그리고 그다음조차도 알고 싶지 않았다. 나는 여기, 안락의자에 나체로 앉은 채 잠자고 있는 쥘 리앵을 바라보고 있다. 이렇게 가만히 미온적으로 머물고 싶다. 우리들의 규칙적인 숨소리만이 침묵을 가르고, 어떤 동작을 취할 필요도 없이 서로의 생각에 공감하고 서로의 마음을 드러내 보이는 말들을 나누면서. 그 잠깐의 순간은 진실했고 살아 생동하는 것이었다. 나는 그걸 영원토록 길게 늘였다….

그런 다음에 시간은 다시 흐르고, 의문과 욕망이 다시 나를 감싼다. 몸을 일으켜 안락의자와 침대를 갈라놓는 드넓은 이 미터 거리를 뛰어넘기 위해 옷장에 매달렸다. 처음 일 미터는 오른발을 측면으로 디디며 이동한다. 뒤꿈치를 바닥에 붙였다가 발가락 끝으로 이동했다가 다시 뒤꿈치, 다시 발가락 끝. 일요일 무도회에서 비밥*을 추듯. 거기서부터는 침대 끄트머리를 붙잡기 위해 팔을 앞으로 뻗고 몸을 던진다. 베개까지는 기어간다. 가까이서 곤히 잠에 빠진 남자의 얼굴을 모공하나하나 뜯어본다. 잔인해지고 싶은 마음이 든다. 달콤함을 원한다. 어서 일어나, 아니면 나도 네 꿈으로 데려가 줘.

저녁을 먹으러 아래층으로 내려갔다. 끌어 올려지고, 이불에 감싸지고, 안겨지고, 홀로 남겨질 시간이 다가오고 있었다. 쥘리앵은 일하는 시늉을 하기 위해 다시 도시로 나가야 한다. "금방, 금방 올게…." 그는 돌아올 거라 말했다. 막연히 고함을 지르고 싶다는 욕구가 차오르고, 지네트의 스웨터에 칠칠맞지 못하게 계란 자국을 남겼다. 무슨 생각이었는지. 니

---

* 1940년대 후반 유행한 초기 모던 재즈의 한 형식.

니. 계란은 접시에 담아요. 당신의 계란 요리는 끈적끈적해. 정말 싫다. 배가 고프지 않다. 쥘리앵, 그렇게 곧바로 떠나지 마. 먼저 내가 곯아떨어지기를 기다려. 나는 그를 채근했다.

"그 맛있는 코냑 조금만 더 먹으면 안 될까?"

"이런…. 술을 참 좋아하네!" 피에르가 눈썹을 치켜올리며 말했다. 오늘 저녁 식사 자리에는 그의 아들이 있었고, 그는 우리 둘 앞에서 가장 역할을 연기하고 있었다. 나라는 가련한 귀찮은 존재. 절뚝거리고, 말이 없고, 한쪽 발로 뛰어다니는 술고래. 나는 잔을 꼭 쥐었다. 코냑, 내 뜨거운 진주, 나의 혈색, 나의 잠. 쥘리앵은 술병을 집어 들었다. 그리고 나와 술병을 동시에 위층의 내 방으로 가져갔다. 그는 술병을 내 손이 닿는 곳에 두었다. 얼마 못 가 나는 그를 더는 보지 못했다. 다음 날까지 더는 아무것도 볼 수 없었다.

일주일이 또 흘렀다. 환각 상태가 주는 초록빛과 금빛의 행복감 뒤에 조금씩 몸이 식어갔다. 5월은 여전히 쌀쌀했고, 방은 축축했다. 나는 사슴가죽 재킷으로 몸을 둘둘 감싸고 아무렇게나 누웠다. 재킷은 쥘리앵, 그의 친구들, 나, 그리고 원하는 누구든 입을 수 있는 공동 소유물이었다. 차마 침대 위에 가만히 누워 있을 수가 없었다. 낮을 외롭고 졸리게 보낸 첫날 저녁에 니니가 푸짐한 식사를 담은 쟁반을 가져다주었는데, 먹성 좋은 여자애 세 명은 배불리 먹일 만큼 많은 양이었다. 식사를 게을리하는 습관이 있는 나는 위장 크기를 세 배나 늘려 그릇을 싹싹 비워냈다. 다음 날 아침 니니는 커다란 잔의 카페라테와 갓 구운 빵들을 같이 그릇에 담아 가져왔다. 종업원 특유의 쾌활한 목소리로 "그래서, 잠은 잘 잤니?" 묻고는 라디오 스위치를 돌리고 창문을 열었다.

나는 노래를 실컷 들으며 잠에 빠졌다.

하지만 오후가 되자 피에르가 빈손으로 방에 올라왔던 것이다.

"그래서, 점심은 거르게?"

"저는 한 끼면 돼요. 몇 년 전부터 습관이 들어서요. 조금만 먹어도 기운을 차리거든요…. 그냥 여기서 저녁 식사를 기다릴게요."

"그래. 그것도 차암 좋지. 하지만 내 아내는 하녀가 아니야…."

(맞는 말이다. 그 누구도 하녀가 되어서도, 하녀였어도 안 된다.)

"…그래서 말인데, 네가 내려와서 우리와 함께 테이블에서 식사를 하면 좋겠는데. 내가 안아서 옮겨줄게."

될 수 있는 대로 음식을 가득 채운 전날의 쟁반이 나보다 덜 무거울 테지만, 그의 말을 거스르고 싶지 않았던 나는 피에르에게 혼자서도 가족 테이블로 비프스테이크를 먹으러 갈 수 있다고 선언했던 것이다.

그리고 지금, 빵을 입안으로 욱여넣자마자 세면대까지 비밥 보폭으로 이동해 차가운 물로 세수를 하고 옷을 입었다. 겨우 이불을 걷어내고 침대 한중간에 앉아, 차갑게 굳은 아픈 다리를 하고서 군침을 다시면서 정오가 되기만을 기다렸다. 오래된 잡지들을 읽고, 집안일을 위해 엄선된 음악을 듣고, 담배를 태웠다. 12시 5분 전, 나는 엉덩이로 계단을 내려갔고, 한 발로 바 앞을 지났다. 이제 손을 쓰지 않고도 무릎을 구부릴 수 있었다. 장족의 발전이었다. 이윽고 주방에 다다랐다. 음식을 먹기 위해 식당을 이용할 수는 없었다. 첫날의 소란스러운 잔치의 흔적은 이미 쓸리고 닦인 지 오래였다.

노망이 난 말 없는 피에르의 엄마, 많은 양의 '식단 관리용' 음식(채소 1킬로, 거대한 등심, 콘트렉스 생수 몇 리터)을 삼키는 피에르, 선 채로 음식을 먹으며 가스레인지 너머로 식사의 흐름을 살뜰히 살피는 니니. 모든 게 칸막이로 나뉜 듯 참기 힘든 분위기를 자아내고 있었다. 그 속에서 먹는 행위는 현재를 즐기는 것을 방해하는 유일한 구속이었다. 물론 언젠가 이 순간들을 떠올리며 웃을 날이 올 거다. 하지만 그때까지 내겐 걸어야 한다는 숙제가 남아 있었다. 홀가분해진 마음에는 그들의 기억이 자극적이고 거대한 소재가 될 테지만 그때까지는 앙상한 몸을 회복할 필요가 있었다. 그러니 먹어야 했다. 베르미첼리*를 넣어 걸쭉해진 우유 수프 형태로 된, 니니가 준비한 칼슘을 아무 말 없이 삼켜야만 했다.

"그게 기운을 차리게 해줄 거야." 니니가 말했다.

칼슘이 꾸역꾸역 쌓여갔다. 익살도 마찬가지였다. 그리고 내 골절은… 시간이 흐른 만큼 부러진 뼈도 단단해져야만 했다. 잘못된 위치에라도 뼈는 붙어야 했고, 조금은 삐걱거릴지라도 내 무게를 지탱할 수 있어야 했다. 점점 피에르의 불쾌

---

* 파스타의 한 종류. 스파게티와 유사하지만 면 굵기가 더 가늘다.

한 말을 들어주기가 힘들어지고 있었다. "그렇게 인생을 무기력하게 살면 안 되지." 피에르는 내 머리 위쪽 벽에 시선을 고정하고 단호한 눈으로 입버릇처럼 말했다. 이제 잡지도 칼슘 수프도 지긋지긋했다.

니니가 남성용 모직 양말을 줬다. 보라색으로 변한 차갑고 죽어버린 발가락을 데우기 위해 밸포 밴드 위에 양말을 덧신었다. 니니는 커다란 대야에 소금을 넣은 물을 끓였고, 내게 점심을 먹은 뒤에 발을 담그라고 권했다. 내 발에 대한 염려보다는 청소기를 돌리는 동안 내가 방에서 나가주길 바랐기 때문이었다. 하지만 내 발은 되살아나지 않았다.

일주일째 되던 날 아침, 나는 발을 헛디뎌 계단 아래로 굴러떨어졌고, 눈앞에 별들이 보였다. 몸을 일으키는 것이 중요한 게 아니었다. 그건 시도조차 못 했다. 두 손으로 발목을 그러쥔 채 눈물이 맺힌 눈을 찡그리고 있는 나를 니니가 발견했다.

"왜 날 부르지 않았던 거야? 아프니?"

나는 고개를 끄덕였다. 더는 참을 수 없었다. 오, 니니. 뭐라도 좀 해줘요. 내 다리가 죽어가고 있어요.

"쥘리앵이 전화했었어." 니니가 말했다. "낮에 들를 예정이래. 하지만 그걸 기다리고 있을 순 없겠어. 그러고 있을 수는 없으니. 내가 구급차를 부를게. 자, 내게 몸을 기대. 몸을 길게 뉘고 움직이지 마. 피에르는 내가 알아서 할게. 자기 말로는 '공장에서 멍청한 짓거리를 하는 중'이라는데, 두 시간 정도는 여유가 있어."

나는 겁에 질린 기색을 했다.

"그건 너무 위험해요! 병원에다가 이름은 뭐라고 해요? 신분증도 없는데…."

"이제부터 넌 내 여동생이야." 니니가 말했다. "내가 네 보호자고, 널 키운 거야. 알겠지? 잊지 마…. 간호사들 앞에서는 나를 '언니'라고 부르는 거야. 가자. 얼른 구급차를 부를게."

짐을 챙기고 있는데 누군가 문을 피아노 치듯 두드렸다. 손톱 끝을 사용한 가벼운 두들김이었다.

"들어와, 쥘리앵." 그것이 누군지 확신하며 내가 말했다. 니니는 문을 손바닥 전체를 사용해 무겁게 두드렸고, 피에르는 문고리를 돌려본 뒤에 곧장 문을 열곤 했다. 거기다 피에르는… '멍청한 짓거리'를 하고 있다고 하니까. 나도 멍청한 짓거리를 하긴 했지만, 나는 멍청하지 않다. 쥘리앵, 나도 위험한 일에 연루될 수 있어. 그래도 난 여자고 어린애지.

구급차가 오기 전 우리에게 사랑을 나눌 시간은 있었다.

4

"식사는 했나요?" 간호사가 물었다.

"네. 빵 두 조각과 카페라테 마셨어요."

그놈의 밥! 여기서도 밥이 문제다. 치료를 해주긴 하는 걸까? 나는 덧붙였다.

"…배는 하나도 안 고파요."

"다행이네요. 이제부터 금식하셔야 해요. 한 시간 내로 알려드릴게요."

"뭘요?"

"환자분께서 준비가 되면 수술방을 잡을 거예요. 그 전에 다리 제모를 할 거고요."

간호사는 젊고 호리호리했다. 친절하고 안심이 되는 말투였다. 간호사는 익힌 지 얼마 안 된 기술과 연민을 발휘하여 제모기를 다루며 알아들을 수 없는 전문 용어들을 노래하듯 말했다. 내 발이 드디어 심각하게 다뤄진다는 사실에 감격한 나는 간호사가 내 털을 죄다 밀어버렸으면 좋겠다고 생각했다. 생각은 극과 극을 달리며 내 발의 상태가 너무 심각하지만 않기를 바라게 되었다.

간호사들은 구급차 침상에서 나를 의자로 들어 옮기며 매우 조심스럽게 고급 승강기처럼 조용히 내려놓았다. 바닥에 3만 6천 개의 벨벳이 깔린 듯했다. 사람들에 의해 응급실 엑스레이 촬영 테이블 위로 올라가자 간호사 한 명이 상체를, 다른 한 명이 다리를 잡았다. 빗자루처럼 뻣뻣하게 선 니니는 진지한 기색으로 입술을 최소한으로 움직이며 내 손을 잡아주려 노력했다. 오, 나의 언니. 그토록 무심한 손이라니. 연기는 집어치워요! 응급실 입구에서 이미 진술을 마쳤으니, 당신은 병원에 있기만 하면 돼요. 이제 가 보세요.

하지만 니니는 흰색 옷차림을 한 남자들 중 한 명에게 달라붙어 걱정스런 목소리를 냈다.

"그래서요 선생님? 심각한가요? '그걸' 살리지 못하는 건 아니겠죠?"

나는 상체를 일으키고 팔꿈치로 몸을 지탱하며 대화에 귀를 기울였다. 발은 노골적인 불빛에 노출된 채였다.

"그러지 못할 수도 있겠습니다, 부인. 복사뼈가 심각하게 골절됐으니…."

의사는 내가 자신의 입을 주시하고 있다는 걸 알아차리고는 니니를 데리고 병실을 나갔다. 비인간적이고 금속성의 이 새로운 '네모난' 공간 속에서 나는 얼마나 더 머물러야 할까? 이해할 수 없고, 기괴하고, 딱딱한 배경, 온통 손잡이가 달린 상자들, 튜브들, 금속이 부딪치는 소리와 웅웅대는 기계 소리, 조금은 축축하고 차분하고 포근한 이곳이 나를 불안하게 만들면서 동시에 달래주었다. 새로운 출발점에 도달해 있었다. 하나의 불투명한 푯말이 오늘 아침과 지금 이 순간 사이에 세워져 있었다. 딱딱한 테이블은 달콤한 경유지처럼 내 아래에 박혀 있었고, 나는 다시 숨을 쉬고 희망을 품었다.

니니가 홀로 들어왔다. 진지했던 기색이 심각하게 바뀌어 있었다.

"그게 말이지, 아마도 네가 '그걸' 잃게 될 것 같다는데….."

나는 '그게' 뭘 말하는지 묻지 않았다. 침묵이 고함을 질러대기 시작했고, 두꺼운 비명이 목구멍을 틀어막았다. 검고 파리하게 질린 발을 바라보았다. 사람들이 곧 이 발을 쓰레기통에 내다 버릴 거였다. 불현듯 세포 하나하나, 핏방울 하나하나가 얼마나 소중한지 깨달았다. 내 몸은 얼마나 많은 세포와 피로 이루어져 있고 또 나뉘는가. 죽어야 하는 거라면 온전한 하나의 몸으로 죽을 것이다.

다른 한편으로는 죽음과 절단에 대한 생각은 아직 멀리, 저 바깥에 있으며 심지어 약간은 우스꽝스러운 생각처럼 느껴지기도 했다. 담벼락 위에서 손바닥을 펴기 전까지만 해도 나는 '이러다 죽을지도 몰라'라는 생각을 하면서도 그걸 진짜로 믿지는 않았다. 이곳에서도 위험에 대한 인식은 타인이 경험한 이야기와 이미지를 거쳐 한 발짝 늦게 내게 도달했다. 내 안에서 박동하던 삶, 재주넘기와 재즈댄스 엇비슷한 것을 하던 기억, 아침에 나눴던 사랑, 그 모든 게 현실의 가장자리에서 나를 붙들고 있었다.

이 구역질 나는 게 현실이란 말인가? …어쨌든 이 현실은 나의 것이었다. 나는 의사들보다 훨씬 먼저 내 현실을 버렸지만 그들에게까지 내 현실을 포기할 권리를 주지는 않을 거다. 나는 구역질 나는 내 현실을 다시 주웠다. 이제 둘 중 하나다. 구원하든지, 아니면 함께 썩어 문드러지든지.

공동 병실이었다. 침상은 여섯 개, 그중 네 개는 이미 주인이 있었다.

나는 입구에서 가장 멀고 세면대와 가장 가까운 침대를 가리켰다.

"저길 써도 되나요?"

당연히 된다. 나는 더는 귀찮은 물건도, 무기력한 사람도, 낯선 사람도 아니다. 이 병실에서 제자리를 가지지 못한 건 니니와 건강한 사람들이다. 나는 대열에 속한, 주변에 어울리는, '5번 환자'다. 여기서 내가 묵사발이 된 다리를 가졌다는 건 전혀 이상한 일이 아니었다. 내 다리가 이곳에서의 내 존재를 정당화했고, 사람들로부터 염려와 미소를 이끌어냈다. 그러니 결국에는 훌륭한 골절이자, 성취인 셈이다.

햇살은 이불을 통과해 내 발을 따뜻하게 데워주고 있다. 뛰어내린 이후로 이날 오후처럼 따뜻했던 적은 없었다. 술을 마실 때나 쥘리앵과 사랑을 나눌 때 열기가 몸을 타고 흘렀지만 금방 식었고, 차가운 솜이 내내 몸을 감쌌다. 이곳에서는 햇살이 조금씩 나를 온화하게 비추고, 저속 보일러인 라디에이터도 가동 중이다. 기분이 좋다. 통증마저 더는 느껴지지 않는다.

60

침대는 낯설다. 매트리스 위에는 등을 기댈 수 있는 긴 베개를 감싸는 천과 시트 가장자리에 반으로 접힌 천이 하나 더 있고, 내 몸 위로 한 장의 천, 한 장의 이불, 파란색 줄무늬와 병원 이니셜이 새겨진 한 장의 천이 더 있다. 꼭 여러 겹이 포개진 습포 같다. 내게는 베개 두 개가 주어졌는데, 더 원하면 그것이 세 개든 심지어 열 개라도 요청하기만 하면 된다….

2단으로 된 하얀 선반으로 몸을 기울여 담배를 낚아챘다. 한 모금을 들이마셨을 때, 내 침대와 직각으로 교차하는 맞은편 침대가 움직였다. 누워 있는 젊은 여자는 두 팔만 움직일 수 있는 상태인데, 머리 위로 회전식으로 방향을 바꿀 수 있는 거울이 고정되어 있어서 고개를 움직이지 않고 병실 내부에서 무슨 일이 일어나는지 볼 수가 있다. 하루 종일 반사경-천장을 바라보고 있는 게 유쾌할 리 없었다. 여자는 거울을 움직여 나를 찾아냈다. 그러고는 거울 속 내게 시선을 고정하고 말했다.

"수간호사에게는 들키지 않도록 조심해요. 담배 피우는 건 금지거든요…. 수술실로 갈 때는 특히나 더 조심해야 해요!"

"아, 미안해요." 내가 말했다. "몰랐어요…."

"우린 괜찮아요. 저도 흡연자고 다른 환자들도 담배 연기를 개의치 않아요. 하지만 면회 시간을 기다리는 게 좋을 거예요. 그리고 그건 당신을 아프게 할 수 있어요. '그걸' 한 후에는…"

"면회 시간은 언제예요?"

"정오부터 오후 2시까지, 그리고 저녁 6시부터 7시까지, 일요일은 오후 내내죠. 주제넘는 질문일 수도 있지만… 당신과 함께 온 갈색 머리 부인이 엄마인가요? 둘이 닮았어요."

친언니예요. 나는 진지하게 대답했다. 언니가 나를 길러주 었으니 엄마처럼 생각한다고도 덧붙였다.

내가 부모를 여읜 건지, 부모가 아파서 혹은 멀리 떠나서 버려진 건지, 정확히 어떤 상황으로 설정하기로 한 건지 몰랐 던 나는 자세한 사항은 '언니'가 올 때까지 기다려 논의하기로 했다. 그런 다음에야 확실히 정보를 줄 수 있을 테니까. 접수 데스크에서 나는 진짜 이름과 정확한 나이를 댔다. 진짜 이름 을 댄 건 내가 내 이름을 좋아했기 때문이고, 정확한 나이를 댄 건 뼈 상태를 통해 의사들이 알아낼지도 모른다는 생각에 서였다. 6년쯤 전부터 키가 자라지 않고 있었다. 남들보다 일 찍 조숙했으니 남들보다 늦게까지 자랄지도 모른다. 성장판 이 닫히기까지는 아직 몇 년이 더 남았다.

니니는 오늘 저녁에도 올까? 쥘리앵은 내게 니니에게 오후 내로 전화하겠다고 약속했다. 그와 나는 전화로는 표현할 수 없는 사이지만 어쨌든, 정확히는 모르겠지만… 나중에 내가 걷게 될 때 우리 두 사람의 걸음이 정상으로 보이길 바란다. 길거리에서 소녀의 팔이나 손을 잡고 걷는 남자…. 나는 쥘리 앵과 함께 길거리를 알아갈 테고, 그 길이 그를 어디로 데려 갈지 알 수 있을 것이다…. 나는 베개에 머리를 파묻고 눈을 감았다. 다른 환자들도 저마다의 보호틀로 인해 모양이 변형 된, 예상 외의 안락한 침대 속에서 휴식을 취하고 있다. 몇몇 은 발 쪽에 도르래가 달리고 무게를 지탱해주는 끈이 튀어나와 있었다. 환자들은 움직이지 않고 신문이나 책, 혹은 허공을 바라보고 있다. 끝나지 않을 것 같은 음울한 기대가 그들을 짓누르고 있다.

복도에서는 고무바퀴 소리와 미세한 덜그럭 소리를 내는 카트가 지나가고, 창문 너머로 보이는 푸른 하늘의 고요 위로 아주 멀리서 날아온 라디오 소리가 드문드문 들려온다. 나는 하품을 했다. 병원이 내 마음을 파고들었고, 나이 많은 유모처럼 나를 재운다. 쉬이, 아무것도 아니야. 이제 다 끝났어. 어디가 아픈지 볼까?

나는 문 쪽을 주시하고 있다.

니니가 오면 좋겠다. 니니가 보고 싶다. 니니가 아니더라도, 내가 알던 세계와 나를 연결해줄 수 있다면 누구라도 상관없다. 이곳에서의 나는 낯선 세계로 빠져들고 있다. 익숙하던 변두리와 흐릿함을 잃어버렸다. 내 은신처의 회색 빛깔 추위가 그리워질 지경이다…. 여긴 모든 게 너무 밝고 분명하다. 내가 몸을 숨기고 있던 그림자는 사라지고 말 테고, 사람들이 날 알아볼 것이다…. 아니다. 만에 하나 수배 전단이 이 병원까지 왔더라면 그 즉시 확인 절차가 이루어졌을 거고, 그때라면 내가 '엄마' 집에 있던 시기였다. 게다가 나는 니니의 여동생이고, 그녀의 성을 빌려 쓰고 있다. 접수 데스크의 장부에 나보다 앞선 이름과 뒤따른 이름과 별반 다를 것 없는 익명의 성씨. 여기서의 내 이름은 복사뼈 골절이다…. 그렇게 의사가 말하지 않았던가? 해부도가 눈앞에 있는 것도 아니니 그들이 보는 내 얼굴이 곧 복사뼈인 것이나.

수간호사가 붕대 상자와 노란색, 보라색, 무색 액체가 들어 있는 플라스틱 병으로 가득한 카트를 밀고 들어왔다…. 그러고는 방향을 틀어 카트를 바로 내 쪽으로 몰았다.

"어느 쪽에 맞을래요?" 수간호사가 주사용 바늘과 에테르를 묻힌 솜을 집어 들며 물었다.

"아무 데나…."

"셔츠 벗고 돌아누우세요."

나는 돌아누웠다. 벗은 셔츠 뒤로 헐벗은 등이 드러났다. 지난 몇 년 간 "탈의하세요"라는 말은 머리부터 발끝까지 전체적이고 엄중한 몸수색을 알리는 예고였다. 수감된 지 수개월이 지나고도 매주 매트리스와 브래지어 검사와 함께 간수들은 내 몸을 뒤졌고, 언제나 세밀한 지시를 내렸다. "의자 위에 발 올려놓으세요. 기침하세요. 좋습니다." 그랬기에 나는 습관대로 간호사의 "탈의하세요"라는 지시에 철저히 복종했다. 감방이 여전히 나를 둘러싸고 있었다. 상념, 소스라침, 음험함, 순종적인 행동마다 감방이 나타났다. 수년에 걸쳐 시간 단위로 맞춰진 일상과 자아의 지속적인 은닉을 하루아침에 씻어낼 수는 없는 것이다. 껍데기로부터 비로소 자유로워졌을 때, 그전까지 유일한 해방구였던 정신은 구조의 노예가 된다. 누군가 나를 가르고 들어온다는 수치심이 실제적인 거북함이 된다. 그곳에서는 뻔뻔하기만 했던 나였지만 이제 더는 아무리 자연스러운 행동이라도 시도할 엄두를 내지 못했다. '엄마'의 집에서나 피에르의 집에서도 나는 쉬지 않고 '부탁합니다'와 '해도 될까요?'를 달고 살았고 밝은 곳에서만 행동하

64

려 했다. 그러다 불쑥 내가 자유의 몸이라는 사실을 떠올려냈고, 그럴 때면 나 자신이 어색하고 괴상하게 느껴졌다.

여전히 나는 어수룩했고 신중히 행동하길 원하며 주의했지만 오랜 두려움과 타고난 왕성한 뻔뻔함이 동시에 드러났다…. 게다가, 쥘리앵이 데려다 놓은 이 환경에 대해 나는 아는 것이 거의 없었다. 감옥에서는 진짜 무뢰한들보다는 단순히 죄를 지은 사람들과 더 많이 붙어 지냈다. 쥘리앵을 만족시키기 위해, 그리고 그의 친구들을 만족시킴으로써 그의 위신을 세워주기 위해 나는 현명하게 입을 다물었고 무지를 가릴 수 있었다. 그게 아니면 '세리 누아르*'의 여주인공들이나 세련된 여자를 흉내 내며 자유롭고 교양 있는 사람으로 보이려 노력했다. 그래도 내가 우스꽝스러운 건 변함없었다.

병원에 와서야 비로소 나는 '원초적'인 사람이 될 수 있었다. 같은 병실을 쓰는 대부분의 환자도 그랬다. 골절은 하나의 고질병처럼 익숙하게 받아들여졌고, 복사뼈가 나의 어수룩함을 가려주었다.

수간호사가 커다란 주사기 안의 내용물을 아주 느릿느릿 간신히 주입하고 엉덩이 위로 이불을 끌어 올려준 뒤부터 나는 빠르게 생각에 잠겨 있다. 새롭게 생긴 통증이 퍼져나가도록 주사 부위를 문지른다. 꼭 내 둔부와 허벅지에 무거운 금속판을 달고 고랑을 내어놓은 것만 같다. 소용돌이치던 두통이 돌림판이 멈추듯이 점차 잦아들었다. 머릿속 이미지들은

---

* Série noire. 1945년 창간된 추리 소설 시리즈.

멈추기를 주저하는 듯이 느리게 빙빙 돌고, 벽과 천장이 내게서 멀어져가며 묵직하고 흐릿하게 변하고 있다. 나를 둘러싼 공기가 단단해지고 타일 위로 불규칙적인 커다란 덩어리가 되어 떨어지고, 눈꺼풀에서 검은 천이 빠져나온다…. 잠깐, 눈을 감으면 안 돼, 그럼 정신을 잃고 말 거다. 잠들고 싶지 않다. 할 수 있는 데까지 가보고 싶다. 이건 골절의 통증을 줄이기 위한 마취 효과인 건가? 아니면 이미 충분히 내가 감각을 상실한 건가? 더는 아무것도 느껴지지 않는다…. 직접 알아봐야겠다. 왼쪽 침대를 사용하는 환자는 미소를 짓고 있는 나이 많은 부인이다. 부인은 수간호사가 왔을 때부터 잠에서 깨어 호의적인 관심으로 나를 바라보고 있었다.

"부인…"

"네?"

"방해해서 죄송한데요…"

나는 '교육을 잘 받은 소녀'의 말투를 써봤지만 무언가 잘 되지 않았다. 목이 메는 건 수줍음 때문이 아니었다. 내 목소리가 들리지 않고, 육중해져 미동도 없는 혀가 말이 빠져나갈 구멍을 막고, 말들이 뭉쳐졌다가도 이내 증발해버렸다. 내가 무슨 말을 하려고 했는지 기억하려 했지만 모든 게 흐려지고 있다. 나는…

부인이 말했다. "쉿, 말하지 말아요. 눈을 감고 편히 쉬어요. 긴장을 풀어야 마취약이 잘 들죠…."

그럼 그들이 나를 다시 재우려 한 게 맞는 거다. 좋다. 내가 아픈 게 아니라는 확신이 들자 몸에 힘을 주고 마취약에 저항

해 본다. 아무 이미지나 떠올린다. 이를테면 성냥갑 뚜껑에 그려진 그림 같은 것. 지방 도시의 이름. 아아, 떠오르지가 않는다. 기억을 더듬어보자. 감옥에서 만났던 무리들은 저마다 출신 지방의 이름을 달고 다녔다. 네 개의 무리가 있었고, 성냥갑이 있었고, 여자애들이 상자에, 그게 뭐였더라…. 안 돼. 잠들지 않을 거다.

5

"그래서 눈을 사슴처럼 뜨고 슬픈 목소리로 이렇게 말했지. '의사 선생님, 너어어무 아파요. 순교자가 된 기분이에요….' 그랬더니 부목을 벗기고 보호틀을 대준 거야. 높이가 더 낮긴 하지만 그래도 다리는 그럭저럭 잘 보호해주거든. 쥘리앵, 내 사랑….'"

즐거운 기분에 발을 구부리고 부츠를 벗을 때처럼 아주 잠깐 다리를 깁스 밖으로 빼냈다. 그래도 된다는 듯, 재빠르게.

"이 주 동안 내가 얼마나 마음고생을 했는지 넌 모를 거야…. 오, 쥘리앵. 네가 여기 있다니….'"

"내 사랑…. 상태가 이렇게 심각할 줄 어떻게 알았겠어? 니니는 전화로 네가 견인치료를 받을 거고 모든 게 잘될 거라고만 했다고! 네가 수술을 받았는지는 전혀 몰랐어!'"

쥘리앵은 침대 머리맡에 바짝 앉아 한쪽 팔꿈치를 탁자에 올려놓고, 다른 손은 이불 속 내 허리춤에 두었다.

"니니가 오지 않은 지 삼 일이 지났어…. 수술은 이틀 전이었어. 너는 내 회복에 딱 맞춰 온 거야. 그래도 첫째 날 밤에는 간호사를 부르고, 소리를 질렀어. 못 참겠더라고…. 다른 환자들을 위해서라도—주변을 둘러봐—고통을 달랠 만한 걸 달라고 했지. 그랬더니 모르핀을 준 것 같아. 그다음 날부터 오늘 아침까지는 통 정신이 없었어. 밤은 정말이지 끔찍했어. 깁스한 다리를 움켜쥐고 무릎을 턱 끝까지 당겨야 했지…. 그런데 아침이 되니까 눈앞에 천사가 보이고, 새들이 지저귀고… 그리고 네가 여기 온 거야."

쥘리앵이 손목시계를 보았다.

"아직 면회 시간이 많이 남았어. 더 들려줘. 그들이 네게 뭘 했는지 다 말해 줘."

나는 킥킥거렸다.

"그럴 필요는 없어! 다 들으면 힘들걸? 흥미로운 대목에서는 자기만 했는걸. 나머지야 뭐, 병원의 일상이지. 카페라테, 매일 11시와 6시에 식사(그곳과 별반 다를 게 없어), 치료, 페니실린. 걱정 마. 다리보다는 엉덩이가 더 아프거든! 봐봐."

나는 환자복 상의를 반쯤 걷었다. 하루 세 번 맞는 페니실린 약이 허리께에 보라색 멍과 작은 원형의 피딱지들을 만들어놓았다. 병원은 사람에게서 가장 추한 면을 전시하는 걸 즐기는 듯했다. 누가 가장 무시무시한 상처를 가지고 있는지, 누가 가장 많은 양을 꿰맸는지, 누가 가장 커다란 깁스를 하고 있는지, 누가 가장 무거운 견인장치를 가지고 있는지 말이다. 나는 쥘리앵 앞에서 멀쩡한 손과 얼굴을 내보이는 대신에 주삿바늘에 찔려 구멍이 뚫리고 푸른 반점들로 가득한 피부를 드러냈다. 깁스 안쪽을 보어주지 못하는 게 아쉽다. 뒤꿈치가 파랗게 멍든 걸로 보아 내부는 훨씬 더 강렬한 인상을 줄 텐데.

하지만 쥘리앵…. 오늘 나를 만지는 그의 손은 부드럽기만 하고 열기가 없는, 여동생인 환자를 살피는 사람의 손이다. 그에게 여자가 무엇인지 나는 안다. 그에게 여자는 기타다. 쉽게 다룰 수 있지만 애정을 담아야만 하는, 부상을 입어도 듣기 좋은 소리를 내려고 하는. 쥘리앵은 서투르지만 다정하게 연인을 보살피지만 더 이어나가려고 하지는 않는다. '외톨이 멍멍이'라 불러주던 오빠로서의 그림자가 될 시간이다. 그의 입맞춤은 손만큼이나 가볍다. 안 돼. 나는 그렇게 연약하지 않다고!

"몇 시간만 있으면 일어나 앉을 거야…."

아직은 엄두가 나지 않았다. 발은 베개를 괴고 양쪽으로 모래주머니를 매단 채 곤히 잠자고 있다. 오늘 아침, 나는 혼자 씻기로 결심했고, 대야를 받아 들며 간호사의 도움을 거절했다. 간호사가 다른 환자를 씻기는 동안 나는 피부에 남은 클로로포름, 식은땀, 통증이 새겨놓은 끈적끈적하고 흐릿한 흔적을 문지르고, 헹궈내고, 떨궈냈다.

니니는 필요한 용품들을 조금씩 채워주고 있다. 비용을 대는 건 쥘리앵의 몫이라 니니는 돈을 아끼지 않는다. 가장 예쁜 가운, 한 달분의 담배, 일 년 치 화장품, 심지어 운동화도 생겼다.

"네가 다시 걷게 되면", 니니가 말했다. "발목을 잡아줄 신발이 필요할 거야."

"…운동화를 신고 꽃무늬 옷을 입고 여길 탈출할 거야."

"조금만 기다려." 쥘리앵이 말했다. "이제 수술받은 지 이틀밖에 안 됐어! 그때까지는 꼭 원피스를 구해 올게."

그리고 쥘리앵은 '구해' 왔다.

"…나중에는 옷이 가득 차 있는 옷장을 가지게 될 거야. 원하면 하루에 열 번씩 갈아입어도 좋아. 하지만 지금은 낡은 옷들을 마저 소모하자. 모든 일에는 다 때가 있는 법이니까."

쥘리앵은 자리에서 일어나 병실을 둘러보았다. 모든 침상에서 저마다 가족회의가 열리고 있다. 면회 시간만 되면 환자들은 서로 모르는 사이가 되어 원래의 일상으로 되돌아간다. 방문객들이 침대 주위에 붙어 앉아 탁자를 정리하고, 베개를 정돈하고, 슬그머니 달콤한 간식이나 강장제를 채워 넣는다. 그들은 알고, 병원은 아무것도 모른다.

니니는 일주일에 이삼일 정도 필요한 물품을 가져다주고, 또 주문을 받기 위해 방문한다. 그 외 시간 동안 나는 천애 고아 신세다. 다른 환자들의 호기심 어린 혹은 동정 섞인 참견을 피하기 위해 '성녀 체온계님'이 오는 시간이 될 때까지 열심히 무언가를 읽거나 꾸벅꾸벅 존다. 정확히 오후 두 시가 되면 어김없이 유리병을 든 간호사가 나타난다. "방문객들은 나가주세요!" 그러고는 병실에서 그들을 얼른 내쫓기 위해 장비를 살피고 힘차게 흔든 다음 환자들에게 하나씩 나누어준다. "체온 재세요!" 그러면 병원이 다시 권위를 되찾고, 침입자들은 꽁무니를 뺀다. 말을 듣지 않는 냇냇은 소금 너 포옹

하며 미적거리고, 마지막으로 한 번 더 선반의 꽃을 정리한다…. 지긋지긋하다. 그들이 떠나고 나면 그들은 다시 고독에 빠지고, 치료가 시급한, 잔잔하게 고로롱거리는 병자로 되돌아간다.

"다른 환자들과는 어때? 너무 캐묻지는 않고?"

"네가 떠나고 나면 아마 귀가 간지러울걸? 보다시피 바로 옆에 있는 부인은 누군가의 엄마, 할머니, 이모, 시어머니야…. 그쪽에는 항상 친척들이 와서 혼잡해. 발의 뼈가 잘못 붙어서 입원했대. 너무 일찍 걸었나 봐. 그래서 금속판으로 발을 고정해야 한다네. 그러니 그 정도는 봐줄 수 있지…."

"너는 뭐라고 했는데?"

"의논한 대로야. 언니네 집에 있었는데, 강아지랑 놀다가 강아지가 테라스 계단을 내려가서—나는 피에르의 집을 머릿속에 그리며 말했다—얼른 그쪽으로 가려고 테라스에서 뛰어내린 거지. 사실 매일 하던 짓이었는데…."

수술실에서도 나는 그렇게 말해야 했다. 인턴 의사가 내게 말했다. "개들이랑 놀면 꼭 다친다니까요!"

나는 말을 계속했다.

"병원 밖에서 나를 찾아오는 건 니니와 네가 유일해. 그래도 가끔은 남자 인턴이나 들것 운반부가 수다를 떨자고 찾아오기도 해. 참, 어린 남자 간호사도 하나 있었지…."

쥘리앵은 미묘하게 인상을 찌푸렸다. 그의 동공이 흐릿해졌다.

"…걔가 코닥 카메라를 가져오겠다고 약속했어. 기념사진

72

정도는 찍어도 괜찮잖아?"

"그게 괜찮겠어? 네 사진이 온 경찰서마다 붙어 있잖아, 생각이란 걸 좀 해. 어린애가 따로 없다니까. 그 남자와는 다신 어울리지 않도록 해."

더는 고집을 피우지 않았지만 조금은 서운함이 들었다. 내게서 사진 기사를 빼앗아가는 건 상관없다. 하지만 내 사진!

"정 그러면 네거티브 필름으로 찍어달라고 하지 뭐."

"범인 은닉죄가 얼마나 심각한지 몰라?" 쥘리앵이 낮은 목소리로 말을 이었다. "니니와 피에르는 경찰 끄나풀이야, 알아? 그런데도 불구하고 널 위해 위험을 무릅쓴 거라고. 넌 매분 매초 네가 하는 모든 말을 기억해야 해⋯."

쥘리앵마저 나를 지긋지긋하게 만들고 있었다! 내가 대답했다.

"걱정 마. 기억을 충분히 하고 있으니까⋯. 그보다, 넌 뭔데?"

"뭐?"

"너 말이야. 사촌 오빠? 형부? 내가 너를 뭐라고 설명해야 해?"

쥘리앵이 미소를 지었다. 두 눈이 다시 생기를 띠기 시작했다. 그는 내 얼굴을 그러쥐고 가만히 있었다. 서로의 시선이 얽히고 같은 웃음과 함께 가까워진다⋯. 나는 이 입맞춤이 좋다. 성녀 체온게님. 나의 방문객을 여기 내 침대 가까이, 이 보호틀 아래 내버려두옵소서.

쥘리앵은 몸을 뒤로 물리고, 다정한 눈으로 장난스럽게 숭

얼거렸다.

"내 약혼녀…."

병실의 부인들에게 나는 그를 그렇게 설명했다. 금속판 부인과 거울 부인은 축하의 말을 건네며 우리의 청춘에 찬사를 보냈다.

"정말 예쁜 한 쌍이야…."

"아이를 낳으면 당신의 곱슬머리와 아빠 눈을 닮으면 좋겠어요…. 맙소사, 당신 머리카락이 얼마나 예쁜지 몰라요."

"맞아요. 얼른 결혼해요. 친절하고 솔직해 보이는 남자예요!"

"당장 결혼하지 못할 문제라도 있나요?"

있다! 사람들이 눈에 불을 켜고 나를 찾고 있는 상황. 그것도 아주 비싼 대가를 치르게 될 문제. 나는 그가 띄엄띄엄 방문하는 이유를 설명하기 위해 내 약혼자가 무역업을 하고 있어 출장이 잦다고 둘러댔다. 그러고 나서, 쥘리앵이 선반에 두고 간 케이크 상자의 매듭을 풀기 위해 금속판 부인에게 칼을 빌려달라고 말했다.

입을 다물게 하는 데는 버터크림보다 더 효과적인 건 없다.

6

신문과 크루아상 판매원이 지나가고 나면 면회 시간이 올 때까지 우리가 볼 수 있는 건 의료진뿐이다.

매일 조교수는 인턴들을 대동하고 회진을 돈다. 하지만 그는 '조'교수로 보이지 않았다. 우리에게는 세례를 베풀었고, 자신의 손가락으로 혹은 타인의 손가락을 통해서 우리를 재창조했던 성부이자, 여러 기술 가운데 하나를 직접 골라 수술 계획을 세운 신만이 존재했다. 우리 몸뚱이가 관찰당하는지도 모른 채 무력하게 쉬는 동안 그는 엑스레이 사진을 낱낱이 살펴 판단을 내리고, 잘라내고, 절단하고, 접붙였고, 우리는 그의 주방에 접근할 수 없었다. 우리의 육신은 압수당했고, 예전처럼 기쁨 속에서 육신을 다시 소유할 수 있게 된다 해도, 우리는 그 '거동 가능성 성녀님'이 어떤 길로 우리에게 강림하셨는지 결코 알 수 없을 것이다.

'성부'님은 일주일에 두세 번씩 들렀다. 그분이 방문하는 날이면 병실 여자들은 짐 가방을 침대 밑으로 옮기고, 머리맡 탁자에 쌓인 잔해들을 쓸고, 대야를 평소와는 다른 노골적인 정성을 들여 살균하고, 그 대가로 그분으로부터 '이야!' 하는 감탄사를 얻어낸다. 그분이 지나가기 전에는 대야를 원래 상태로 되돌려서는 절대 안 된다. 괄약근을 꽉 조이고, 침상의 주름을 쫙쫙 펴고, 눈과 입술에 생기를 불어넣는다. 그분을 향한 사랑으로 우리는 모두 우아한 자세를 취하고, 그분의 관심을 끌 만한 작품이나 읽을거리를 선반 위에 올려둔다. 만약 뼈 주위를 두르고 있는 것이 하나의 여성, 일하고 생각도 할 수 있는 재단할 수 없는 하나의 존재라는 사실을 알아봐준다면, 엑스레이 사진을 잠깐이라도 내려두고 우리의 얼굴을 봐준다면, 미소나 말을 건네준다면, 우리의 고통과 무지는 사라지고, 우리는 치유되고 구원받게 될 거다.

그분이 다가온다. 발, 나일론 스타킹과 깁스, 광채와 창백함, 모든 게 뒤섞이며 하나의 수치심으로 굳어진다. 수간호사는 카트를 뒤로 슬쩍 물리고 선반 구석에서 누군가 담배를 태운 흔적은 없는지 확인한 다음, 엑스레이 사진들이 담긴 상자 모퉁이로 향한다.

바퀴가 달리고 두꺼운 뚜껑이 있는 하얀색 커다란 상자에는 서류들이 담겨 있다. 수간호사는 상자로 손을 넣어 우리 여섯 명의 신상 기록부를 꺼내 침대 발치에 하나씩 내려놓는다. 기록부는 그분이 병실을 나서는 즉시 거두어진다.

내 혈액형조차 모르는 나로서는 그 서류를 낱낱이 보고 싶은 심정뿐이었다. 하지만 어떻게 한단 말인가? 서류가 침대 위에 놓이는 시간은 너무나도 짧고, 수간호사는 병실을 떠나지 않고 행렬이 이어지는 복도와 병실 안 우리들의 몸짓에서 눈을 떼지 않고 감시한다. 상자가 열쇠로 잠겨 있는 건 아니지만 우리 중 누구도 걸을 수 있는 사람은 없었으니…. 방문객을 매수해야 하는 건가? 나 자신을 궁금해했다고 그걸로 체포될 리는 만무했다. 나는 기회를 노렸다. 언젠가 그분이 맞은편 침대에서 움직이지 않고 머무르며 시선을 그곳으로 집중시킨다면, 내가 서류를 낚아채 훑어보고 제자리에 되돌려놓기에 충분한 시간 동안 모두가 내게서 등을 돌리고 있을 거다. 물론 내 심전도, 체액 분석, 폐 촬영 사진은 모두 멀쩡할 거라 생각한다. 애초에 괜찮지 않을 수가 있나?

"아파요…."

"끔찍하게 피곤해요(혹은 짜증이 나거나 거북해요)."

"보세요, 선생님. 이거 욕창이 생기고 있는 거 아닌가요?"

…자신의 몸에서 무언가 놀라운 것이나 걱정스러운 것을 발견한 사람은 그게 뭐든 그것을 명의에게 털어놓고는 이런 대답을 기대한다.

"매우 정상입니다!"

그러니 내 침대가 덜컹거리는 것 같고, 수렁으로 몸이 빠져드는 것 같고, 허리가 무지개처럼 휘는 것 같고, 심한 허기 뒤에 구역감이 느껴지고, 식도에 덩어리가 껴 있는 것 같고, 깁스 안쪽에서 미동도 없는 발가락들이 죽어버린 작은 순대 다섯 개처럼 느껴지는 것도 다 정상이다. 게다가 나는 이 모든 게 걱정되지도 않는다. 그게 '정상'이기 때문인 것도 있지만, 내 상상력과 몸뚱이의 반응 하나하나에 뚜렷한 흥미를 두고 체념하듯 받아들이기 때문이다.

다만 그들이 내 발을 참수하고 석방하기 전에 무슨 짓을 했는지가 궁금했다. 발의 치유를 위해 박은 나사가 플라스틱인지 금속인지, 이따금 예상 못 한 현기증을 일으키는 끔찍한 통증을 안겨주는 그 잊힌 도구가 대체 뭔지 말이다. 항생제를 맞을 때마다 유년 시절에 경험했던 결핵예방백신이 주었던 최악의 고통보다 몇 배나 큰 통증이 느껴진다. 그리고 나는 그때를 떠올린다. 벤젠을 주사했던 일, 추락을 시도했던 일, 롤랑드에게 했던 말. "일이 원하는 대로 되지 않으면 담벼락에 나온 돌출부를 딛고 그걸 발받침 삼아 빠져나가면 되지 뭐…."

나는 원하는 걸 이루었다.

우린 가끔 성부께 질문한다.

"선생님…" 혹은 "교수님…"

하지만 그분은 결코 우리의 말을 듣지 않는다. 그래서 인공위성 하나는 선로를 이탈하고, 변함없이 낙천적이고 모호한, 단순하고 마음에 안정을 주는 하나의 문장으로 그분은 모든 질문을 묵살한다.

"환자분이 언제 걸을 수 있냐고요? 그건… 곧, 곧이요. 조금만 더 참으세요. 우리가 환자분께 무슨 치료를 했냐고요? 오, 아주 훌륭한 치료를 했죠. 아주 아름다운 수술이었어요. 그렇지 않나요?"

그러면 하위 위성들이 입을 모아 그렇다고 대답한다.

나는 그들의 수식어를 의심하기 시작했다. 그들에게 그것이 훌륭하게 여겨질수록, 우리에게는 심각하고 오랜 회복 시간이 걸린다는 의미이다. 정확한 임상학적 설명이 필요하다….

그리고 그분이 내 침대 발치에 머무르는 시간이 다른 환자들보다 훨씬 더 길게 느껴진다. 그분은 내 엑스레이 사진을 꺼내 빛에 비추어보기 위해 창문 쪽으로 멀리 뻗어보고, 그분의 설명을 듣기 위해 모인 흰 가운을 입은 무리로 인해 나는 그에게서 단절된다. 그의 말은 너무나도 빠르고, 목소리는 작고 밀폐되어 있어서 나의 발은 이해할 수 없는 파편들로 조각나고, 나는 절망을 느끼고… 또 화가 난다. 그분이 으스대는 것 같다. 장갑이 저렇게 깨끗하고 발목 주위 천도 저렇게 새하얀데, 수술실에서 곧장 온 것 같지 않은 거다. 건조한 말투, 간결한 문장, 인색한 미소는 딱 전형적인 외과 의사의 모습이다.

그래도 딱 한 번, 그분이 내게 말해준 적이 있었다. 내가 견인치료를 열흘간 받을 예정이며, 내 뒤꿈치를 일종의 바늘이 관통하고 있는데, 그 말단에는 밧줄 달린 편자가 달려 있고, 편자가 7킬로 무게를 견딜 수 있는 도르래와 연결되어 있다는 거였다. 엉덩이 아래까지 고철 덩어리가 끼워져 있었다. 두 다리가 침대 위로 들어 올려져 있어서 상반신이 하반신보다 아래에 있었다. 캉캉 춤을 추다 공중에서 멈춘 모습이었다. 나는 배를 깔고 누워 있는 걸 좋아하는데…. 이웃한 침대의 환자들은 나를 위로했다. 견인치료가 불편한 건 맞지만, 수술에 비하면 아무것도 아니라고, 내가 운이 좋은 거라고.

금속을 달고 있으니 수술을 피할 수 있을 거라고, 등등. 나는 단지 대화를 하고 싶었던 것뿐이다! 밧줄에 의해 몸이 당겨진 채로 가만히 있어야 하는 게 지긋지긋했다. 그날 아침, 그분이 나를 쳐다보았다.

"나이가 어떻게 되죠?" 그분은 침대 손잡이에 가장 최근 엑스레이 사진을 가져다 두드리며 불쑥 물었다.

그러고는 내 대답을 듣지도 않았다. 모두가 하던 일을 하며 그의 뒤를 따라가는 동안, 나는 얼굴을 편하게 붉으락푸르락할 수 있었다.

"음, 이 아이 부모님을 내게 보내." 그분은 내 서류에 지시 사항을 메모하던 수간호사에게 말했다. 내 언니가 왔을 때 나는 한마디했다. 애초에 엄마라고 소개했다면 그 나이라고 믿지 않을 텐데, 이제 그들에게 뭐라고 해야 하나…. 니니는 크림을 넣은 딸기 샐러드를 꺼냈고, 내가 그걸 먹으며 마음을 진정시키는 동안 상담실로 자세한 이야기를 나누러 갔다. 병실로 돌아온 니니의 얼굴은 환했다.

"다 정리됐어." 니니가 말했다. "동의서에 사인했어. 검사 결과가 나오는 대로 네게 '그걸' 할 거래."

"'그거'라니?" 내가 소리쳤다. "뭘 말이야?"

"뭐냐니… 아니, 뼈가 붙질 않아서, 뼛조각들이… 수간호사가 내겐 그렇게 자세하게 설명을 안 해줬어…. 아무튼 곧 수술을 할 거래."

일주일 내내 나는 침대에서 사람들을 맞이했다. 부목 때문에 움직이는 건 불가능했다. 방사선사, 심장전문의, 주사 놓는 사람이 내게로 직접 왔다. 그들이 원할 때 소변을 누었고, 며칠 연속으로 그들을 기다리며 아침을 굶었고, 수술이 실패 하지는 않을까 마음을 졸였다.

금속 연결대를 고정한 지 16일째 되던 새벽, 나는 수면제 를 맞고 비몽사몽한 상태로 메스를 기다렸다. 이번에는 수술 실까지 정신을 놓지 않는 법을 알았다. 의식이 흐릿해지게 두 면서 정신을 아주 미약하게 깨워두는 거였다. 생각은 하지 말 고 색색의 책 페이지를 천천히 그것들이 원하는 속도로 넘기 고, 눈꺼풀은 '반쯤 닫힌' 채로 두고, 어떤 것도 자극하지 말 고, 아무것도 붙들지 않는다. 내 주변, 저 멀리서는 아침의 평 범한 일상이 계속되고 있었다. 카트, 가림막, 대야, 냄새…. 소변과 약품 냄새와 뒤섞여 추잡해진 여섯 개 브랜드의 향수 냄새였다.

전날 밤, 그들은 내 금속 연결대를 잘라냈고 발을 노랗게 물들인 뒤에 부드럽고 거대한 붕대로 감쌌다. 간호사의 권유 에 따라 눈에 띄지 않을 정도로 단장을 했다.

"얼굴에는 아무것도 바르지 말고, 그 매니큐어는 지우세 요."

만약 죽더라도 성부의 마음에 들고 싶었다.

아침 10시가 되자 들것 운반부들이 나를 운반용 침대에 옮 겼고, 수간호사가 이불을 다시 덮어주고, 머리와 다리 아래로 깨끗한 베개를 두 개 밀어 넣었다. 나는 그곳을 떠나며 마치 마차에 탄 여왕처럼 오른손과 왼손 손가락 끝으로 인사했다.

환각을 불러오는 고요한 복도를 지나서 이동한 수술 내기실에서 수간호사는 내게로 몸을 숙였다. 그녀의 얼굴이 시야에 가득 찼다. 안경 너머의 눈이 나를 측은하게 바라보았고, 입술이 내 볼에 짧은 소리를 내며 붙었다 떨어졌다. 그리고 내게 "이따 보자꾸나 얘야"라고 말한 뒤에 사라졌다.

본연의 어둠으로 가득 찬 방에서 홀로 머물렀다. 쓰러진 사람의 것처럼 오그라진 내 발 너머, 카트 끄트머리에 서류가 놓여 있었다. 그걸 집으러 몸을 움직일 수는 없었다. 카트 끝은 곧 세상의 끝이었다. 그리고 서류는 그냥 개의치 않기로 했다. 아니, 모든 걸 개의치 않기로. 나는 죽은 채였다. 두 팔역시 옆구리를 따라 죽어 있었다. 유일하게 살아 있는 건 부드럽게 물결치고 회전하는 벽뿐이다.

완전한 도취 상태를 깨트린 건 인턴이었다. 그는 허공으로 거대한 소음과 소리를 만들어내며 방 안으로 들어와, 급류처럼 빠른 말들과 자욱한 연기를 쏟아냈다. 그가 목소리를 죽이고 있으며 습관처럼 골루아즈 담배를 피우고 있다는 건 알 수 있었다. 하지만 생각과 이성이 더는 같은 차원에서 이루어지지 않았다.

"거기", 인턴이 외쳤다. "몸은 좀 어때요? 잠들기 싫어요?"

나는 '싫어요. 싫어'라고 생각하며 감기는 눈을 뜨려 노력했다.

그리고 나는 죽었다. 왼손은 인턴의 장갑 속에 있고, 오른팔에는 커다란 펜토탈 주사기 피스톤이 밀어 넣어져 마취가 시작되자마자, 판때기 위에 뻣뻣하게 놓였다. 신이 들어오는 모습을 보지 못하고 기분 좋게 우글거리는 시간 속에서 나는 죽었다.

그렇게 나는 수술대에 세 번 올랐다. 복사뼈가 떠난 공간은 다시 채워지지 않았고, 뒤꿈치와 발목에 한 개씩, 총 두 개의 새 금속 연결대가 비어 있는 공간을 꿰찼다. 깁스에 붙은 네 개의 발 받침대는 집게로 구부러지고 반창고로 고정되었다. 수간호사의 휴무일이었던 날, 나는 드디어 서류를 슬쩍하는 데 성공했다. 서류는 교대 근무자에 의해 아침 식사 시간부터 접근이 가능했다. 나는 수술 보고서를 베껴 썼다. 처음 보는 단어들이 많았다. resection(절제술), abrasion(관절연마술), astragalectomy(목말뼈절제술), arthrodesis(관절유합술)….

쥘리앵은 띄엄띄엄 나를 보러 온다. 여름이 다가오면서 그는 과일과 음료수를 가져온다. 면회 시간에는 나와 환자들을 위해 아이스크림을 사러 나갔다 오기도 한다. 베개를 받치고 몸을 일으켜 나는 그가 병실을 가로지르는 모습을 본다. 금발의 미소, 손가락 끝으로 대여섯 개의 딸기 바닐라 아이스크림 콘을 아슬아슬하게 들고 오는 얌전하고 괴상한 모습. 나를 제외한 병실 전체가 그의 약혼자다. 우리는 천진난만하고 태평한 모습으로 서로의 손을 잡는다.

"아! 안, 네가 얼른 퇴원하면 좋겠어…. 네가 입원한 날 저녁에 피에르 집에서 네가 쓰던 침대에서 잤어. 방으로 들어가는데 네 모습이 보이고 네 숨결이 느껴졌어. 꼭 거기 네가 있는 것처럼…."

나는 그에게 몸을 기대며 셔츠에 분 자국을 남긴다. 재킷은 보호틀 위로 던져져 있고, 옷가지들은 하나둘씩 바닥으로 떨어지고, 서로를 다시 알아간다…. 면회실은 제각각 희망과 허무로 가득 차 있다. 이 땅에 우리를 위한 장소는 없다. 방랑 중이든 감옥 안이든 우리는 늘 혼자다.

"정말 네가 얼른 돌아오면 좋겠어…."

"하지만 거기론 돌아갈 수 없어!"

"어쩔 수 없어…. 깁스를 풀게 되어도 네가 니니의 여동생이라는 사실을 잊지 마…. 다른 장소를 찾아줄게. 아마 파리가 될 거야. 대략 언제쯤 퇴원할 수 있는지 알아봐."

"맞다, 쥘리앵. 'arthrodesis' 알아봤어?"

지난번 그의 방문 때 나는 베껴 쓴 서류를 그에게 넘기고 해독하는 일을 맡겼었다.

"응. 관절유합술이라고, 뼈를 '고정시키는' 거래. 네 발은 더는 구부러지지 않을 거야."

그걸 잃을 수도 있다, 부모님을 보내라, 그리고 이제는 뼈를 고정시킨다라…. 눈물이 그의 어깨를 적신다. 울면 울수록 속눈썹이 눈을 찌르고, 그럴수록 더 눈물이 난다. 망할 마스카라. 뒤꿈치가 없으니 이제 하이힐과 작별해야겠네. 다리를 절 테고 너는 불구가 된 여자애의 목발이 될 테지. 여자애는 네가 자기 자신으로부터 뭘 기대할지 알 수 없게 될 거고, 실감도 못 할 거다…. 미래가 비틀거린다. 이제는 어떻게 대담하고 뻔뻔하게 살아갈 수 있을까? 아아, 롤랑드….

곰곰이 생각한다. 깊은 생각에 빠진다. 면회 시간이 끝날 때까지 나는 쥘리앵의 품에 안겨 누워 있다. 아무 말도 하지 않고 기계적으로 흐르는 눈물로 코를 훌쩍인다. 쥘리앵은 그런 나를 다독이고, 달콤한 이야기를 속삭이며 어루만지고, 내가 얼마나 슬픈지는 외면하고 있다. 다른 실력 있는 의사들은 많아. 나중에 내가 최고로 훌륭한 의사들에게로 널 데려가 줄게…. 아이, 당연하지 바보야. 넌 다시 예전처럼 뛰어다니게 될 거야.

다음 날, 나는 인턴에게 퇴원할 수 있는지 물었다.

남자는 엑스레이 사진들을 살펴보고, 이불을 걷어 무릎을 굽혀보고, 부기가 빠지고 깨끗해지긴 했지만 아직 움직이지 않는 발가락들을 세워본다. 가슴 털이 삼각형으로 드러나는 브이넥 셔츠를 입고 다리까지 끌리는 흰색 앞치마를 허리에 두른 그는 도살업자로 변장한 커다란 짐승 같다. 그는 바라보고, 선반 위에 놓인 몽바지악 와인을 발견하고 웃는다.

"여기서 지내는 게 별로예요? 어머니가 술을 마셔도 된다고 하던가요?"

그러고는 덧붙였다.

"외출은 해도 될 것 같긴 한데…. 조교수님께 물어보세요. 하지만 퇴원할 필요가 있는지는 모르겠군요. 어차피 깁스를 잘라야 해서 다시 와야 하니까요."

"그럼… 바로 나갈 순 없나요?"

"그건… 저도 모르겠네요."

쥘리앵이 곧 돌아올 텐데, 그가 나를 데려가야 한다…. 나는 수간호사를 붙잡았다. 수간호사는 각 과의 장으로부터 승인과 사인을 받아낼 때는 세심하게 행동하고, 우리 앞에서는 거드름 피우는 걸 좋아한다. 11시가 되자 수간호사가 그릇을 내밀며 허락도 함께 건넸다.

"외출증을 끊어왔으니 오후에 나가면 돼요. 구급차를 타고 갈 건가요? 아니면 누가 데리러 오나요?"

"구급차는 됐어요. 누가 올 거예요."

잡역부 여자애가 그릇을 거둬서 중앙 탁자로 가져간 뒤, 양동이 안에 남은 음식물을 버린다. 그리고 포마이카 테이블로 옷가지들을 옮긴다. 테이블은 병실의 벽과 창밖의 6월 날씨만큼 푸르른 파란색이다. 잠을 솔솔 오게 만드는 무더운 열기가 끼친다. 페인트가 방울져 녹아내릴 듯 유리창이 작열한다. 나는 떠난다. 이 갑갑한 행복과 햇빛 비추는 침대에서 벗어날 거다. 병원을 나선다.

어제 경찰이 왔었다. 그는 "도로에서 사고를 당한 미성년자 여자애"를 찾는다고 했다. 그는 곧장 내 침대로 왔다. 목소리가 떨리고 등으로 식은땀이 흘렀다. 내가 개와 테라스 이야기를 하다 정신을 차려보니 그는 떠나고 없었다. 문제의 미성년자는 옆 병실에 있었다. 전동 자전거와 충돌해 무릎이 박살이 난 환자였다. 얼마나 두려움에 떨었는지! 쥘리앵 말이 맞았다. 사고를 당했거나 너그럽게 봐줄 만한 문제를 겪고 있는 여동생 역할을 맡는 게 훨씬 덜 성가셨다.

피에르의 말이 들리는 것 같다. "여자애 하나가 우리 모두를 감옥으로 보낸다고 생각해 봐…." 괜찮다. 나는 돌아갈 거니까. 하지만 이번에는 끌려다니지 않을 거다. 내게는 혈통, 목말뼈절제술, 쥘리앵이 있다. 그에게 돈이 있다는 이유로 당신들은 그의 천한 것도 돌봐주었지…. 쥘리앵이 그곳에서 당신들이 스스로 독기 어린 말을 삼킬 수밖에 없도록 지켜볼 거고, 나는 곧 당신들의 혀를 밟고 걸어갈 거다.

"나 데리고 갈 거지?"

어디로 갈 거냐는 말이 함의된 질문이었다. 감옥, 절도, 경찰… 이런 단어들은 입 밖에 내지 않는 법을 배웠다. 쥘리앵이 처음 방문했던 날 아주 작은 목소리로 그것들을 발음했지만 그것들은 고요의 구덩이 속에서 여전히 소리를 울려대는 것 같았다. 환자며 방문객이며 할 것 없이 온 병실이 나를 돌아보고 내게 귀를 기울이며 분노를 터뜨릴 것만 같았다. 내가 뱉은 말이 단 1초 만에 재앙을 불러일으키고 사람들이 나를 알아보고 린치를 가하게 만들 것만 같았다…. 하지만 곧 아무 일도 일어나지 않고, 누구도 내 말을 듣지도, 움직이지도 않는다는 사실을 알게 되었다. 아니, 쥘리앵만은 예외였다. 그의 얼굴은 반응했다. 그늘, 짜증, 인지할 수 없을 정도의 복잡 미묘한 표정. 아차, 넌 또 실수한 거야, 안…. 쥘리앵을 만족시키려면 어떻게 해야 하지? 내가 그에 대해서 알고 있는 것과 그에게서 관찰한 것을 서로 조화시키려면 어떻게 해야 할까? 나는 '고정된' 발을 불한당의 삶 속에 들여놓았고, 그곳의 모든 것이 놀라웠고 궁금했다…. 쥘리앵은 깡패인 걸까? 하지만 위험한 담벼락에서의 밤에 그가 벌어온 돈의 힘으로 내 발은 나을 수 있었다. 외과에서는 피보험자가 아니면 하룻밤 입원비가 8, 9천 프랑이나 들었고, 피에르 집에서 지내는 동안 늘어간 비용까지 다 하면…. 쥘리앵은 내게 황금으로 된

다리를 만들어준 거나 다름없다. 그렇다고 지나치게 고마운 마음이 들진 않는다. 나 역시 쌀쌀한 봄밤, 전조등 속에서 탈출의 마지막 순간에 나를 필요로 하는 남자를 발견했더라면 그와 똑같은 일을 했을 거고, 그래야만 한다는 걸 알았다.

"네가 늙고 못생겼더라도 난 똑같이 했을 거야…."

당연하지 내 사랑. 만약 그랬더라면 더 아름다웠을 거다. 그래서 불행히도 내가 만약 너를 사랑하거나, 더욱 불행히도 네가 나를 사랑하게 된다면 너는 온갖 추측과 거짓으로 인해 망가질 거고 단념했을 거다…. 그건 잘못이다. 잘못…. 그러니 대가는 청춘이 치르게 하자. 서로에게 가장 다정한 형제가 되어주자. 네가 원하는 대로 모든 기억을 묻어두자. 쥘리앵은 홍얼거리며 말했다.

"아! 네가 깁스만 하지 않았더라도…."

그래도 너는 나를 데려갔을 거다. 그건 더는 문제가 되지 못한다.

…그렇게 우리는 피에르의 집, 우리 방으로 다시 돌아오게 되었다. 나는 바닥에, 쥘리앵은 침대 가장자리에 앉아 있고, 서로에게 손을 대지 않는다. 오로지 내 머리카락을 빗는 그의 무심한 손가락만이 내 머리를 식혀준다. 날이 매우 덥다. 우리는 느릿느릿 문장을 주거니 받거니 하고, 편안하고 시원한 것들, 책들, 감옥 주변으로의 여행에 관해 이야기한다. 그런 다음 차가운 것들, 인적 드문 길들, 무의미한 순례길에 관해 이야기한다…. 죽고 버려진 나는 검은 나무들 아래서의 죽음으로부터 모든 걸 받아들이기로 한다. 나머지… 나머지는 사

람들이 찾는 것, 사람들이 내게서 아는 것과 함께 땅에 묻혔다. 사진과 지문이 어떤 생명을 가질 수 있을까? 모든 건 과거에 남겨졌다. 젠장! 그래도 좋다. 지금 내겐 이 발 외에도…

"봐. 목발이 있으면 난 어디든 갈 수 있을 거야. 나중에는 떼었다 붙였다 하는 깁스를 만들어줄 수도 있겠지…."

"더 현실적으로 생각하면, 네 발을 절단하고 스타킹을 압정으로 꽂는 거야. 그러고 보니까 지금 당장 그 깁스 위에도 스타킹을 씌울 수 있겠는걸!"

나는 얌전히 내 '부츠'를 내려다본다. 예쁜 건 사실이다. 아직 더러워지지 않은 분홍 수채화 물감 색의 깁스, 새 반창고로 고정된 뒤꿈치 받침대….

"원래 모습보다야 낫지…."

담배는 입을 건조하게 한다. 그래도 우리는 기계적으로 담배를 피운다. 니니는 재떨이로 우리에게 편평하고 볼품없는 유리 받침을 주었는데, 그게 이미 넘치고 있었다.

"기다려. 재를 바닥에 털지 마. 니니가 내일 보면 화를 낼걸? 자, 이러면 훨씬 낫지?"

쥘리앵은 목발을 사용해 세면대 아래에 있는 요강을 끌어왔다. 우리는 거기에 담뱃재를 털어 넣는다. 우리는 몸을 깨끗이 씻었고, 시간도 넉넉하다. 뜨겁고 정체된 시간이 아주 조금씩, 소리도 열기도 없이 서로 속삭이며 흘러간다.

7

어둠 속에서 수리를 거친 한쪽 다리는 한 번도 관리를 받지 못했던 다른 쪽 다리보다 천배는 더 튼튼해진 게 분명하다. 깁스를 한 다리를 위해 니니에게 뜨개바늘을 달라고 했고, 일주일마다 향수 일 리터를 사 오게 했고, 주방에서는 칼집을 슬쩍한다. 안쪽이 미친 듯이 가렵다. 얇은 판으로 안쪽을 긁고, 정강이나 장딴지를 따라 키프로스나 라벤더 향수를 들이붓는다. 피에르가 냄새를 맡고는 경멸하듯 외친다. "향수 더 뿌려야겠어!"

식사를 재빨리 해치우고 목발을 짚고 집 앞이나 뒤로 향한다. 피에르가 공장으로 멍청한 짓거리를 하러 나가고 니니가 집안일을 하면, 나는 가운을 벗고 뜨거운 하늘 아래서 두 눈을 감고, 헐벗은 몸으로 피부를 태운다. 피부를 타고 흘러내린 땀줄기가 풀숲으로 떨어지고, 깁스가 수축하며 줄어든다. 목발을 써서 세탁장까지 걸어가, 대야에 몸을 담그고, 한쪽 발은 젖지 않게 가장자리에 꺼내둔다. 아주 중요한 일이다. 내 발을 할 수 있는 최대한으로 멀리 떨어뜨리고 살아야한다. 금속 연결대가 뼈를 관통하고 있어 단 한 방울의 물도 감염을 일으킬 수 있다. 발가락을 씻는 일도 많은 집중력을 요한다. 목욕용 장갑이 조금만 닿아도 통증이 깨어난다. 어느 날 아침, 나는 금속 연결대를 감싼 반창고를 제거했다. 한 꺼풀 한 꺼풀 조심스럽게 벗겨내, 금속 연결대 주변의 깁스를 둥글게 잘랐다. 그 부위를 보고 싶었던 것이다. 금속으로 된 작은 막대가 진한 빨간색으로 억눌려 부풀어 오른 살 속에 파고들어 있었다. 힘껏 당기고 밀어서 하나를 끄집어내는 데 성공했다. 나머지는 꼼짝하지 않았다. 이걸 뽑아내고 나는 무엇이 될까? 이 끔찍한 발을 하고 롱 드 장브*를 하는 내 모습을 상상하자 울고만 싶었다. 지긋지긋했다. 다 끝내고 싶다.

내가 빠르게 걷는 걸 보든, 내가 얼른 이곳을 떠나 사라지는 걸 보든, 모두가 나와 끝내고 싶어 할 거다. 솔직히 피에르라면 내가 변덕을 부리면 기뻐할 거다. 왜 쥘리앵을 기다리고 있어야 하는가? 그에게 뭘 더 바라는가?

"그래 뭐. 병원 근처에서 머무르는 편이 좋을 테지…. 하지만 그 후엔? 그 후에는 어떻게 할 생각인데?"

피에르는 곰곰이 생각에 잠긴 듯 연주실에서 슬쩍한 아코디언을 늘리며, 피아노 악보와 내 얼굴을 번갈아가며 흘끔거린다. 아르페지오로 한 악절 한 악절을 연주하며 그는 작업복을 벗어던지고, 반바지 벨트 위로 기름이 번들거리는 뱃살을

---

*   rond de jambe. 한 말보 반원이나 원을 그리는 무용 동작.

늘어뜨렸다. 나는 그의 앞에 앉아 속바지와 브래지어 차림이다. 무더위가 그걸 허용해주었다.

"뭘 어떻게요? 피에르, 난 걸을 거예요. 내가 알아서 할 거라고요."

"알아서 할 순 있어도, 지금 걷지는 못하잖아. 생각해보라고…. 쥘리앵이 말해줬을 테니 모르지 않겠지만, 그는 너를 위해 위험을 감수하고 있어. 돈도…"

"걱정 마세요. 다 고려하고 있으니까요. 그건 그와 내 문제예요."

피에르는 대체 왜 끼어드는 걸까?

"하! 그러시다? 그럼 지금은?"

피에르는 격정적으로 건반을 누른다. 몸의 나머지 부위와 이상하게도 조화를 이루지 않는 손가락들 아래로 건반이 튀어 오르고 내려간다. 민첩하고, 우아하고, 섬세한 손가락들이 요동치고 고함치는 젤라틴 덩어리에 달라붙어 있다.

"쥘리앵이 오지 않은 지 벌써 열흘이라는 걸 알기는 해?"

"일하느라 바쁜 거겠죠! 그리고, 경찰이 주시하고 있으니 이곳으로 자주 올 필요도 없잖아요."

"아무렴! 고지식하기는! 그럼 그가 돌아오지 않으면? 무슨 일이라도 생긴 거라면? 그건 생각 안 해봤어?"

오, 당연히 생각해봤죠, 피에르. 매분 매초 생각한다. 쥘리앵에 대한 생각이 나를 깨우고 깨어 있게 만든다. 길고 긴 밤 동안, 나는 작은 엔진 소리 하나, 문소리 하나, 발소리 하나에도 귀를 쫑긋 세운다. 어쩌면 그가 나아갈 길 위에서 불행과 그림자를 치워버릴 수도 있을 거다…. 조심해 쥘리앵. 이제 나는 걸을 수 있다. 한 발이든, 두 발이든, 세 발이든, 너를 만나러 가고, 필요하다면 이번에는 내가 너를 찾아내기에 충분히 멀리까지 걸어갈 거다…. 그래도 조심해…. 나는 담배 끝을 바라본다.

"쥘리앵은 언제나 돌아왔어요." 내가 말했다.

"그래, 지난번에도 저녁 먹으러 온다더니 2년이 지나고서야 왔지."

"그때 사람들이 그를 도와준 거라면, 이번에는 내가 그를 도와줄 거예요. 물론 당신에게 돈을 지불한 뒤겠죠. 쥘리앵이 미리 당신에게 몇 달 치 선불을 냈으니 당장 거처를 옮길 필요는 없겠어요. 뭐 어떡하나요, 내가 무기력한 사람인걸요."

(아! 이 얼마나 계산적인 발언인가!)

"어찌 됐든 넌 어디 못 가." 피에르가 말했다. "저 문을 당당히 지나갈 때면 또 모르지. 어쨌든 내가 공장에 나가는 것처럼 너도 길에서 몸 팔러 가기는 싫을 거 아냐? 저녁에는 단골 손님과 경찰들을 데리고 다니고…."

"…그리고 기둥서방도요."

마지막 말을 덧붙인 건, 피에르가 무심한 척하며 내 상체를 관찰하고 있었고, 그가 결국 뭘 하고 싶어 하는지 내가 이해했기 때문이다. 술집 영업시간에 위층 네 개의 방을 차지하는 게 관광객뿐만은 아니란 걸 모르지 않았다.

나는 니니가 낡은 수건들을 갈면서, 동전 주머니에 사례금을 넣는 모습을 상상한다. 선생님, 부인, 감사합니다. 숙박료

를 지불하는 날이면 바에서 커다란 비시 생수를 내어주며 피
에르는 내게 곧바로 손님 대우를 해줄 터였다.

그는 악보를 넘기며 말했다.

"신분이 확인되지 않은 사람은 아무도 못 들어오는 거야.
누가 너를 보러 와도, 내가 허락을 해야 만날 수 있다 이거지.
병원에 여기 주소를 준 것만으로도 차고 넘치는데…. 여기로
엽서를 보내게 하진 않았겠지?"

"아무와도 연락하고 싶지 않다고 분명 말했잖아요!"

"연락이야 그렇지…. 혹시 모르지, 환자들이나 남자 간호
사나…."

이젠 내가 구역질이 나려 했다.

"그래요. 침대 발치에 붙은 체온 기록표에 주소가 낱낱이
쓰여 있었으니, 누가 그걸 적어가기라도 했다면 제가 어쩔 수
있나요? 그리고, 우편을 수령하는 건 니니예요. 뭔갈 받으면
되돌려 보내면 되는 일이잖아요."

그들의 귀한 매음굴에 내가 무슨 짓을 했는지 알게 된다고
생각하니, 웃음을 참기가 어려웠다.

일요일마다 피에르와 니니는 아이를 데리고 하루 종일 이
곳을 비운다. 그들의 모친은 내게 맡긴다. 노년을 위해 저택
을 사둔 터라, 페인트칠을 하고 가구를 만들고 말뚝을 심는
일에 열중이었던 것이다. 그래야 이곳 무도회장을 헐값에 팔
아치우고 시골로 완전히 은둔할 수 있을 테니까.

토요일이면 니니는 시어머니와 나를 위해 먹을 것을 만든
다. 계란과 감자 요리다. 감자를 깎는 건 내게 맡기고, "배가

고프면 통조림은 찬장에 있어"라고 말한다. 니니는 집 열쇠들을 챙긴 다음, 일요일 새벽, 내가 모든 경계심을 풀고—쥘리앵이 오지 않을 것이므로—서서히 밝아오는 햇살 속에 잠이 들려고 할 때, 방으로 머리를 밀어 넣고 외친다.

"우리 이제 간다. 누가 벨 누르거나 전화해도 절대 응답하지 마. 그럼 저녁에 보자!"

나는 그러겠노라고 대답하고, 니니의 시어머니가 카페라테를 마실 시각까지 잠을 청한다. 니니의 시어머니는 먹고 자는 시간을 제외하면 주방에 앉아서 하루 온종일을 보낸다. 대리석 테이블 위에 놓인 그릇 앞에 송장처럼 푸르스름해진 손을 올려두고, 움직이지도 입을 열지도 않고 오로지 음식 냄새에만 반응을 보이고, 굶주린 짐승처럼 지저분하고 게걸스레 그릇을 비운다. 그녀와 마주할 때마다 그 모습은 놀라웠다.

니니가 잠그지 못한 유일한 문은 거대한 냉장고 문밖에 없었다. 소고기를 통째로 매달아둘 수 있는, 지금은 술병 선반으로만 쓰이는 식당 냉장고다. 니니의 시어머니를 등진 채로 나는 굉장한 칵테일을 제조한다. 가장 어렵고 힘든 일은 술잔을 가져오는 일인데, 목발 손잡이를 붙잡고 있어야 하는 탓에 손이 모자랐기 때문이다. 그래서 내 보폭에 맞추어 잔을 오십 센티미터씩 이동시키며, 테라스에 도달해서는 온몸을 쭉 뻗고 드러눕는다. 걸친 거라고는 깁스가 전부다. 나는 술과 햇살로 나를 채운다.

집주인들이 돌아올 때가 되면 세탁장에서 목욕을 하고 입안을 헹군다. 머리끝부터 무릎까지 개운해지고, 성신이 맑아지고, 죽을 만큼 목이 마르다.

"햇빛이 갈증을 나게 하네요."

딱한 피에르. 그는 제 집에서 나를 부려먹길 원하지만 나는 손님 접대를 위해 아껴두었을 위스키를 훔친다.

다시 돌아와, 나는 계속해서 말을 이었다.

"나는 괜찮은데, 쥘리앵이 자기가 기둥서방이라는 말을 들으면 기분이 어떨지 모르겠어요."

"오, 기둥서방… 그건 그냥 하나의 표현일 뿐이야. 아마 오히려 좋아할걸? 걔는 빚을 지는 걸 싫어해. 그리고 너는 쥘리앵과 결혼한 사이도 아니잖아?"

피에르는 그 돈은 내가 번 돈으로 여겨질 수 없고, 내가 쥘리앵에게 빚진 것이고, 그가 나와의 관계를 그렇게만 받아들일 것이며, 내가 '내 남자'라고 부르는 그에게 자신과 있었던 일을 잘 설명할 수 있을 것이며, 진짜로 내가 그럴 줄 안다고 해도 자신은 놀랍지 않을 거라고 말했다.

"하여튼 여자들은 감언이설로 남을 속이는 데는 선수라니까…."

피에르의 말은 정당했고, 쥘리앵은 무지했고, 나는 그 사이에서 무시될 만큼 하찮았다. 그렇게 정리하는 것이 모두를 만족시킬 터였다.

그러거나 말거나 나는 쥘리앵에게 이 사실을 알릴 것이다.

심지어 나는 조금 보태기도 했다.

"피에르의 불쾌한 말들을 듣는 것만으로도 한 달 치 숙박료는 깎아줘야 한다니까…."

지난번처럼 쥘리앵은 한밤중에 왔다. 지난번, 문을 열어줘야 해서 침대에서 일어난 니니는 불같이 화를 냈고, 오전 11시쯤 아침 식사를 담은 쟁반을 가져다주며 말했다.

"한 번은 참을게요. 언제든 벨을 눌러도 되는 건 맞아요. 하지만… 언제쯤 올 거라고 귀띔해줄 수는 있잖아요? 미리 전화도, 편지도 없이 새벽 2시에 불쑥 오다니요. 이런 식이면 나도 호텔처럼 할 거예요. 정확히 11시에 문 잠그고 개를 풀 거라고요."

그래서 그날 밤 쥘리앵은 담을 넘어 개를 쓰다듬고 일층 창문으로 잠입했던 거였다. 거기서부터는 문이 열려 있었고, 내 방문은 특히 밤에는 내내 열려 있었다. 잔뜩 성질이 나서, 장소만 바뀌었지 감옥살이가 따로 없다는 후회로 자러 올라가는 저녁이면 이중으로 문을 걸어 잠갔다. 스스로 내 감방의 문을 잠그는 행위가 위안과 해방감을 주었다. 반대로 기분 좋게 식사를 마무리하고, 음식물과 함께 여러 가지 소리, 니니의 설거지 소리와 피에르의 아코디언 소리를 소화시키는 위장의 피로와 지난밤의 졸음이 합쳐질 때면, 문을 그냥 단순히 밀어 넣는 것에 그쳤다. 만약 밤에 화장실에 다녀오면서 그 앞을 지나간다면 헌납된 문, 체념, 허약함의 표시를 알아차렸을 것이다…. 다음 날 니니는 그렇게 문을 꼭 닫지 않은 채로 두면 나무가 닳게 된다며, 그럼 목수 부르는 비용을 내가 낼 거냐고 물었다.

그래서 마음이 기쁜 저녁에도 걸쇠를 걸어 문을 닫았다.

쥘리앵은 슬그머니 문고리를 돌려 내가 께지 않도록 했다.

내가 자고 있었더라면 깨지 않았을 거다. 하지만 나는 자고 있지 않았다. 나는 결코 자지 않는다. 쥘리앵이 와서, 잠을 자고, 곧바로 사라질 때마다 나는 오히려 너무 팔팔한 기분이었다. 나도 그처럼 피곤해서 그의 옆에서 잠을 자고 싶다. 그의 꿈을 휘젓고, 그를 괴롭히고, 귀찮게 하는 것 대신에 말이다.

"내 사랑" 그가 말했다. "좀 봐주라. 죽을 것 같아서 그래⋯."

나는 침대 가장자리 중에서도 가장 끄트머리로 몸을 옮기고 인상을 쓴 채로 잠에 들기를 소망하며 자는 척했다⋯. 그렇게나 이 남자를 원하는 건가? 그는 내 한가함과 고통을 장식하는 나의 기쁨이다. 맞다⋯. 하지만 만약 내가 다른 것을 기대할 수 있다면, 다른 식으로 즐길 수 있게 된다면, 그때도 나는 그를 택할까?

그날 밤, 쥘리앵은 멀쩡히 깨어 있었다.

"내일 아침 니니가 무슨 표정을 지을까? 나는 주방으로 내려가야겠어. 목이 말라. 뭔가 마실 것을 가져다줄까?"

"응. 물 한 잔만 가져다 줘. 리카르*랑 물을 1:5로 타서."

몇 시간이 흘렀다. 헐벗고, 미동 없이, 미지근한 체온에 푹 젖은 채로 우리는 블라인드 너머로 흐르는 두꺼운 공기를 마셨다.

"여기 내 셔츠도 있어?" 쥘리앵이 불쑥 말했다.

"응. 이번 주에 짐 속에 있던 옷들을 죄다 세탁하고 다렸

---

* 리카르 파스티스(Ricard Pastis). 허브 리큐어의 일종.

어. 내가 네 여자라고 주장했더니, 니니가 그럼 네 빨래는 이제부터 나더러 하라더라고."

"그게 진짜야? 그 발로 일을 하게 했다고?"

"발로 빨래를 하는 건 아니잖아. 그냥 뭐, 재밌어. 창문에 널어두니까 이웃들이 방에 누가 사는지 궁금해하고, 여기가 꼭 빈민촌 같다고 불평이 많더라. 내일도 다시 시작할 거야. 세탁장까지 기어가서 빨래를 걷고, 시트를 더럽히고, 그들의 삶을 힘들게 하도록 노력하는 거지…. 다 주고받는 거야. 쥘리앵, 여기서 벗어나고 싶어."

쥘리앵은 자신이 때를 맞춰 잘 왔다고 말했다. 그에게 새로운 복잡한 상황이 생겼다. 도망 중인 한 사내가 그의 엄마 집에 들이닥쳐서 은신처를 알아봐달라고 요구했다는 거다. 쥘리앵은 그를 이곳에 머물게 할 생각이었다. 그가 찾던 셔츠는 새로운 사내를 위한 거였다.

"하지만 나만으로도 불만이 많은 사람들이잖아…."

"흥! 내가 이제까지 얼마나 많은 남자들을 여기로 데려왔는지 알면 그런 말 못 하지! 불평불만은 많아도 무엇보다 돈을 사랑하는 사람들이니 결국엔 받아들일 거야."

"그래서, 너는 그 남자들에게 뭘 소개했는데? 여자들?"

"아! 그들이 그것까지 말했구나. 몰라, 기억 안 나. 안, 어쨌든 넌 내게 유일한 사람이야. 그것만 생각해 줘. 너뿐이야 안…."

나는 질문들을 삼킨다. 그 여자들이 있었던 공간에 눕는다. 그래도 이 순간만은 오로지 나만의 것이다. 그 여자들은

99

구걸했고, 울부짖고, 지시했지만 동냥, 호의, 순종은 그들과 함께 떠났다. 그리고 내게는… 내일이…. 내일 따위가 뭐가 중요한가? 내일은 아직 태어나지도 않았다.

"…그래서", 쥘리앵이 말을 이었다. "그들이 동의하면 집에다가 전화를 넣을 거고, 그럼 그 녀석이 이곳으로 올 거야."

"그 말은 네가 여기 있겠다는 거네? 오, 너무 좋다!"

이제 내일이 태어날 수 있게 되었다. 나는 안다. 쥘리앵은 걱정이 담긴 얼굴로 전화기 근처를 떠나지 않을 거고, 거기에 집중한 그의 관심은 무엇도 침투할 수 없어서 나는 목발을 짚고 주위를 맴돌기만 할 거다. 나는 기타가 될 거고, 그는 나를 부드럽지만 부주의하게 만질 거고, 나를 휴식하게 할 거다…. 쥘리앵이 원하는 대로 생각하고, 해야 할 일을 하고, 남을 도우려 하는 사람이 되려는 것을 무슨 수로 막는단 말인가?

피에르가 빈정거리며 말했다.

"아직도 성자 쥘리앵 행세를 하는 거야?"

쥘리앵이 정신적 만족에 관해 말하자 피에르는 말장난을 쳤다(그는 꽤 그걸 잘했다). "네 말도 맞는데 내 말도 틀린 게 아냐", 그들은 서로 설득하지 못하고 몇 시간 동안 서로 주장을 펼쳤다. 그리고 우리 여자들은 조용히 듣고만 있었다. 니니는 그녀의 화덕 위에서, 나는 나의 담배 위에서.

즐거운 점심 식사가 될 것 같다! 그래서 그 남자 이름이 뭐였더라?

"그 친구 이름은 뭔데?"

"페드로. 둘이 있을 땐 괜찮지만 현재로서는 다른 사람들처럼 그를 '신부님'이라고 불러야 해."

"뭐?"

"현상 수배 때문에 그래. 엉덩이 끝까지 따라왔거든. 나른
한 신비주의자에 타고나길 악해서 젊은 신부로 위장하는 게
제일이었어."

그날 저녁 우리는 갓 성직자가 된 신학 연구생과 식사를 했
다. 도착한 페드로는 내게 말했다.

"아, 당신이 안이군요! 반가워요… 쥘리앵이 당신과 당신
의… '사고'에 대해 말해줬답니다. 다리는 좀 괜찮나요?"

"안녕하세요 신부님. 좋아졌어요. 감사해요."

나는 차갑게 대꾸했다. 페드로라는 이 남자와는 어떤 방탕
한 공모도 하고 싶지 않았다. 지나치게 예의가 바르고 반질반
질한 밤톨처럼 부드러운 눈빛을 한 남자였다. 펑퍼짐한 성직
자 의복 아래로도 그가 완벽한 근육질과 골격을 가지고 있음
을 짐작할 수 있었다. 억양과 동작에서 엿보이는 라틴계 특유
의 능글맞음과 혼탁함. 페드로는 스스로를 중년의 부랑자라
말했고, 자신감 넘치고 솔직한 태도로 다가왔다. 많은 말을
하면서도 불쑥 입을 다물었다. 그것이 너무 갑작스럽고 개연
성이 없었으며 즉흥적으로 말을 바꾸었다. 무언가 드러내 보
이려 노력하는 게 보였지만 그에게서 사실상 크게 발견할 만
한 건 없어 보였다. 아름다운 외모, 달변가, 훌륭한 몽타주였
다. 환속하여 보통의 사람들처럼 옷을 입어도 모든 게 과해서
자연히 시선을 끌 게 분명했다. 수염마저 심어놓은 듯한 모습
이었다.

그는 내 옆방에서 지내기로 했다. 우리는 이야기를 나누며 계단을 올라갔고, 층계참에서 저녁 인사를 나눴다. 하지만 대화는 끝날 기미가 보이지 않고, 거기서 나는 간단한 대꾸나 희미한 미소밖에 나눌 것이 없어서 혼자 방으로 들어와 몸단장을 시작했다.

쥘리앵을 고려하면 나는 그의 마음에 들어야 하고, 아름다워 보여야 하며, 정신과 눈빛을 날카롭게 유지해야 한다…. 그가 아는 것과 보는 것을 지우고 싶다. 목발, 장애, 느린 걸음, 성년에 이르지 못한 나이…. 어쨌든 그 역시 그리 나이가 많지는 않은 게 분명하다. 스물넷, 어쩌면 스물다섯? 그럼 남자애지 뭐. 결국 그가 나보다 나은 점은 걸을 수 있다는 게 다고, 그렇다고 쥘리앵에게 도움받기를 거부할 리는 없다. 점잔 빼기는, 저리 가!

나는 침대 속으로 몸을 욱여넣는다. 조금 뒤에 내가 서늘한 시트 위로 몸을 옮기면 쥘리앵은 체온으로 데워진 자신의 자리를 발견할 거다. 책 위로 손을 얹고, 나는 잠옷 셔츠 상의를 잡아당긴다.

그때, 쥘리앵과 함께 들어온 페드로가 장황하게 사과의 말을 늘어놓는다.

"안, 딱 두 마디만 더 하고 갈게요…."

두 사람은 거울이 달린 옷장 앞에서 빠르게, 소리 내지 않고 대화한다. 하루 일과 중 산책 시간에 싸구려 모직으로 된 죄수복을 입은 두 사람이 이야기 나누는 모습을 상상한다. 자리에 앉을 생각도 없이 대화를 나누는 둘은 퍽 심각한 분위기다. 이왕 여기 있는 김에 침대 가까이로 올 것이지! 나는 신경을 곤두세우고 읽던 책을 넘긴다. 책을 둘의 얼굴에 던져버리고 싶다. 제길, 영영 떨어지지 않을 생각인 건가?

호색한 신부, 엉터리 깡패 같으니!

하지만 다음 날, 커피를 마신 뒤 페드로와 나는 서로 시간을 끌고 있다. 우리는 서로가 배운 것과 서로의 출신은 잊어버리기로 정했다. 상대를 평가하기 위해 우리는 서로 허영적인 다른 목적은 감추거나 잠시 묻어두었는데, 사실 그거야말로 서로가 가장 궁금해하는 주제다.

무언의 몸짓, 인용구, 말줄임표…. 페드로는 사제복을 벗어 양복 걸이에 걸어두었고, 지금은 반바지, 러닝셔츠, 테니스화 차림이다. 오늘 아침, 커피를 마시기 전에 그가 근육을 깨우는 장면은 주변 모두를 압도했다. 침입자는 유연한 게 분명하다. 그는 스웨덴인처럼 거친 숨을 헐떡인 뒤, 세탁장 대야 안에서 성수를 뿌리고 목욕재계를 했다.

이브 복장으로 바람을 쐬던 내 날들은 이제 끝이다! 면도로션 향을 풍기는 아담이 내가 갖고 있던 유일한 천국인 세탁장에서 나를 몰아낸 거다.

페드로는 몸을 일으키고 끝없이 기지개를 켠다.

"좋아요." 그가 말한다. "오늘 오후에는 시내를 한 바퀴 돌면서 친구들을 좀 만나야겠어요. 안, 뭐 필요한 건 없나요?"

두 손으로 흉부를 짚고, 완벽한 다리 근육으로 버티어 선 그의 건강이 불쾌하다.

"고맙지만 됐어요…. 아, 하나 있어요. 신문을 가져다주실래요?"

그렇게 페드로는 내게 읽을거리를 조달해주는 사람이 되었다. 그도 글을 많이 읽는다. 자기 역할에 알맞은 책들이다. 『도둑의 일기』, 열쇠업자 교본, 그리고 지하철에서는 로카르 박사의 『범죄학 개론』이나 『가제트 뒤 팔레』*를 읽는다.

시도 때도 없이 "안녕하세요 신부님" 인사하는 악의 없는 사람들, 대중교통에서 사람들이 앞다투어 하는 자리 양보, 기다란 치마 복장으로 인한 습기에 지쳐, 페드로는 여름날 민간인 차림으로 되돌아갔다.

페드로는 수일 연속으로 새벽녘이 되어서야 귀가했다. 매일 아침에 셔츠를 갈아입는 걸 보면 그런 게 분명했다. 얼룩 하나 없는 셔츠, 쥐색 양복, 세트처럼 어울리는 펠트 모자. 독서하고 서류 가방을 들고 다녀도 그는 대학을 다니는 사람으로는 보이지 않는다. 무슨 공부를 하는지 조금도 드러나 보이지 않지만, 그의 어둠은 선명하고, 또 선명하다…. 그가 없을 때, 심지어는 있을 때에도 피에르는 신이 나서 그를 조롱한다.

"자네 셔츠는 보름달 뜨는 밤에는 괜찮지만, 이번 겨울에는 안개를 뚫고 가야 할 거야. 그 셔츠를 불빛 삼아서 무슨 짓이든 하겠어!"

이따금 쥘리앵이 그에게 전화를 하고, 둘은 알 수 없는 만남을 가진다. 둘은 함께 새벽녘에 귀가한다. 그런 날에 내가

---

* Gazette du Palais. 법률 잡지.

맞이하는 건 피곤함으로 번득이는 눈, 마른 땀과 먼지, 그리고 거뭇하게 올라온 수염으로 얼룩진 얼굴의 남자다.

그때마다 페드로는 아침 체조를 건너뛰고 저녁 먹을 시간까지 잔다. 그런 밤이면 나까지 잠이 줄기 때문에 피로에서 탄생한 일시적인 각성으로 우리는 수다를 떤다.

그때마다 피에르는 반어법과 꼬치꼬치 캐묻는 버릇을 잠시 접어두는데, 그는 웃어도 나를 웃게 만들진 못한다. 페드로가 제 아내와 자지 않고 외박을 했다는 사실에 흐뭇한 거다.

반면 나는 우연히 알게 되었다. 그 사실은 약간의 짜증을 내게 유발했는데, 마치 교도소에서 감방—아차, 방이지—문을 즐거운 마음으로 열었다가 제삼자에 의해 방해받은 두 여자애를 놀라게 만들었던 때를 상기시켰다. 다행히 이곳에서 페드로와 니니는 내가 알고 있다는 사실을 모른다. 그렇다고 해서 내 짜증이 가시는 건 아니지만, 두 사람은 내 입을 막거나 사탕발림할 필요 없이, 진실하게 나를 친절히 혹은 무심히 대하기만 하면 된다.

서너 시가 되기 전에는 일광욕을 할 수 없을 정도로 무더운 그날 오후, 페드로와 니니, 그리고 나는 점심에 시원하고 붉은빛 도는 날것들을 깨작깨작 먹었다. 술도 마시지 않고, 우리가 애타게 기다리는 건 단 하나였다. 바로 위층 블라인드 그늘에서 쉬는 것. 깁스 안에 향수를 얼마나 들이부었는지 축축해진 발가락을 하고 커다란 침대에 대자로 누워 나는 꿀 같은 낮잠을 잤다. 오후 2시, 세탁장에서 몸을 씻고 싶어 나는 목발을 짚고 계단을 내려갔다.

목발을 능숙하게 다룬 덕에 내게는 가볍고 조용한 두 다리가 생긴 셈이었다. 마치 줄 위에서 곡예를 시키기 위해 두 개의 나무막대 사이에 매달아놓은 꼭두각시 인형처럼 나는 목발을 짚은 채로 춤을 추고, 빙그르르 돌고, 앞뒤로 몸을 흔든다. 세 개의 발을 리듬에 맞추어 교묘하게 디뎠다. 하나, 둘-셋, 하나, 둘-셋. 재빨리 계단을 내려가, 뒤꿈치를 층계참에 디디고 목발을 하늘로 올려 몸을 회전하고, 무도장으로 들어간다. 바와 무도장을 분리하는 칸막이 구석에는 긴 의자가 하나 있는데, 그곳에서 방문객들이 앉아 휴식을 취하고 방이 없는 사람들은 잠을 청하는 경유지와 같은 곳이다. 사람들은 거기서 낮잠을 자거나 잡담을 나누고 빨래를 갠다. 긴 의자는 하나의 방과 같은 곳이다.

그렇게 나는 삐걱거리는 바닥 위로 목발을 부드럽게 내디딘다. 긴 의자가 있는 곳에 다다랐을 때, 니니가 그곳에서 벽쪽을 바라보고 누워 곤히 잠들어 있었다. 페드로는 흠 하나 없이 매끈한 등을 보이며 휘파람을 불며, 바 뒤에 쌓여 있는 전화번호부를 뒤지고 있었다.

먼지가 잔뜩 묻은 반바지와 팔을 하고 그는 칸막이 문을 밀며 내 쪽으로 왔다.

"관둬야겠네요. 번호는 우체국 가서 찾아야지. 그나저나 여기 정말 지저분하네요."

"오, 그거 알아요?" 나는 천연덕스레 대꾸한다. "원래 무대 뒤는 항상 지저분해요…. 그리고 우리가 사는 곳도 커다란 무대 뒤죠. 당신과 나는 특히 더요. 그렇지 않나요?"

페드로는 의자 발치에서 오십 센티미터 떨어진 재봉틀 위에 던져져 있던 셔츠를 집어 들고, 잘못된 판단으로 여전히 화석처럼 꼼짝 않고 있는 니니에게 시선도 주지 않고 테라스로 나갔다.

나는 그곳을 빠져나와 작은 돌멩이들이 무더기로 쌓여 있는 세탁장 수도꼭지로 향했다. 저 둘, 더위를 먹더니 아주 용감해졌네!

쥘리앵도 나도 그것에 관해서 먼저 말을 꺼내지 않았다. 말을 꺼낸 건 동시였다. 그리고 그 즉시 포복절도했다. 쥘리앵이 말했다.

"그 자식 참 무모하네! 내가 은신처도 마련해주고, 첫 달 치 돈도 내주고, 귀에 딱지 앉도록 그렇게 이야기했는데…. 돈 문제가 해결되자마자 떠나진 않고 정착하고! 거기다 이젠 장난감까지 만들다니!"

"그렇지만 여기서 달리 할 일이 없잖아…. 혼자 일하러 갈 수도 없는 노릇이고, 네가 이끌어줘야 하는 거 아니야? 밤마다 나가는 것도 다른 모든 말들처럼 거짓말인 게 분명해."

""돈을 벌고 싶어? 타고 올라가!" 정말이지 떠밀고 당겨줘야 하는 놈이라니까. 페드로만큼 겁 많은 남자는 너도 못 봤을걸…. 하지만 도망갈 때는 달리기 선수가 따로 없지."

쥘리앵은 페드로가 최근에 재개했던 활동 중 하나로 "내 병원비를 충당하기 위한" 5만 프랑을 벌어다 주었다고 말했다. 한편 페드로는 자신을 맞아준 집주인들과 은신처의 안전

보장을 위해 눈치챈 내가 이곳을 떠나면 나를 은밀히 죽여 완전히 침묵시키려는 생각을 품기도 했다.

"나 같은 어린애 목숨값으로는 재우고, 먹이고, 키스해주는 걸로 충분하지. 하지만 말이 안 돼. 나는 이미 존재하지 않는 사람이나 다름없는데 뭐 하러 죽이는 고생을 해?"

…그런 다음에 페드로는 쥘리앵에게 고귀하게도 니니를 나눠 갖자고 제안했다고 했다.

"자길 조금도 시기하게 만들지 않으려는 거였겠지." 쥘리앵이 말했다. "그 대가로 조만간 네게 수작을 걸 거야. 두고 봐. 분명 그럴 거니까. 달리 할 일이 없다고? 아니야. 페드로는 머릿속으로 더러운 짓들을 떠올리느라 쉴 틈이 없이 바빠. 그걸로 꿈까지 꾼다고. 그러니 조심해 안. 페드로를 조심해. 정말 위험한 놈이니까."

"아무리 문에 열쇠를 꽂아봐라 열 수 있나! 그래. 그 짐승 같은 놈은 하루 종일 피에르의 것을 탐하고 있어. 니니나 다른 누구에게든 열쇠를 들이밀 수는 있겠지만, 내 문을 열려는 시도는 하지 않을 거야."

그러나 얼마 안 가 그는 정말로 그 시도를 한 거다.

그는 배불리 먹은 예의 바른 거대한 늑대처럼 어슬렁거린다. 지나가는 길마다 작은 돌멩이들을 뿌리고, 그것들로 나를 꾀거나 자극할 수 있다고 여기고 있다. 자신의 내밀한 장신구들을 이곳저곳에 놔두고 다니거나, 내게 "목과 소매 부분만 좀 부탁해요"라고 하며 셔츠 빨래를 부탁한다.

나는 그의 나일론 셔츠를 쥐어짜고, 향수 냄새를 맡으며,

그가 하는 달콤한 말들을 받아친다. 내게도 달리 기분 전환할
게 없는 탓이다.

그는 동양의 음유 시인처럼 정중한 톤으로 '여인'을 논한
다.

"하지만 안은 여인이라 할 수 없어. 키 작은 남자라고 봐야
지! 안 그래요, 안? 훌륭하게 위장한 작은 남자…. 그래도 아
주 예쁜 가슴을 가지고 있을 텐데, 아닌가요?"

'친구' 사이에서나 할 법한 말, 내 가슴께를 향한 시선은 매
력적이면서도 형제 같은 것이다. 니니는 무덤덤한 기색으로
테이블을 치운다. 니니의 큼직큼직하고 빠른 동작들은 의자
에 등을 기대고 주저앉아 배를 내밀고, 다리를 활짝 벌린 채
꼼짝 않는 우리의 식후 무기력과 무심함을 비난하는 듯하다.
그릇들과 음식 찌꺼기가 사라지는 동안 페드로와 나 사이에
놓인 재떨이는 부피를 키워가는 것처럼 보인다. 대리석 테이
블에 놓은 재떨이가 꼭 죄악처럼 두드러져 보인다. 니니는 결
국 식기마저 치운다. 한 손으로는 축축한 헝겊으로 비누가 묻
은 넓은 타원형 식탁을 지저분하게 만든 부스러기와 얼룩들
을 닦는다. 몸을 조금 더 숙여 우리가 앉은 자리를 스쳐 지나
가고, 재떨이를 들어 쓰레기통에 비운다. 그걸 깨끗이 닦은
뒤에 페드로와 나 사이 정확한 중간 지점에 다시 둔다. 우리
가 거기 계속 앉아서 오후 내내 주방을 차지하고, 꽁초들로
재떨이를 다시 가득 채울지 궁금해하는 눈으로 그녀는 바라
본다. 하지만 좋은 주인이자 착한 하녀인 니니는 고집스레 입
을 나물고, 성사시세 구는 페드로에게 비소를 보내고, 세속해

서 기계적이고 활발히 움직인다.

나는 문득 술집이 문을 열면 니니가 팁을 받아 배를 채울 작정인지 궁금해진다. 물론 바에서의 주문을 대가로 받은 팁 말이다.

니니는 내 쪽을 보지 않고 말한다.

"스무 살이면 예쁜 가슴을 가지는 게 당연하죠. 게다가 아이도 없다면 더 그럴 테고요."

니니는 아이를 낳지 않았지만 그렇다고 해서 니니에게 가슴이 있던 적은 없었을 것 같다. 어떻게 페드로는 저 메마른 흉곽에 거부감을 느끼지 않고 붙어먹을 수 있는 걸까?

"두 사람이 원하면", 내가 무심하게 말한다. "브래지어를 벗을게요. 그럼 판단하기 쉽겠죠?"

대화를 끝내기 위해 페드로는 니니에게 샴페인 한 병을 가져다 달라고 한다.

"어디 안 좋아요? 샴페인을 가지고 뭘 하게요?"

"마시려고요." 페드로가 대답한다. "수다를 많이 떨었더니 목이 마르네요. 안, 샴페인 어때요?"

음주에 있어서 나는 언제나 찬성이다. 니니는 결국 냉장고를 연다. 어차피 페드로 앞으로 계산을 달아놓을 거고, 손님은 왕이니까. 이 시간대, 그리고 이 열기에 저 남녀가 취하는 데 도움이 된다면야…. 니니는 경직된 손짓으로 테이블에 샴페인과 와인 잔 두 개를 내어놓고 설거지를 하러 돌아간다.

"오오, 니니!" 페드로가 말한다.

남프랑스 억양을 따라 하는 그의 '오오'는 내게 신경질과 짜증을 불러일으킨다. 그는 입을 열 때마다 이런 짧은 말들을 툭툭 내뱉는다…. "오!" "어이!" "너!" "이봐!"

"화났어요, 니니? 어서 아름다운 미소를 보여줘요. 잔을 하나 더 꺼내요. 같이 건배해야죠."

"저도 같이요? 저는 술을 마시지 않아요. 알잖아요. 저는 마시면 안 돼요. 제 심장 때문에…."

니니의 도드라진 광대가 혈색이 돌며 꼭 와인색처럼 물든다. 심장이 녹아내린 거다. 페드로, 니니의 가엾은 심장을 아프게 할 작정은 아니죠? 둘이서 마셔요. 제 심장은 아무 문제 없이 잘만 뛰거든요.

"안, 당신은 너무 냉담해요."

"다리가 온전치 않으니 그럴 수밖에요."

페드로가 샴페인 뚜껑을 천천히 쓰다듬자 뚜껑이 느리게 빠져나가기 시작한다. 펑. 금방이라도 유리병을 타고 쏟아져 내릴 것처럼 작게 부글거리는 소리를 내는 황금빛 액체를 페드로는 손목을 돌리며 와인 잔으로 재빨리 가져다 댄다. 코로 느껴지는 희미한 향과 거품보다 나는 와인을 따르는 이 의식을 더 좋아한다. 한 잔씩 한 잔씩, 우리는 병 하나를 금세 비워낸다. 니니는 진저리를 치며 위층으로 사라졌다.

샴페인이 사지를 뜨겁게 달구는 동안 머리는 차갑게 식는다. 페드로의 머리는 일찌감치 멀찍이 떨어져 부유하고 있다. 페드로에게서 곧 일관성과 중요성이 모두 사라진다. 그가 말하고 움직이는 것이 전혀 내게 거슬리지 않는다.

나는 나의 원을 다시 곧게 쳤다. 그곳의 중심에는 오로지 나만이 있고, 많은 접선들이 와서 부딪치고 얽혀들지만 나는 그것들이 지나가고 사라지도록 내버려둔다. 아무래도 상관없다. 내 귀는 듣고, 머리는 이해하고, 목소리는 대답한다. 조금은 어눌한 목소리이겠지만 내 생각만은 하나로 통합되고 거리낄 것이 없다. 모든 것이 고정된 유일한 하나의 문장 주위로 빙빙 돈다. 나는 그 문장을 하나의 기준점, 하나의 불빛처럼 바라본다.

"그래도 조심해, 안…."

그럼, 쥘리앵. 걱정하지 마. 농담 따먹기는 끝이야.

"페드로, 내 다리를 내게 건네줄래요? 한 발로는 벽까지 갈 수가 없거든요. 당신 돈으로 취해버렸네요. 다음엔 내가 낼게요…. 지금은 이걸 침대로 가져가는 게 최선인 것 같아요."

"갑시다. 안, 내가 안아서 옮겨줄게요."

"그럼 문지방은 내가 넘게 해줘요…. 아니, 괜찮아요. 그거 갖다 줘요. 내가 내 침대까지 알아서 잘 가볼게요."

경유지 의자에서 나는 잠시 쉬고… 그곳에서 머무른다. 황금빛 안개 속에서 눈꺼풀이 감기는 순간마다 앞을 왔다 갔다 하는 페드로의 모습이 보인다. 어쩌면 니니를 생각해 멈춰 서지 않으려 할지 모른다.

8

쥘리앵이 오늘 나를 데리고 떠난다.

비워진, 커다래진 방 안에서 우리는 눈을 감고도, 전등을 끈 채로도 제자리를 찾을 수 있었던 물건들을 계속해서 찾고 있다. 우리는 기억해낸다.

"아차, 화장품을 가방 구석에 넣어뒀지. 당신 빗 좀 빌려 줘."

니니는 꽁초 하나, 담뱃재 티끌도 발견하지 못할 것이다. 재떨이는 깨끗이 씻었고, 목발 끝을 이용해 헝겊으로 침대 밑을 닦았고, 헝겊은 쓰레기통 깊숙이 넣었다.

마치 출소하는 기분이다. 쥘리앵은 옷장을 다시 살피고, 짐 가방을 발로 툭 친다.

"이걸 내려놓고 올게. 그러면서 피에르에게 내 물건과 도구, 빨래를 돌려달라고 하려고…. 여기 다시 오기까지는 아직 시간이 있으니까…."

"페느로들 또 선드리시는 바." 내가 밀했다.

"페드로? 그놈은 죽었어. 네가 조금만 더 멍청했더라면 내가 난교 파티를 목격할 뻔했지 뭐야. 그럼 가자, 내 사랑."

간식 시간에도 우리는 여전히 거기에 있다. 대리석 테이블에 둘러앉아서. 피에르는 평소보다 목소리 톤이 두 배는 높아져 있고, 퍽 다정하다. 쥘리앵에게 물건을 돌려주고 나자, 비로소 새들이 진정으로 날아가리라는 걸 실감한 것이다.

"니니, 안이 깁스를 풀어야 할 때가 되면 당신을 데리러 올게요. 친언니가 동행하는 편이 좋지 않겠어요? 몇 시간 정도밖에 안 걸릴 거예요."

니니가 상냥하게 말했다. "그럼요, 그럼요. 쥘리앵, 아예 전날 밤에 와서 여기서 자고 가도 돼요. 안 그래요 피에르? 당신에게 문은 언제나 열려 있으니까요…."

"그래도 되죠", "그때가 되면 정해요." 쥘리앵은 상투적인 말로 조심스레 대답했다. 하지만 그는 전날 오후 내가 어떤 상태로 발견되었는지 잊지 않았다. 나는 이중으로 방문을 잠그고, 분노로 씩씩대며 안락의자에 웅크리고 앉아 기발하고 상세한 탈출 계획을 궁리하고 있었다. 쥘리앵은 새로운 은신처를 찾아 떠날 계획을 세우기 위해 곧바로 그곳을 나섰다. 나는 예상할 수 있었다. 아직 누구의 집인지는 몰라도 거기가 어디인지는 안다. 파리다.

나는 파리로 돌아간다. 약속했던 날보다 훨씬 일찍. 울면 안 된다. 네 말이 맞았어 시느.

택시 안에서 쥘리앵은 나를 맞이할 새로운 집주인은 "한때 매춘부 출신으로, 그녀의 남자는 파리 교도소에 있고 딸과 함께 살고 있다"라고 말했다.

매춘부 출신 애니…. 펑퍼짐한 중년 부인일까? 예쁜 인형 같은 여자일까? 조금 긴장이 된다.

둘 다 아니었다. 애니는 추하다. 얼굴이 각지고, 한껏 치장했지만 누가 봐도 추한 사람이다. 얼굴은 약간 말을 닮았고, 몸은 싼값에 사 온 조잡한 가운 안에서 볼품없이 달랑거린다. 뒤축이 없는 슬리퍼를 신은 발이 길쭉하고, 다리만은 우아해 보인다. 쥘리앵만큼이나 키가 크다. 쥘리앵이 고개를 숙여 인사한다. 당황스러운 기색을 할 만도 하다. 짐이 갈수록 짐스러워지고 있으니. 부주의하게 다친 경박한 유부녀처럼 애니의 방문을 넘을 수는 없었다. 나는 홀로, 세 개의 발을 이용해서 계단을 올랐다. 자칫 발을 헛디뎌 어둠 속으로 곤두박질치지 않도록 주의하면서 짐을 들고 가는 쥘리앵의 뒤를 따랐다. 짐 가방들이 요리용 화덕 앞에 놓여 복도를 막고 있다. 우리는 아주 작은방에 덩그러니 서 있다.

"저기예요 안." 애니가 말했다. "안락의자에 앉으면 좀 나을 거예요. 발을 올려놓을 수 있게 스툴을 가져올까요? 쥘리앵, 당신도 앉아요! 아차, 아직 이 집 구조를 잘 모르죠…. 미안해요. 오늘 아페리티프를 못 마셔서. 누누슈를 보내야겠어요. 누누슈!" 애니는 창문에 몸을 기대 회색빛의 숨 막히는 건물 안뜰에서 솟아오른 커다란 나무에 닿을 듯이 상체를 밖으로 내밀고 외친다.

누누슈의 대답이 없다.

"아직 대로변을 어슬렁거리고 있나 보네요." 누누슈의 엄마 애니가 말한다.

비치백을 뒤지던 쥘리앵이 병 하나를 꺼낸다. 나의 밤 친구다.

"이 애는 코냑만 마시거든요. 아직 다섯 시밖에 안 됐네요."

애니가 잔을 꺼내고, 우리는 서로 잔을 부딪친다. 그런 다음 집 구경을 시켜준다. 우리는 좁은 곳에서 지내게 될 거다. 방은 두 개뿐이다. 술집의 황량함보다 이 좁은 곳에서 지내는 게 우리 사이를 더 좋게 만들지도 모른다….

"누누슈 침대를 쓰세요. 누누슈는 나랑 자면 되니까요. 짐은 옷장 한 칸을 비워뒀으니 천천히 정리해요."

삼십 센티미터 간격을 두고 부부 침대에서 떨어져 있는 아이 침대에 걸터앉은 나는 열기와 무기력이 몰아치게 두었고, 이내 미소를 지으며 마음을 추스른다. 옷장은 침대 발치에 닿고, 창문은 옷장에 닿고, 안뜰을 내다보려면 옷장과 식탁 사이에 끼어 들어가야 한다. 파리의 냄새를 맡는다. 나는 파리 심장부에 몸을 숨기고 있다. 나는 돌아왔다. 패배했고, 깨졌지만, 어쨌든 지금 여기에 있다. 감옥에서 흔히 하는 말처럼 승자는 그곳을 떠난 사람이니까. 다시 살아가고 싸워나가기 위해 나는 나 자신의 잔해와 함께 파리로 돌아온 거다.

내밀하고 가족적인 분명한 무질서, 누누슈의 장난감과 구두들, 버려진 옷가지들이 가구와 물건들을 이어주고 있다.

가방의 짐을 선반에 풀고, 비밥 춤을 추며 다른 방으로 간다. 여긴 나를 불안하게 만드는 공간이 없다. 뭐든 붙잡고 당기면 되고, 목발은 외출할 때만 사용할 거다. 애니와 쥘리앵이 수다를 나누고, 나는 창문가에 가만히 서서 나무를 바라본다. 안뜰에는 사람들이 오고 가고, 까치가 울고, 아이들이 뛰어다니고, 바닥엔 사방치기가 그려져 있다. 건조되고 있는 얼룩덜룩한 빨래가 시야를 가린다.

이번에는 자동차 사고를 당해 애니 집으로 요양을 온 조카가 되었다. 내가 살던 곳은 '프로방스', 드넓고 모호한, 파리지앵들은 크게 관심을 가지지 않는 지역이다.

"…그리고", 애니가 말했다. "저는 이웃과 거의 교류하지 않아요. 제 남편에 대해 그들이 뭘 아는지, 아는 게 없는지 관심 없어요. 그냥 '안녕하세요' 하고 인사하는 게 다죠. 복도 끝에는 비용 부인이 사는데 집에서 기성복을 만들어요. 맞춤복도 가끔 만드는데, 주문에 따라 달라요. 그 집 아이들이 내 딸과 같은 학급이라 어쩔 수 없이 때때로 만남이 길어지기도 해요. 일요일마다 블롯 게임*을 하러 남편과 집으로 오기도 하죠. 그걸 제외하고는… 혼자 살고부터 이사를 다니지도 않았고, 외출하는 것도 싫어해요. 외출은 시장 갈 때나 하고, 매주 토요일 면회를 가고, 넥타이를 배달하는 거… 그게 전부예요."

넥타이를 배달한다고?

말을 하며 애니는 일을 계속한다. 넥타이 하나를 자신이 앉은 의자 등받이에 걸고 당기면서, 배에 올려놓은 상자 안에

---

* Belote. 프랑스에서 만들어진 파트너십 키드(트럼프) 게임.

서 심지 하나를 꺼내, 단단하게 굽힌 무릎 아래로 넥타이를 고정시키고, 넥타이 끝에서 끝까지 커다란 바늘로 굵직한 땀으로 시침질하면서 심지를 고정시킨다. 실을 멈추고 무릎을 들어 넥타이를 바닥에 떨어뜨린 뒤, 다시 바늘에 실을 꿰어 새로운 넥타이 시침질을 시작한다…. 애니가 예전 직업으로 십 분에 벌던 돈을 이 작업으로 벌려면 몇 시간이나 넥타이를 꿰매야 하는 걸까? 쥘리앵은 애니가 남편에게 충실하다고 장담하지만… 어쨌든 이 정직한 일은 애니가 하는 말과 애니가 간직하고 있는 취향과 전혀 어울리는 것 같지 않다. 그래도… 나는 내가 관찰한 것은 잠시 뒤로하고, 애니에게 그녀 같은 이모가 생겨서 기쁘다고 했다. 애니는 키득거리며 쉼 없이 넥타이를 만들고, 하나를 완성하면 바늘을 멈추고 다시 실을 꿰기 전까지 상자, 재떨이, 가위, 유리잔 같은 꼭 필요한 자질구레한 물건들과 나란히 놓은 거대한 성냥갑 위에 놓아둔 담배를 피운다. 뒤축 없는 슬리퍼가 발판 위로 뻗어지고, 무릎이 움직이고, 넥타이가 떨어지고, 더미의 높이가 조금씩 높아져 간다…. 현기증이 날 것 같다. 아무것도 하지 않는 내가 부끄럽다.

"도와드려도 될까요?"

"이야", 쥘리앵이 말했다. "이래서 본보기가 중요하다는 거로군! 애니, 고용할래요?"

"고용하죠. 스카우트할게요…. 자, 이제 뒤집어야 해요, 이렇게 삼각형으로요. 그리고 열두 개씩 묶어서 가방에 넣어요…."

"다림질은 안 하나요?"

"바느질하기 전에 목깃 부분을 납작하게 하려고 한 번 다려요. 마지막 다림질은 시매부가 할 거예요. 맞아요. 제 앞뒤로 공정이 더 있거든요! 남편 누나가 기계로 재봉질을 하고 시접을 넣으면, 제가 꿰매서 돌려주고, 그들이 마무리하죠. 돈은 저보다 그들이 훨씬 많이 벌어요. 하! 내게 재봉틀이 있었다면 혼자서 다 해먹을 텐데…."

(쥘리앵, 재봉틀을 '구해' 와!)

저녁을 먹기 전까지 우리는 미완성 넥타이 더미 주변에 둘러앉아 즐겁고 알맹이 없는 계획들을 세운다. 애니는 시댁 식구들에게 착취당하고 있다. 그건 분명하다. 남는 돈으로도 좋게 생각할 수야 있지만, 진짜로 남는 게 있어야 말이지…. 쉿, 안. 지레짐작은 그만둬.

"…점점 자기들 내키는 대로 행동하고 있어요." 애니가 말을 이었다. "예를 들면 세 시에 갖다주겠다고 해놓고 다섯 시에나 온다거나요. 그러면 저는 술집에서 리카르를 마시면서 시간을 죽여야 하는 거예요…. 그럴 때면 그냥 직접 찾으러 가거나 그 시간을 활용해서 누누슈를 데리러 갈 수도 있어요. 뭐 어떡하겠어요? 그런 일이라도 해야 하는 거죠. 여긴 아이가 살기엔 좁아요."

애니는 방으로 가서 원피스로 갈아입고 왔다. 조리대 병 안에 들어 있는 물로 잔을 헹구고, 물은 창밖으로 버린다. 그러고는 서랍에서 동전 지갑을 꺼낸다. 쥘리앵이 그런 애니를 제지한다.

"안이 어차피 동네를 돌아다닐 텐데, 셋이서 바에 가는 건 안 되나요?"

"아뇨. 다음에…. 여기가 더 조용하거든요. 너무 고요한 밤에는 자리를 살짝 옮겨요. 문소리와 잔들이 짠 하고 부딪치는 소리를 들을 수 있게요. 바는 떠들 말이 없을 때나 가는 곳이에요."

떠들 때나라니!

"좋은 사람인 것 같아." 둘만 남겨졌을 때 내가 쥘리앵에게 말했다. "여기가 마음에 들어. 여기라면 괜찮을 것 같아…. 용감한 여자야. 그리고… 젠장! 남편이 징역살이를 4년 한다고 했나? 그럼 이제 얼마나 남은 거야?"

"이제 3년째라고 했어. 그렇지만 진정해. 네가 말한 것처럼 애니는 아주 용감하고, 아주 강한 여자야. 그러니 호들갑 떨지 않아도 돼. 너는 아무것도 몰라. 내가 두 달 치 선불을 줬으니까 잘 먹고, 너무 애쓰지 마. 진짜든 가짜든 애니가 네게 이야기를 들려줄 테니 그냥 다 믿으면 돼. 그리고… 파리를 너무 돌아다니지는 마."

"하루 종일 넥타이를 만들게. 약속해. 달리 할 일도 없어 보이는걸…. 가장 걱정되는 건 애니의 딸이야!"

그때 문이 열리고 작은 금발의 재앙이 우리에게 다가온다. 조리대 앞까지 온 누누슈가 걸음을 멈추고 소리친다.

"쥘리앵! 잘 지냈어?"

누누슈는 일고여덟 살쯤 되어 보였다. 키가 훌쩍 크고, 주근깨와 장밋빛이 얼룩덜룩한 창백한 얼굴과 어깨에 달랑거리는 포니테일을 한 아이는 파리의 햇볕에 미지근하게 데워진 설익은 살구 같았다. 단호하고 자신감 있는 말투, 모두와 친근하게 대화할 줄 아는 누누슈는 우아하고 매력적이다. 벌써 여자 태가 난다. 쥘리앵 무릎 위로 올라온 누누슈는 그의 상체에 몸을 꼭 붙인 애인처럼 그에게 심각하게 말을 건넨다.

그때 애니가 파스티스 술이 가득 담긴 잔과 함께 방으로 들어왔다.

"누누슈, 내려와. 실례잖니. 층계참으로 나가서 시원한 물을 마셔."

"싫어."

"어서."

"그럼 나도 같이 마실래."

"그럼 같이 마셔야지, 그럼." 애니가 말했다.

층계참에서 급수대 물이 흐르는 소리가 들린다. 집 안에는 따로 수도 시설이 없다. 조리대에서 몸을 씻고 요리를 한다. 애니는 내게 양동이, 대야, 화장품들을 놓을 수 있는 공간을 보여준다.

"그리고 씻을 때는 문을 잠가요. 내 딸이 같이 사니까…."

살구 술로 그 애의 속을 채워야겠다는 생각이 든다.

9

일주일 만에 나는 애니의 서재에서 찾은 『친밀』과 『우리 두 사람』을 전부 읽었다. 『비밀 이야기』*라면 직접 읽기도 했고 들어본 적도 있었다. 내겐 넥타이를 만드는 재주가 확실히 없고, 애니는 설거지를 하거나 주방 일을 돕겠다는 말을 들으려고도 하지 않는다.

"그 발로는 어림도 없어요!"

그래서 나는 대로변을 거닌다. 텐트를 이고 지는 거북이처럼 일정하게 느린 속도로 발을 끌면서 말이다. 여름은 마로니에 나무의 그늘을 진동하게 하고, 저 길의 끝 교차로에는 오아시스가 있다. 거기까지는 가지 못한다. 나는 발걸음을 돌려, 정해진 시간에 맞춰 고분고분 집으로 돌아간다. 내 의식의 눈은 시계 눈금과 같다. 배달을 나갔던 애니가 한두 시간

---

* 『친밀(Intimité)』(1947), 『우리 두 사람(Nous Deux)』(1947), 『비밀 이야기(Confidences)』(1938). 2차세계대전 전후 성행한 연애기사 중심의 여성 잡지.

늦게 들어오는 건 그녀가 알아서 할 문제다. 하지만 나는… 여전히 나는 내 부재를 두려워하는 타인들이라는 시계, 나를 지켜보고 있고 나를 데리러 오는 감옥이라는 보이지 않는 시계의 감시를 받고 있다. 게다가, 애니의 집에서는 도망치고 싶은 마음이 덜 들기도 한다.

"와인 더 마실래요 안? 도수가 10도밖에 안 돼요. 별로 세지 않아요…."

저녁 후식을 먹고 우리는 와인 한 병을 다 마실 때까지 재잘거린다. 애니와 나는 사랑과 찬란함을 빼앗긴 두 여성이다. 내겐 가능하지 않고, 애니는 원치 않는다. 하루 종일 우리는 딱 붙어 지낸다. 우리는 동일한 동작, 음식, 여성의 고통에 의해, 그리고 애니의 것은 왼쪽, 내 것은 오른쪽으로 동시에 움직이는 바늘에 의해 연결되어 있다. 왼손잡이인 나는 애니와 마주 보고 의자에 앉아 서로의 거울처럼 행동한다. 우리는 바느질하고, 담배를 피우고, 흥얼거린다. 이따금 한숨과 함께 서로를 향해 미소를 짓기도 한다…. 우리가 완전히 친밀해진 건 전날 밤이었다. 작업실 동지애는 넥타이들 사이에서 눈에 띄지 않게 묶인 채로 짐 가방 사이에 빽빽이 처박혀 있다. 친밀함은 소용돌이치듯, 잔에서 잔으로, 우리가 머물던 식탁을 넘어 방수포 꽃무늬 식탁보와 층층이 쌓인 접시들 사이로 짜인다.

누누슈가 우리 다리 위로 기어오르고, 빵 부스러기와 재떨이를 정리하고, 우리의 속삭임을 따라 중얼거리며 가교가 되어준다.

"누누슈, 침대로 가자!" 애니는 저녁 8시부터 15분이 지날 때마다 미적지근하게 말했다.

귀가 열려 있는 어린애 앞에서는 불가해한 말들을 하는 게 중요하다. 딸이 '언제까지고 어린애'이기를 원하는 애니는 누누슈에게 산타, 양배추, 장미* 같은 이야기를 해준다. 일전에 비용 부인이 자신의 딸들과 누누슈에게 성교육을 해주겠다고 라루스 의학 백과사전 그림을 보여주었을 때는 머리채를 잡을 뻔한 적도 있었다. 그러면서도 누누슈가 자정이 될 때까지 우리와 함께 깨어 있는 건 개의치 않는다. 잠이야 아침에 학교에 가서 자면 되니까…. 솔직히 말해서 누누슈가 뭘 알아야 한단 말인가? 누누슈, 네 아빠는 네가 토요일마다 보는 대로 병원에 계시고, 세상 사람들이 뭐라 하든 넌 네 엄마 말만 믿어야 해. 이웃들이 뭐라고 말하든, 너는 그들이 헛소문을 믿는 바보이고, 악당이라고 대답하면 돼.

그게 애니의 교육법이다. 누누슈가 보고, 듣고, 기록하는 그 모든 것을 포용하고 또 반박하면서 애니가 자기 자신에게 부여하는 확신과 권위에 그저 감탄할 따름이다.

"안, 조심해." 누누슈가 내게 말한다. "안의 남편도 헛짓거리를 하면 '병원'에 가게 될 거야. 그나저나, 남편이라니…. 네 나이에!"

또, 내가 넥타이 하나를 완성하면 이렇게 말한다.

---

* 프랑스에서는 남자아이는 양배추로부터, 여자아이는 장미로부터 태어난다는 민간 신앙이 있다.

"봐, 엄마. 안의 나이치고는 꽤 잘하지 않았어?"

내가 저와 같은 어린애가 아니란 걸 누누슈에게 납득시키는 건 불가능하다. 저녁이면 나는 곰 인형을 끌어안아야 하고, 소꿉놀이를 하며 식사도 잔뜩 해야 한다. 그 곰 인형은 앞뒤로 몸수색을 당한 뒤에 파리 교도소 문을 넘었고, 소꿉놀이 도구도 어쩌면 넓은 교도소 복도에서 다른 고철, 그릇, 열쇠와 마주쳤는지도 모른다. 토요일마다 누누슈는 사랑하는 환자, 즉 자신의 아버지를 만나러 엄마와 동행하고, 그때마다 30분 동안 철창 너머의 아빠와 놀 수 있게 장난감 중 하나는 꼭 가져가니 말이다.

그들과 함께 가기는 싫다. 겁나서가 아니라, 면회를 가는 날이 일주일 중에서 혼자 집을 차지할 수 있는 유일한 순간이기 때문이다. "애니, 부탁할 게 있는데…"라는 말로 보낸 6일을 보상하기 위해, 어떤 목적이나 호기심 없이 집안 이곳저곳을 들쑤시고 다닌다. 머리를 감고 안방과 옷장 문 쪽으로 활짝 열어젖힌 작은방 문가에 서서 거울을 바라볼 수 있다. 샴푸 후에 쓰는 터번 말고 아무것도 걸치지 않은 이브로 돌아가, 넥타이와 장난감이 어지러이 흩어진 빈방으로 들어간다. 나의 친절함을 증명하고, 가스버너가 있는 선반과 계량기 사이 틈에 돌돌 말려 있는 더러운 행주와 찬장 구석에 몇 달 전부터 방치된 그뤼에르 치즈 끄트머리를 발견하고 느낀 부끄러움과 슬픔을 가시게 할 생각으로 나는 바닥과 냄비를 광이 나게 닦는다. 어질러진 방을 너무 침범하지 않고 거기에 약간의 질서를 부여하는 정도로만 정리 정돈을 한다. 그런 다음,

그들을 다시 만나고 싶은 마음을 표현하기 위해 식료품점에서 사탕과 선술집에서 두 개의 더블 리카르를 사서 마중을 나간다. 그래도 교도소 맞은편 상테 거리의 '셰 마르셀'에서 30분 정도 기다릴 수 있다면 좋을 것이다. 그 술집에서 마주치는 얼굴들은 면회 허가를 받지 못한 친구들, 즉 수감자 가족의 친구들이다. 구석구석 쌓인 소포와 가방들은 수감자에게 보낼 것이거나 그들로부터 온 것이다. 거기엔 그들의 더러운 때가 묻은 천이나 깨끗한 새 천이 들어 있을 수도 있고, 어쩌면 세기의 탈옥을 꾀하기 위한 쇠줄이나 편지가 몸을 숨기고 있을지도 모른다…. 아니다. 셰 마르셀의 얼굴들은 모두 정직하고, 이곳의 물건들 역시 그렇다.

나는 가게를 들락거리는 깨끗하고 즐거운, 그리고 지저분하고 눈물 젖은 사람들과 그들의 짐을 지켜볼 수 있을 거다. 커다란 감옥의 이면을 드러내는 그 광경에 언젠가 쥘리앵의 빈 셔츠를 뒤적거렸던 때처럼 감정이 북받쳐 오를 텐데.

애니의 시가족 역시 면회를 갈 수 있었고, 그들은 그 기회를 좀처럼 포기하려 하지 않는다. 수감자에게는 일주일에 단 한 번의 면회만이 허락되기에 수감자의 형제와 배우자는 다 함께 면회실에 들어가야 한다. 아내, 누나, 매형…. 내가 보기엔 애니의 의견이 가장 중시되어야 할 것 같은데, 아마 다른 의견이 진실이든 거짓이든 똑같이 맹렬히 외쳐대는 모양이다. 형제간의 의무, 배척, 증오…. 그러나 이들에게 다양한 감정을 불러일으키는 이 남자에게까지 갈 수 있는 이동 수단은 시매부의 자동차뿐이다.

토요일 오후 1시 가족의 커피 시간을 준비하는 건 내 일이다. 제 미모가 조금이라도 시들까 봐, 애니는 면회를 마치고 돌아올 때까지 아무것도 건드리려 하지 않을 거다. 아침부터 한 시간마다 가운 차림으로 머리를 둘둘 말아 올린 기쁨이 가득한 소녀가 집 안에 불쑥불쑥 나타나는 걸 보았다. 비쩍 마른 다리가 하이힐 위에서 구부러지고 타이트한 치마 트임 사이로 발랄하게 움직인다. 정장 상의 밑단이 허리 아래를 곡선지게 만들어 엉덩이와 장골의 각진 선을 가린다. 머리카락이 부풀고 윤기가 흐르고, 입술은 분홍빛으로 물들고 통통해지며 치아를 덜 부각시킨다. 재빠른 마스카라 칠 몇 번으로 생겨난 처연한 속눈썹은 눈을 또렷하게 만든다.

애니의 시매부는 그날에도 여전히 호색가 농담을 늘어놓는다. 그가 쓸데없는 말을 할 때마다 성가신 건 나 하나다. 그도 제 몸집을 알 테고 처조카에 대한 마땅한 존중이 있을 테니 내게 수작을 걸지는 않지만 그의 눈은 육중하고 단순한 생각들로 반짝인다. 근시를 위한 커다란 안경 때문에 작아진, 커피처럼 새까만 두 눈이 멀리서 아주 아름다워 보인다. 안경이 그 눈을 조금이나마 가려줘서 다행이다. 정말이지 나머지 몸뚱이와는 어울리지 않는 눈이다. 펑퍼짐한 두 볼에 파묻힌 인형 같은 코, 여기저기 번들거리는 기름기, 털이 덥수룩한 손. 거대한 굼벵이나 페르노* 술독에 빠져 허우적대는 물개 같은 아둔한 남자다. 애니는 내게 말했다.

---

* 아니스가 들어가는 허브 리큐어. 프랑스에서 식전주로 널리 마신다.

"흥. 말이 너무 많아. 그런데 할 줄 아는 건 말하는 것밖에 없어. 데데가 체포되었을 때 나는 이곳으로 바로 올 수 없었어. 금지되었거든. 게다가 사람들로부터 조금이라도 잊힐 때까지 기다리는 편이 좋았기도 했고…. 그래서 그들 집에서 몇 주간 지냈는데…."

그들이 함께 지내는 동안 애니가 본 것은 그리 아름답지 않았다. 시매부에게는 '에스카르고* 집게'가 필요해 보였고, 시누이는 절제를 못 하고 일 년 내내 배가 터지도록 먹어댔다. 그들의 딸인 팻은 갓 스무 살이 되었는데도 일에 지쳐 가슴이 홀쭉하고 등은 새우처럼 굽어 있었다.

그들은 가족이자, 혈연과 일로 매인 사이였다. 어쨌든 먹고는 살아야 하니까.

나 역시 보수를 받는다. 바느질 실력만큼이나 형편없는 액수지만 내 몫의 지출을 충당할 만큼은 된다. 지네트의 헌 옷은 걸레로 쓰고, 새로운 옷가지를 몇 벌 살 수 있게 되었다.

"히히! 이렇게 차려입고 술에 떡이 되었네!" 애니의 시누이가 소리친다.

가족 점심 식사에 가기 위해, 우리는 값싼 가운은 놓아두고 토요일에나 하는 화려한 옷치장을 했다. 그들은 우리를 매주 초대하는데 우리는 세 번 중 한 번꼴로 초대를 수락한다. 그게 관례다.

그들의 저택은 파리의 머캐덤식** 포장도로 경계부에 위치

---

*   Escargot. 프랑스의 달팽이 요리.
**   쇄석을 깔고 다져서 만드는 도로포장 공법.

해 있다. 진흙과 황량한 작은 정원들이 펼쳐지는 곳이다. 거기까지는 버스를 타고, 갈아타고, 가장자리에 말뚝이 박혀 있고 바리케이드와 철창이 쳐진 도로를 걸어서 이동해야 한다. 나는 다리를 절뚝이고 애니는 가느다란 학 다리로 깡충거리고 누누슈는 배수로 바닥에 구두를 질질 끌며 징징거린다. "언제 도착해 엄마?"

도착한 저택은 커다란 창들이 달린 흰 나무로 지어진, 가느다란 계단들이 층과 층을 돌돌 감싼 모습이다. 내부는 넥타이가 이루는 숲으로 번잡하다. 넥타이들은 그야말로 벽을 뒤덮고 있었다. 흐린 날 뒤로 찾아온 잠 못 이루는 밤마다, 온 가족이 쉴 새 없이 자르고, 시침질하고, 다림질하고, 뒤집고, 꿰매고, 달아놓은 넥타이들이 이곳 탕플* 구역의 두 개 방에 차곡차곡 쌓여온 것이다. 그 넥타이들이 다른 곳으로 옮겨지고 나면 똑같은 일과가 이어졌다. 이곳에서는 넥타이가 카펫, 쿠션, 장식품을 대신한다. 주방도 예외가 아니었다. 이 가족에게 가장 중요한 건 공평하게 일하고 먹는 것이다. 모든 방은 여태 제대로 된 가구를 갖추고 있지 않았다. 욕실에 손을 씻으러 가는 길에 내가 발견한 것은 회색 종이 띠지가 둘러진 채로 배달된 그 모습 그대로 남겨져, 한쪽 구석에 미라처럼 방치된 비데다.

이렇게 격리되는 일요일이면 넥타이 족속이 건네는 달콤한 술에도 불구하고, 나는 누누슈와 작은 정원에서 논다. 말

---

*   Quartier du Temple. 파리 3구에 위치한 현재의 마레 지구.

129

은 하지 않는다. 지루하다. 나는 그들의 과거, 현재, 미래에 모두 이방인이다. 넥타이 사업가 애니와 나는 출소한 데데가 건물 운영을 다시 맡고, 우리 두 커플이 머무를 수 있는 쌍둥이 숙소를 지어주기만을 고대한다. 그래, 이런 기대를 하며 우리는 저녁을 보내곤 하지만, 여기, 이곳에서는 무슨 말을 한단 말인가? 이처럼 우중충하고 수다스러운 일요일은 현실이다. 교도소에서의 날들처럼 시간을 때워야 한다. 미소 지은 입을 꾹 닫고 귀는 관대히 열어둔다. 그때와 다른 건, 이곳에는 쌀, 피망, 완두콩, 혹은 사과와 곁들인 닭고기 대신에 뵈프 아라모드, 뵈프 부르기뇽,* 소고기 찜, 다진 소고기 요리 등 온갖 화려한 요리법으로 만든 소고기 요리가 나온다는 점이다.

페르노, 담배, 닭고기, 목소리… 모든 게 한데 섞이며 마음을 괴롭게 한다. 나는 혼자이고, 행동은 굼뜨고, 외딴 장소에 있다. 언제쯤이면 걸어서 이 사람들 곁을 영영 떠날 수 있을까? 내 존재는 그들을 불편하게 만들지 않는다. 쥘리앵은 그 사실에 안도하고, 약간의 숙박비를 다시 지불한 뒤 떠나버린다. 나는 고마워할 줄 모르는 마음과 짜증, 지속적인 실망감을 애써 억누른다. '세리 누아르'**에 나오는 불한당들이 그리워질 지경이라니! 탈옥한 뒤로 내가 쭉 함께 지내온 이들은 전과자, 재범자, 비-재범자들뿐이다. 물론 롤랑드와의 재

---

* 각각 소고기를 당근과 함께 화이트 와인에 조리고 허브로 향을 더한 요리, 소고기와 각종 야채를 레드 와인 소스로 끓여 만드는 갈비찜과 비슷한 요리.

** 65쪽 주석 참고.

회 전까지는 다른 세상을 들락거릴 의도는 없었고, 롤랑드에게 들려줄 만한 나쁜 만남, 나쁜 짓, 나쁜 것들을 잔뜩 꿈꾸고 있었다. 하지만 꿈들은 바스러지고, 여름이 줄어들고, 롤랑드는 비현실적 존재가 되어가고 있다…. 안녕? 나야. 내가 왔어. 이다음에 우리가 다시 만나 먹고, 마시고, 수다를 나누고, 함께 잠들 때 너는 나와 뭘 할 수 있고, 뭘 하길 원하니? 나를 즐겁게 하고 울게 만드는 다른 방법을 되찾은 지금에도 내가 흔쾌히 네 뒤에 타고 강을 따라 순례길에 오를 거라 믿고 있니? 너와 나 사이에는 1초마다 시간이 벽을 타고 오르고 있어. 이곳은 여전히 밤이지만 어디선가 여명이 비치고 그래서 길을 찾게 된다면 나는 네게 기대지 않고 걸어갈 거야. 롤랑드, 빌어먹을 롤랑드. 내 발이 박살 난 건 다 네 탓이야. 그래도 나는 어떻게든 곤경을 헤쳐 나갔을 거고, 쥘리앵을 만났을 거야. 이제 뱃속으로부터 치미는 원망과 고마움으로 사랑하는 너를 떠올리면 안 되는 걸지도 몰라. 여전히 내가 여자에 흥미가 있는지, 여전히 남자를 경멸하는지 모르겠어. 하지만 흥미가 이는 남자와 경멸해야 하는 여자, 그 둘의 이름은 알아…. 쥘리앵…. 하지만 나는 너를 사랑하고 있어!

쥘리앵, 내 입에서 나오는 말들을 오염시키고 싶지는 않아. 네가 입을 맞출 때 나는 입을 다물어. 하지만 때가 되면 더는 샛길로 샐 수 없이 단 하나의 길을 택해야 하는 때가 오겠지. 오, 롤랑드, 쥘리앵…. 나는 이러지도 저러지도 못해….

교도소에서는 일요일마다 춤을 추고 블롯 카드 게임을 하면서 보냈다. 카드 게임은 내겐 고행과 같았다. 으뜸패가 뒤집히고 나면 게임에 더는 흥미를 유지할 수 없었다. 그때부터 는 카드를 다루는 우아하거나 서투른 손놀림, 눈빛에 드러난 놀람이나 태연함을 관찰했다. 그래도 좋아하는 건 있었다. 바로 클로버 에이스, 카드점 용어로는 '승리' 카드였다. 하루에 두세 번, 뒤집은 카드에서 클로버가 나오는 날에는 승리를 점 칠 수 있었다…. 그래. 이제 떠날 시간이었다. 클로버, 벤젠, 뒤틀린 꿈들의 독약, 수음… 감옥에 관한 그 모든 것이 나를 '성녀 안'으로 유도하고 있었다. 나는 하루하루 조금씩 광기로 부터 벗어난다….

애니에게는 카드 세 세트가 있고, 그중 두 세트는 블롯 게 임을 하기에는 낡고 짝이 맞지 않아서 누누슈는 일요일마다 테이블 아래로 들어가 카드 게임을 하는 어른들 다리 사이에 서 카드를 가지고 인형들과 카드 게임을 한다. 누누슈는 네 개 문양 모두를 으뜸패로 정하면 되니까 거기서 클로버 에이 스 한 장을 슬쩍한다고 해서 큰 문제는 없을 것이다. 승리 카 드는 봉투에 넣어 롤랑드에게 보낼 생각이다. 만약 롤랑드가 약속 장소에 나온다면 안타깝지만 어쩔 수 없다. 나는 미리 알려줬을 테니까. 그날 저녁의 약속에 관해 내가 이토록 불확 실하게 구는 까닭은 그날이 내 생일이기 때문이다. 스무 살, 새로운 10년, 서글픈 선물, 얼마간의 시간을 보내러 감옥으로 돌아가야 한다는 확신. 그건 내 손으로 포기한 선물이자, 너 를 위해 내가 멈추어 놓은 고통이 남긴 후유증인 것이다.

"쥘리앵, 내 스무 살 생일에 올 거야?"

"그럴 수만 있다면야 기꺼이. 어디 가서 저녁이라도 하자⋯."

"음식이야 애니가 배부르게 차려줄 텐데 뭐. 식사는 애니와 함께하고, 외출은 둘이서만 하고 싶어."

우리는 오래 지속될 내 미래를 그리기 시작한다. 쥘리앵이 물질적으로 나를 책임질 거고, 나는 위험한 일에는 말려들지 않을 거다. 그건 안 된다. 절대⋯. 불행했던 나를 곱씹는다. 참아내는 일은 이제 지긋지긋하다. 애니는 내게 국세청이나 다름없었기 때문에 나는 돈이 있다는 티를 내며 괜히 일을 그르치고 싶지 않다. 쥘리앵이 내게 1만 프랑을 주면, 나는 5천 프랑을 받았다고 말하고, 나머지는 리카르를 위한 돈과 누누슈의 사탕을 위한 돈으로 절반씩 나누어 애니의 서랍에 넣어둔다. 나중에 내가 더 수월하게 걸을 때가 올 때를 대비해서⋯.

그런데, 내 걸음이 그렇게 형편없나?

내 깁스는 두 차례에 걸쳐 제거되었다. 첫 번째 검진 때, 나는 운동화와 밸포 밴드를 가지고 갔었다. 만난 지 얼마 안 된 연인처럼 나는 쥘리앵의 품에 안겨 그를 더듬었다. 꿈속에서의 나는 긴 밤을 따라 걷는 발 모양을 흉내 내고, 발가락으로 이불을 밀쳐내면서 내 발을 '풀어냈다'. 성급한 마음에 병원 방문 전날에 깁스 보호용 신발을 벗기도 했다.

나는 넥타이를 자를 때 쓰는 커다란 가위를 빌렸고, 그걸로 무릎 아래쪽부터 가위질을 시작했다. 병원에서 본 것처럼 깁스 양쪽을 잘라 뚜껑을 걷어내고, 수플레 케이크를 오븐에서 꺼낼 때처럼 조심스럽게 껍데기에서 발을 끄집어내려고 했는데…. 제길! 40분을 공들였는데도 겨우 몇 밀리미터의 홈집밖에 내지 못했던 것이다. 약간의 덩어리진 먼지가 깔고 앉은 방수포를 더럽히고 그쳤다. 넥타이 하나를 마무리할 때마다 가위를 돌려주고 다시 돌려받아야 했기 때문에 나는 애니의 발치에 앉아 있었다. 이런 속도라면 그냥 전기톱을 얌전히 기다리는 편이 나을 터였다.

그래서 생각해낸 것은 아예 깁스를 녹이는 거였다. 나는 양동이에 뜨거운 물을 받아 발을 담갔고, 깁스를 조금씩 풀어냈다….

깁스 아래로 드러난 발은 너무나도 추했다. 그래서 양말을 덧신었고, 걸으려는 시도는 하지도 않았다.

검진을 가서는 정성스러운 꾸지람과 함께 걷는 용도의 새로운 깁스를 받게 되었다. 처치실 치료대 위에 누워 나는 내 다리가 다시 모습을 감추는 걸 봐야 했다.

"이번에는 잘 끼고 있도록 노력해요." 의사가 말했다. "안 그러면 이제 10년 후에나 걸을 수 있게 될 테니까."

그렇게 말하면서 의사는 뒤꿈치 쪽의 두께를 확인했다. 그가 발가락과 무릎 안쪽에 들어간 석고 부스러기를 간단히 털어내는 동안, 거즈는 빠르게 굳었다.

내 발은 그것이 생겨난 이유를 되찾을 터였다. 다른 사람 앞에서 포즈를 취하고, 잠시간 온몸의 무게를 지탱하는…. 여태까지 그런 사실을 떠올리지도 못하고 걸어왔다니! 나는 나 자신의 행복보다 더 큰, 자식의 첫 걸음마를 본 부모의 행복을 비로소 알게 될 터였다. 제 발로 걷는 인형처럼 누군가의 부축을 받지도, 끌거나 당겨지지도 않은 채 혼자서 나아가는 행복…. 쥘리앵은 병원 창구 너머에서 점심시간을 기다리는 흰옷 입은 여자와 자기 차례를 기다리는 환자들과 함께 나무 벤치에 앉아 나를 기다리고 있었다. 나는 대기하는 사람들을 지나쳤고, 마침내 자유로워진 두 손으로 갇혀 지내야 했던 몇 달간의 고통을 돌아보았다. 대기실 문가에서 나는 미소를 지었지만 동시에 망설여졌다. 쥘리앵을 향해 달려가고, 가벼워지고, 그를 놀라게 하고 싶었다…. 하지만 깁스 보호용 신발은 목발보다 훨씬 더 무거웠다. 그래서 쥘리앵이 내게로 달려왔고, 이번에는 팔꿈치 아래를 붙잡아 내 괴기한 발걸음마다 나를 위로 들어 올려주었다.

애니는 내게 끝부분에 고무가 달린 지팡이를 빌려주었고, 나는 다시 세 개의 발로 걷기 시작했던 것이다. 톡톡, 빙그르르, 저릿저릿.

그럼 지금은 어떤가?

나는 옷장 앞에 거울을 등지고 붙박이처럼 버티어 서서, 목을 뒤로 돌려 두 발목을 비교해보고, 주방 문까지 걸어간다. 말도 안 돼. 이제는 다리를 절지 않는다. 다리를 저는 것처럼 보이지도, 다리를 저는 느낌이 들지도 않는다. 뛰기에는 공간이 충분하지 않지만, 예전에 추었던 춤 동작들이 종아리를 근질거리게 한다. 새로운 다리로는 한 발 뛰기도, 균형 잡고 서기도 아직 할 수 없지만, 그럴 수 있기를 죽도록 바랄 것이다.

"…담배 이리 내. 길에서 담배를 피우면 어떻게 될까? 너는 그렇게 사람들 눈에 띄고 싶은 거야?"

쥘리앵은 갓 면도를 마쳤고, 그의 셔츠는 사각거리는 소리를 내고, 젖은 빗으로 빗은 머리카락은 가닥가닥 갈라져 있다. 낮에 들르는 곳에서 물과 거울을 제공하니 그는 세면 가방을 늘 가지고 다닌다. 오늘 아침, 그는 졸음으로 파리해진 얼굴과 푸르스름해진 눈가를 한 채로 왔다. 그는 내 작은 침대에 누워 더플코트 아래로 몸을 둥글게 말고, 내 기척은 듣지 못한 채 돌덩이처럼 꿈쩍 않고 잠을 잤다.

전보다 더 활발히 움직일 수 있고 깨어 있을 수 있게 된 이후로 나는 잠자는 법을 다시 익히고 있다. 저녁이면 눈꺼풀 아래로 부드러운 떨림이 느껴지는 것이다. 하지만 졸음에 겨워 잠에 빠져들고 마는 이 방식, 허기와 갈증보다 더 절대적인 이 욕구는 나를 더욱 구속하고 납치한다…. 방에 갈 때도 신중하게 이동할 필요 없이, 발가락부터 뒤꿈치를 디디며 성큼성큼 갈 수 있고, 침대로 뛰어들고, 콧노래를 부르고, 노래하고, 고함을 지를 수 있다. 잠은 나보다 더 강인하다.

"담배 꺼…."

아까 전, 쥘리앵 네가 내 기척을 못 듣고 조용히 자고 있을 때가 그리워진다. 그때의 나는 몸을 숙여 네 얼굴을 손으로 쓰다듬고, 너를 꼬집고, 너를 껴안을 수 있었다. 이제 나는 너의 서투른 것, 너의 작은 토끼, 네 어린애다. 그런 나를 단호하게 바라보고, 남자처럼 내게 말하다니! 조금 뒤, 대로변에서 네 팔은 더 둥글고 단단해지고, 내 손이 붙들 수 있는 고리, 하나의 피난처가 될 수도 있을 것이며, 네 발은 내 발을 기다려줄 것이고, 우리는 택시를 타고 술집으로 갈 거라는 걸

나는 안다….

"한잔하러 갈까?"

내 부모는 일 년에 한두 번 술을 마셨다. 여행을 다닐 때나 초대받은 도시를 방문할 때, 기차역 구내식당에서 발을 쉬고 갈증을 달래기 위해서였다. 어린 딸에게는 유아용 음료수를 사주었다. 나는 내 석류주스를 쪽쪽 빨며, 술집 테라스의 인파 속에서 다리가 하나 달린 높은 등받이 의자에 기대어 있다. 내가 청결, 네온, 반짝이는 카운터의 냄새를 맡기 위해, 금속 막대를 축으로 돌아가는 달걀 모양 비누를 만지기 위해 화장실에 가고 싶어질 때면… 얼마 뒤 선술집은 바와 클럽으로 변한다. 그곳에서 내 밤들과 나태, 갈증이 켜켜이 쌓인다. 아침이 나를 쫓아올 때까지 나는 수다를 떨고 담배를 태우고, 이따금 전축에 음반을 올려놓고 춤을 추기 위해 몸을 편다.

나는 어떤 술집에서든 10분 이상 기다린 적 없었다. 나는 언제나 약속 시간을 지켰고, 다른 사람들도 그러길 바랐다.

그러니 쥘리앵이 내게 "이따 봐"라고 말하고 한두 시간 뒤에 온들, 그를 기다리며 하염없이 문만 바라보고 있는 것 외에 내가 뭘 할 수 있을까? 애니의 집이 아니면 어디로 가고, 혹은 되돌아간단 말인가? 방금 전의 그 마지막 택시를 타고? 나는 내 잔을 비운다. 목이 마르다. 웨이터를 부르고, 새로 채워진 잔 앞에서 또 한 음절의 기다림을 시작한다. 나의 현실에 대한 감각, 쥘리앵이 분명히 왔다는 증거는 다음 날 그와의 산책, 관자놀이 주변으로 퍼지는 술기운, 다리 위쪽으로 느껴지는 반가운 묵직함이다…. 쥘리앵은 전날 저녁 애니에게 작별 인사를 고했지만 바로 떠나지 않고 내 작은 침대에서 잠을 잤다. 떠나기 전에 애니를 깨우지 않기 위해서였다. 내가 깼을 때는 아직 밤이었다. 그를 따라 식당으로 내려가 물을 데우고 커피를 준비하려고 했다. 아니. 그럴 필요는 없다. 쥘리앵은 이미 찬물에 몸을 씻었고, 커피는 기차역에서 마실 거다. 쥘리앵은 벌써 옷을 갈아입었고, 베개에 사랑의 온기를 남겨두었다. 그의 재촉에 빗장을 다시 걸어 잠근다. 이만 갈게, 미안해. 늦었어. 기차를 놓치고 말 거야.

앞으로 1, 2주는 혼자 보내야 한다.

"내 작은 토끼. 내가 바람을 피웠어!" 가끔 그는 도착과 동시에 그렇게 말한다.

그럼 나는 웃으며 대답한다.

"좋았길 바라, 좋았어?"

도로는 사막처럼 죄 없고 황량하다. 어쩌면 나중에 우리는 마법 같은 오솔길로 차분하게 접어들 거다…. 지금으로서는 그곳에 이르기까지 아직 없애야 할 고통과 사람들, 사물들이 많다. 그것들을 나는 한 올 한 올 풀어내고, 파괴한다. 쥘리앵에게 '일'을 시키는 나 자신이 싫다. 그의 주변에는 거짓되고 성가신 인연들이 너무나 많고, 그것들만이라도 잘라내고 싶은 마음이다.

나 역시 예전에는 사람들의 귀여움을 받았고, 사람들의 배려를 받았고, 애지중지의 대상이었다. 나는 무결했고 날카로웠고, 옷장은 가득 차 있었으며, 남다른 손기술이 있었다.

나를 장식하던 것들은 부서졌고, 나는 부상을 입었고, 가난

하다. 이제는 내가 나를 위하고, 내게 매달린다. 사람들은 내게 조금도 남아 있으려 하지 않는다. 이제 사람들에게 줄 것이라고는 맨몸뚱이의 나만이 남았다. 내게서 얼마 안 되는 자원이나 정보를 뽑아내려면 많은 시간과 애정이 들 거다.

10

"애니, 음… 담배 사 오는 길에 내 것도 한 갑 사다줄 수 있어요?" 나는 말을 어렵사리 꺼냈다.

깡마른 골반을 강조하는 바지를 입고, 눈썹을 짙게 칠하고, 양을 연상시키는 컬이 들어간 머리 모양을 한 애니의 모습은 영 부조화스럽다. 허리 위로는 낡은 인형 같고, 아래로는 청소년 같아 보인다. 시장에 가면 모두가 그런 그녀를 보고 놀란다. 그래서 애니와 동행하는 걸 꺼리게 된다.

조금 후에 애니가 양손 가득 장바구니를 들고 위태롭게 균형을 잡으며 돌아오면, 마지막 남은 지탄 담배 마지막 개비에 불을 붙일 생각이다. 기다린 티를 내지는 않으면서 어서 짐을 풀게 독촉하기 위해서다. 사실 나는 전날 저녁부터 무일푼이다. 쥘리앵과 한잔하려고 아페리티프를 사면서 내 예산은 바닥났다. 쥘리앵은 오겠다고 약속해놓고 오지 않았다. 무슨 일이 있는 걸까?

애니가 문을 열고 들어오면서 나는 하던 생각을 멈춘다.

애니는 내 머릿속을 읽은 듯 말한다.

"그래, 안. 오늘 아침 너무 힘들지? 이번 주 식량을 사 왔어. 이 정도면 일주일은 버틸 거야. 하지만 그 후엔⋯."

애니는 "필요하다면 뭐든 망설이는 법이 없는" 비용 부인에게 돈을 빌린다거나, 시누이에게 돈을 꾸면 된다면서 횡설수설 말을 잇는다. 그건 내게 쥘리앵과 단둘이 있을 때, 다음 달 숙박비를 조금 올려 받을 수 있게 그를 설득하라는 의미를 담고 있다.

정말이지, 너무한 것 아닌가?

나는 쥘리앵이 내 고객이 아니고, 내가 좋아하는 건 그의 돈이 아니며, 그는 우리에게 아무것도 빚진 게 없다고 설명한다. 오늘은 23일이다. 애니가 미용실에 가거나 누누슈에게 새 옷을 해 입히거나, 데데에게 소포를 부쳐야 하는 건 내 잘못이 아니다. 애니는 제가 먹을 식량을 가져오는 걸 기다린, 수중에 지탄 담배 한 개비가 전부인 내게 궁핍을 호소한 것이다! 앉은 채로 손가락에 바늘을 끼우고, 무릎에는 넥타이를 고정한 내 눈높이에 애니 허리춤이 있고, 바지 주머니는 네모난 담뱃갑만큼 튀어나와 있다. 뜨거운 담배 연기가 떠오른다. 약간의 까끌거림과 함께 목구멍과 가슴께를 달구며 유려하게 흘러내리면서 피를 끓게 하는. 나는 살면서 내가 비워낸 재떨이들을 떠올린다. 담배에 대한 그리움으로 괴로워하며 나는 애니의 말에 집중하지 못하고 바지춤만 곁눈질하고 있다.

"뭔가를 갖는 게 다가 아니야. 태양 아래 내보여야지." 피에르의 말.

"두고 봐요. 언젠가 내가 그렇게 하고 말 거니까요…." 페드로의 말.

"걱정하지 마, 안. 내가 방법을 찾을게." 애니의 말.

단어와 바람으로 지어진 만질 수 없는 자산들 가운데 쥘리앵이 가진 건 오로지 돈뿐이다. 돈은 공기와 피처럼 꼭 필요하고 당연한 거다. 그걸 말로 할 필요가 있을까?

"애니. 아직 일주일 치 숙박비는 남아 있잖아요. 아닌가요?"

"세상에. 넌 생활비가 얼마나 드는지 몰라! 시장을 자주 다녀봐야 알지!"

"그건 안 돼요. 집으로 돌아올 때엔 지갑이 하나가 아니라 네 개가 되어 있을걸요. 하지만… 애니 말이 맞아요. 물가를 익히려면 구경이라도 하러 가야겠어요."

물먹은 솜처럼 머리가 무겁다. 솜은 머릿속에서 빙글빙글 돌며 점점 더 단단한 덩어리로 뭉쳐진다. 파리 거리를 거닐어야겠다. 아침 길거리와 장바구니로 혼잡한 시장 길목의 냄새를 맡아야겠다. 어쩌면 여자들이 제대로 치장도 하지 않고 노동자들이 파란색 옷을 입고 떠도는 동네를 지나서, 도심 깊숙한 곳에 있는 깨끗한 거리에까지 가 닿을지도 모른다….

"누누슈를 데려갈래?"

(제길…!)

"누누슈가 원한다면요…. '건강에 좋은 말'*을 타러 가면 되겠다. 뤽상부르 공원에 다시 가보고 싶었거든요…."

"누누슈? 안과 함께 갈래?"

"아니. 나가기 싫어. 나는 엄마랑 있을 거야."

나를 질투하는 딸의 귀여운 마음씨 덕분에 나는 밖으로 나갈 수 있게 된 거다. 다행이다….

애니의 집 대로변을 벗어나, 파리를 돌아다니는 건 몇 년만에 처음이다. 나는 교차로에 멈춰 선다. 순경, 울타리, 전철, 퍼즐처럼 얽힌 끝이 없는 집과 길들. 내가 이 경계를 넘어지하로 내려가거나, 다음번 대로변을 넘어가면, 과연 나는 애니의 맛없는 커피, 넥타이를 만드는 스툴, 파리 교도소의 애니, 세바스토폴 대로**의 애니에게로 되돌아갈 마음을 먹을수 있을까?

하지만 쥘리앵과의 관계를 유지하기 위해서는 애니와의연을 남겨놔야 한다. 쥘리앵이 알려준 사람들을 이제 알아볼수 있게 되었지만, 쥘리앵과 다시 만나기 위해서 필요한 주소, 애칭, 혹은 가명이 아닌 진짜 이름 같은 건 하나도 모른다. 애니만 빼고.

한순간 쥘리앵이 안개 속에서 멀어진다. 서로 부드러운 입술을 맞대고 나는 그와 함께 안개를 통과하지만 이내 그는 사라진다. 나는 그가 무엇을 가져갔는지, 내가 갈 수 없는 그곳이 어딘지 찾아다니며 창백한 낮으로 돌아온다.

나는 지하철역 입구 철 울타리에 기대서 주머니 속 쓰레기를 센다. 괜찮다. 표를 사기에 충분한 동전이 있다.

자유의 공기를 들이마시자 어느새 익숙해진 이 동네의 자세한 모습이 하나하나 눈에 들어온다. 유리창 하나하나, 간판의 크고 작은 글씨 하나하나까지 눈에 익은 상점들, 밤을 예고하는 겨울 거리의 쓸쓸함이 빛나는 그것들은 모두 내가 아는 것이다. 시간을 거슬러, 내가 열여섯이었을 때다. 나는 거리 위로 여름 샌들을 끌고 다니고 있다. 아무런 장식 없는 머리카락, 스웨터 아래로 맨몸인 채 지탄 담배 포스터 속 여자처럼 내 발아래에는 구름이 떠 있다. 파리는 수많은 시선으로 나를 어루만지고, 내가 나를 바치듯 내게 자신을 바친다.

"아니, 어쨌든 나는 자유의 몸이잖아? 이봐요, 저리 비키란 말 안 들려요?"

"못된 프랑스인. 왜 재수 없이 굴어?"

꿀처럼 진득한 행복에 겨운 눈을 한 쥐새끼*들과 "먼저 가, 뒤따라갈 테니까"라고 말하는 결단력 있는 이들, 키가 크고 작은 노인네들, 잘 차려입거나 파란색 옷을 입은 남자들은 그때나 지금이나 그곳에 있다. 지금도 내 옆과 앞뒤로 걸으며 "오늘은 뭘 건졌어?"라고 속삭이는 지금의 그들과 그때의 그들은 뭐가 다른가?

사람들은 뭔가를 건졌고, 제 술잔을 놓아두었고, 10분이 지나고 돌아오곤 했다…. 그다음은 모른다. 더는 엄두가 나지 않는다.

---

* 마그레브(모로코, 서사하라, 알제리, 튀니지 등을 포괄하는 북아프리카 지역)인들을 일컫는 인종차별 용어.

아페리티프를 함께 마시는 내 동료 중 하나는 가끔 자신이 마시던 칼바도스 브랜디 잔 뒤로 내게 신호를 보내곤 했다. 우리는 난방이 되는 테라스 속 세상을 바라보고 있었다. 인파가 점점 문 앞으로 몰려들고 있었다. 몇 미터 떨어진 곳에서 남자들이 왕복 운동을 하며, 커다란 공간으로 작은 혼잡이 일어나고 있었다. "애들이 널 기다리고 있어." 동료 남자애가 말했다. "이만 가 봐…."

과거에 나를 둥글게 보호했던 호위대가 내 주변을 에워싼다. 하지만 나는 바닥에 시선을 고정하고 걸음을 늦추지 않는다. 두렵다. 저 사람들 속에 경찰이 있으면 어떡하지… 어서, 안. 고개를 들어. 골라. 손가락을 다시 한번 움직여 봐….

"잠시 머물 건가요?" 나를 알아보지 못한, 같은 층을 쓰는 여자애가 묻는다.

빗장이 걸려 있다. 내가 외투를 내리자 정적이 흐른다. 아, 이건 네 선물이니? 그래 맞아.

나는 멍하고, 고분고분하며, 아무 생각도 하지 않는다. 점심시간보다 늦게 도착한 것도 아니다.

그렇게 나는 애니의 주머니를 더는 탐내지 않게 될 것이다.

다음 날에는 심지어 원치 않게 애니의 것을 훔치게 되었다. 애니가 누누슈에게 빵을 사 오라고 심부름을 보내면서, 1천 프랑 지폐를 건네며 말한다.

"이게 마지막 남은 돈이니까 잃어버리지 않도록 주의하렴."

그 말에 누누슈가 방을 뒤지러 방에 들어간다.

"대체 뭘 하는 거야?" 애니가 소리친다.

"잠시만 엄마. 가져갈 인형 고를 거야…."

그리고 누누슈는 우리가 쌓아둔 넥타이 더미에서 튀어나온다. 한 손에는 여행용 인형 침대 손잡이가, 다른 한 손에는 5천 프랑 지폐를 흔들어댄다.

"그럼 이건 뭐야 엄마? 엄마가 숨겨놨던 거 까먹었어?"

이게 무슨 소란인지! 너덜거리는 볼기짝을 하고 누누슈는 툭 튀어나온 입으로 비명을 질러댄다. 분노로 핏기가 다 빠져나간 애니는 누누슈의 볼기를 때리느라 숨을 헐떡이며, 내게 공교롭게 발각되어버린 비상금의 출처("생활비에서 남은 것")와 그 목적("데데를 위한 크리스마스 소포")을 설명하느라 애쓴다.

그 뒤로 나는 더는 망설이지 않는다. 나는 원하는 걸 모두 사고, 귀가할 때면 담배, 케이크, 술병, 비누나 통조림 같은 생활용품들을 한 아름 사 들고 귀가한다. 그리고 애니는 내게 질문하지 않고, 자신의 지출을 적절하게 조절한다. 더는 나더러 쥘리앵에게 돈을 내놓으라고 하지 않는다. 그렇게 애니는 시댁 식구들의 관대함을 칭찬하고, 나는 내 친구의 관대함을 칭송하면서 우리는 서로를 원만하게 속이고 있다.

그러나 나도 모르게 불쑥불쑥 솟아오르고 이내 미소 속에 감추어지는 어떤 쌀쌀함과 생각들을 떠올릴 때면 이곳의 분위기가 잠시라도 나아질 희망 없이 완전히 훼손되고 말았다는 사실을 절감하게 된다. 처음 몇 주 동안 쥘리앵이 올 때면

146

애니는 질기다 싶을 만큼 엄마같이 신중하고 정다운 여주인 행세를 했다. 쥘리앵이 밤을 보내지 않고 떠나기로 한 날이면 블롯 게임 카드와 일 리터짜리 술병을 챙겨 비용 부인네로 훌쩍 가버렸다.

"얼른 가자, 누누슈···. 두 사람은 즐거운 시간 보내요. 우린 한 시간쯤 뒤에 올 테니까."

우리는 서로 누가 더 섬세한지 경쟁해야만 했던 건지도 모른다. 침대는 건드리지 않거나, 서로를 조심조심 어루만지는 식으로 말이다. 하지만 우리는 집 안 전체를 마음대로 활보하는 편을 택했다. 기관지가 약한 아이 침대 가까이서 담배를 피운다거나, 불청객들이 집을 떠나기 전에 마시던, 쥘리앵이 가져온 술병을 한 방울도 남기지 않고 모조리 비우고 조금 뒤에 불청객들이 그걸 보게 한다거나 말이다. 우리 두 사람이 함께하는 시간은 길어지고, 멀리까지 늘어났다. 뒤로는 마지막 날 밤부터 앞으로는 다음 날 밤까지. 마치 아직 우리에게 한 시간이 더 남아 있기라도 한 것처럼. 약속은 굳건해졌고, 밤과 두려움은 사라졌으며, 쥘리앵의 손가락은 위안을 주는 동시에 불에 덴 듯한 열기로 내 몸 위를 지났다···. 꼭 배신자들에게 협박을 당하고, 아주 좁은 공간과 아주 짧은 시간만이 펼쳐진 하나의 구덩이, 자그마한 시간의 섬인 감옥에서 사랑을 나누는 것 같았다. 그러고 나서 우리가 남긴 도주의 흔적을 지웠고, 이불보를 정리하고, 얼굴과 옷매무새를 정돈했다. 어쨌든 이곳은 애니의 아파트였고, 시트와 물건들 모두 그녀가 데데와 함께 쓰던 것들이었으니까···. 처음에는 그것에 탄

복하고, 동정심을 갖기도 했다.

"나는 네가 있어 충만한데, 애니는… 가엾기도 하지…."

쥘리앵은 알 수 없는 웃음을 지으며 말했다.

"그 여자 걱정은 하지 마…."

하지만 5천 프랑 지폐 하나로 내 걱정도 끝이 났다.

그날은 내가 스무 살을 맞이한 저녁이었다. 샴페인으로 다함께 건배를 나눈 뒤로 애니의 집에서의 나의 체류는 확실한 쇠퇴기로 접어들었다. 오래전부터 나는 생일을 전혀 언급하지 않았다. 달력을 오로지 거꾸로만 읽는 애니는 다행히도 날짜를 잊었다. "데데가 나올 날이 아직도 이만큼이나 남았다니." 하지만 쥘리앵은 계속해서 들여다보고 또 봐서 글씨와 표시들이 사방으로 검게 번진 비망록과 같은 자신의 수첩에 내 생일을 적어두었던 모양이다. 8시가 되자 5월에 나를 이곳에 데려다주었던 운전자와 함께 도착했다. 두 사람 모두 꽃, 상자, 가벼운 입맞춤, 축하 인사로 나를 감동시켰다.

"오, 글라디올러스 꽃이네…, 내 키만큼 크잖아! 고마워…."

그들은 꽃을 안락의자 뒤, 바닥에 놓인 병 속에 넣었다. 나는 마치 명품 브랜드 사진을 촬영하는 것 같은 배경 속에 자리했다. 그들은 집의 유일한 양초를 두 동강 냈다. 토막 하나가 10년을 의미했다. 그때까지만 해도, 우리가 흉내 내고 있던 우정이 우리를 지탱해주는 것이 그날로 마지막이었다는 사실을 몰랐다. 누누슈는 보호 시설에서의 간식 시간처럼 레이디핑거 쿠키를 각자의 접시에 올려놓았다. 쥘리앵의 친구는 돌아갔고, 애니는 술잔을 들고 하품을 했고, 내 스무 살 초들은 이미 현저히 작아져 있었다. 그렇게 나는 1초가 지날 때마다 그토록 고대하던, 진지한 스물한 살 성인의 나이로 미끄러지듯 나아갔다.

애니와 누누슈는 자러 갔다. "현관문 걸쇠들 잘 잠가야 한다." 애니는 마지막으로 나를 포옹하면서 자동적으로 말했다. 그렇게 내 침대에서 내몰리게 된 쥘리앵은 나와 함께 머무르기를 원하지도, 그렇다고 나를 다른 장소로 데려가려 하지도, 아무개 이름으로 호텔을 잡으려고 하지도 않았다. 그는 내 생일 소원 중 어느 하나도 이루어주지 않았고, 우리는 술병을 배경에 두고 설전을 벌이며 서로에게 짜증을 부렸고, 아무도 뚫을 수 없는 불가능의 벽을 세우고 부딪쳐댔고, 결국 나는 따귀 한 대를 맞고 그에게 한 대를 그대로 되돌려주었다.

"오, 쥘리앵." 내가 울면서 말했다. "나는 널 사랑해…."

"내가 사랑하는 건 엄마뿐인걸…."

우리는 그런 식으로 서로를 사랑한다는 사실을 인정하고 믿기로 했다.

이제 내 기억의 독방에서 이 말들은 나를 웃게 만들고 점점 나를 쫓아낸다. 나는 사랑을 하고 있다. 별이 태어난 것이다. 롤랑드는 아마 클로버 에이스를 받았을 거다. 모든 게 처음이고, 환하게 빛나며, 반질반질한 누군가가 내 발을 이끌고 있다. 조금 더 인내해야 한다…. 하지만 어떻게 애니를 떠나야 할까? 어떤 기회로, 어떤 불화를 일으켜야 하지?

식사하는 방에 있는 환자용 안락의자는 연인의 의자가 되었다. 우리는 더는 작은 침대를 원하지 않는다. 그 밖에도 나는 어릴 적 갔던 호텔들을 쥘리앵에게 소개한다. 우리의 몸과 마음이 어울리고 서로에 기대 휴식하는 이 순간들은 내가 다른 남자들과 보냈던 과거의 다른 '순간들'을 되살려낸다. 나는 그것들을 어떤 수치심이나 거짓 없이 마치 다른 사람의 이야기나 지어낸 이야기처럼 쥘리앵에게 들려준다. 과거가 불길을 내뿜고, 이내 불에 타들어가며 소멸한다.

"지금 이 순간이 영영 시들지 않으면 좋겠어…."

그리고 우리는 길거리로 뛰쳐나가 배회하며 미적거린다. 그래도 여긴 대로변, 건물, 안뜰이다. 애니가 음식을 준비하고, 누누슈는 우리 주머니를 뒤지며 사탕을 찾는다. 우리 세 사람은 산패된 미소를 지으며 텔레비전이 떠들도록 내버려둔다. 서로 나눌 말은 없다. 공허한 입을 채우기 위해 담배를 피우고, "두 사람 좋은 밤 보내고, 현관문 걸쇠들 잘 잠그렴, 안"의 시간이 올 때까지 술을 마신다.

그리고 그날 저녁, 애니의 집이 마침내 폭발하고 만다.

우리는 아페리티프를 잔뜩 마시며 오후 시간을 보낸 호텔 바에서 술 한 병을 가져왔다. 애니의 집에는 후식 시간에 맞춰 들어갔다.

처음으로 누누슈는 제 엄마의 가르침을 기억했고, 자신이 비워내고 닦고 또 닦은 접시 위로 샐쭉한 표정을 짓지 않고 우리 쪽을 아예 보지 않으려 애쓰고 있다. 애니는 평소의 먹성으로 음식을 삼키며, 음식을 먹을 때를 제외하고는 입을 열지 않고 있다. 우리의 식기는 차려져 있지 않다. 그 앞에 가만히 서 있는 것에 질린 나는 논리적으로 화가 나야 할 이 상황에 느껴지는 치욕을 회피하고, 잠이나 자러 가기로 결심한다. 꽤나 당당하게 방을 가로지르려는데, 우둘투둘한 바닥인지, 바닥에 뒹굴던 넥타이인지 모를 것에 발가락이 걸려 미끄러지며 몸이 휘청거리고, 주변이 빙그르르 돌며 술기운이 온몸으로 올라온 것이다. 애니는 비아냥거리기 시작한다.

"두 사람 정말 보기 좋다, 좋아! 기왕 일이 이렇게 됐으니 말인데, 이대론 안 되겠어. 쥘리앵, 당신도 알겠지만 우리 집은 매음굴이 아니거든?"

그러자 이성이 돌아오며 머리가 차갑고 딱딱하게 식는다.

"애니, 그건 나도 알아요. 그래서 여기서는 일 분도 더 못 있겠어. 방을 비울 테니까 원래대로 독신 생활로 돌아가고, 원하는 사람을 들이면 되겠네요. 가자, 쥘리앵. 옷장에 있는 가방 챙기게 도와줘."

쥘리앵이 꼼짝도 않자 나는 침대 발치를 밟고 올라가 가방을 꺼내고, 선반 위 물건들을 가방에 던져 넣는다. 그리고 세면 용품을 챙기러 주방으로 향하려는데 애니의 고함 소리에 발이 저절로 멈춘다. 솔직히 기다렸던 바다.

"쪼끄만 매춘부 같은 게." 씩씩거리며 애니가 말한다. "이 쓰레기 같은…"

"…더러운 년에 멍청한 년?" 내가 애니의 말을 완성하며 말한다. "말 다 했으면 이제 가도 되죠?"

짐을 잔뜩 집어넣은 가방은 빵빵하게 부풀어 있어 잠글 수가 없다.

"그래서 쥘리앵. 날 도와줄 거야, 말 기야?"

이 그림 속에서 몸을 움직이고 말을 하는 인물은 오로지 나뿐이다. 할 수만 있다면 발길질이라도 해서 모두를 움직이게 만들고 죽이고, 도망치고 싶다…. 모두가 거기 가만히 앉아 있다. 얼이 빠진 애니는 터져버린 분노를 삭이고 있다. 쥘리앵은 신경을 곤두세우면서도 동시에 멍한 얼굴로 꼼짝도 않는다. 누누슈는 엄마가 앉은 의자에 몸을 붙이고 앉아 작게 훌쩍거리면서 이 상황을 어떻게 대처해야 할지 모르고 있다. 영화에서나 볼 법한, 보는 사람마저 눈물이 나고 마음이 괴로운 정말로 심각한 상황인 것이다. 토닥토닥…. 가엾은 누누슈. 그리고 나…. 나는 점점 나 자신이 어린애 같다고 느끼는 중이다. 그냥 전처럼 친구인 척하며 셋이서 술이나 마시고 이야기를 떠드는 편이 좋았을 거라고 이미 후회하고 있다. 그랬더라면 누누슈는 잠을 자고 있을 테고, 가방은 옷장 속 제자리에 얌전히 있을 테고, 이곳을 떠날 날은 좀처럼 오지 않겠지…. 하지만 가방은 이미 내가 깔고 앉아 있고, 그걸 여기서 다시 여는 일은 절대로 일어나지 않을 거다. 오늘 저녁 이곳을 떠나거나, 영원히 떠나지 않거나 둘 중 하나다. 더없이 좋은 상황이다. 신중하고 결단력 없는 쥘리앵에게도, 무슨 일이든 할 수 있게 어디로든 뛰쳐나갈 준비가 되어 있는, 모든 것에 질린 내게도. 떠나자. 바람을 쐬자. 노래하자.

이제 몸을 일으키기만 하면…. 나는 선 채로 이마를 쥘리앵의 어깨에 기대고 있다. 투피스 정장에 외투를 껴입는다. 앞으로 떠돌게 될 파리의 가로등 아래는 추울 테니까. 나는 쥘리앵의 얼굴을 보지 않는다. 하지만 언어의 부재, 창백한 낯빛, 어두워진 눈, 축축한 관자놀이가 뜻하는 바를 안다.

"안, 어디로 가는 거야? 이제 어디서 지낼 건데? 너는 붙잡히고 말 거야…. 고작 그러려고 지금까지…."

쥘리앵의 두 팔이 나를 끌어안고, 나는 그에게 달라붙으며 말한다.

"지금 이 순간에도 그런 생각이나 하는 거야? 내가 여기서 떠나서 행복하지 않아? 우린 자유로워지는 거야. 원하는 만큼 실컷 만날 수 있게 되는 거고! 이제 다른 사람의 일과표를 신경 쓰지 않아도 돼. 넥타이도 없어!"

"알지." 쥘리앵이 말을 잇는다. "우린 언제나 둘뿐이야. 그런데 그게 최악이라는 걸 모르는 거야? 만약 네가 갑자기 떠나버리면 나는 널 다시는 만날 방법이 없어. 그러면 나는 혼자서 원래의 길로 돌아가야겠지. 그리고 더는 멈추지 않을 거야."

쥘리앵, 쥘리앵. 내 뺨에 닿는 물기, 무뚝뚝하고 말 없는 너의 눈물에 마음이 저민다…. 나는 매정하게 웃으며 말한다.

"나는 언젠가 내가 울었던 만큼 네가 울고, 내가 널 기다렸던 만큼 네가 날 기다리길 바라…. 자, 이제 가자."

"어딜 가는지만이라도 알려줘."

"무서워할 것 없어. 어딜 가는지 다 알고 가는 거니까. 그리고 나는 널 찾아가는 법을 알아. 네가 좋다면… 네가 원하는 날짜로 만날 약속을 정하면 되잖아. 이제 나는 할 일이 없어. 네가 부르면 오고, 널 위해 정확한 시각에 그곳에 있을 거야."

쥘리앵은 마지막으로 애니와 나를 화해시키려고 애니를 부르면 안 되겠느냐고 묻고, 떠나지 못하게 나를 막으려 한다.

"안, 내일 나는 만나야 할 사람이 있단 말이야…."

"새로운 은신처야? 처음엔 피에르, 그다음은 애니. 실례합니다, 부탁해요… 나는 도주하는 내내 그러고 살아야 하는 거야? 내 말 잘 들어 쥘리앵. 이제 나는 걸을 수 있어. 그것만으로도 넌 할 일을 훌륭히 해낸 거야…."

쥘리앵은 "나는 걸을 수 있어"라는 대목에서 눈을 흘긴다. 그는 나를 설득시키는 데 성공했다고 믿는지, 눈을 감으며 기쁨의 미소를 짓고, 나는 그의 미소에 내가 항복하리란 사실을 예감한다…. 하지만 바로 그때 술을 마시려는지, 아니면 화장실에 가려는 건지 애니가 방에서 나온 것이다. 매섭고 비아냥거리는 그 시선을 보자 결심은 다시 확고해진다. 안 돼. 더는 머무를 수 없다. 그랬다가는 내가 죽거나, 아니면 내가 애니를 죽이고 말 거다.

동이 터오며 우리는 아파트를 떠난다. 걸쇠는 열어둔 채다. 쥘리앵은 기차역 승강장에 나를 두고 떠날 것이다. 기차역으로 향하는 택시 안에서 나는 그의 손을 꼭 잡는다. 차갑고 미동 없는 죽은 손이다. 그의 입술 역시 얼음처럼 차갑다.

11

"웃으면 안 돼. 자, 온다….."

무심하고 바쁜 손가락이 문을 두드린다. 나는 호텔 침대에서 홀로 정적인 하룻밤을 보낸, 누군가 가져다준 아침 식사를 먹고 다시 잠을 청해 늦잠을 자는 데 익숙한 여성의 무심하고 느긋한 목소리로 "들어오세요"라고 외친다. 모호한 직업, 분명한 신분, 정확한 일과. 지배인은 나를 마음에 들어 하고, 청소부들은 언제나 시트에서 발견한 실수로 현금을 받아낼 구실을 찾는다. 우리의 시트를 더럽히는 건 초콜릿이나 담뱃재뿐이다. 니니와 애니의 집에서 쥘리앵과 나는 요령을 피우는 습관을 들였다…. 호텔방에 들어가기 위해 쥘리앵은 내가 열쇠 소리를 내며 당직 근무를 서는 직원과 시시덕거리는 동안 재빠르게 카운터 앞을 빠져나간다. 우리는 계단에서 다시 만나 내가 방문을 열면 누군가에게 쫓기는 사람들처럼 방 안으로 휩쓸리듯 들어간다.

그날 아침에는 내 버너가 고장이 났고, 수돗물로 네스카페를 타 마시고 싶지 않았다. 그래서 전화로 아침 식사를 주문한 참이었다. 한 사람분의 식사지만 두 사람이 먹어도 충분할 정도로 양이 푸짐하다. 빵과 크루아상, 버터와 잼, 주전자를 가득 채운 커피.

아침을 받고 나는 문을 다시 잠그고, 쥘리앵을 욕실 구석에서 나오게 한다. 그는 얌전히 변기에 앉아 있다.

"내 사랑, 이리 나와. 나 배고파···."

우리의 네 다리 위에 얹어진 쟁반, 서로 뒤얽힌 간결한 손짓들, 약간의 무질서, 그리고 쟁반을 치우고 놓인 재떨이···.

"한 대만 피우고 갈게." 쥘리앵이 말한다.

"11시 4분 기차라고 했잖아. 아직 시간은 많아. 조금 더 자자."

"안 돼. 만나야 할 사람이 있어. 오, 여자는 아니야!"

그가 만날 사람이 여자라 해도 내가 뭘 어쩌겠는가? 나는 쥘리앵의 어깨에 코를 묻고, 손가락 끝으로 그의 가슴팍을 헤집는다. 부드러운 진줏빛 살결을 파고들고, 그의 분홍색, 갈색 점 하나하나를 자세히 뜯어본다. 기억에 남겨 다음 만남 때까지 그것을 떠올리며 힘을 내기 위해서. 달에 두세 번의 저녁나절이나 하룻밤. 그게 내 행복이다. 그 외 나머지 시간은 노동, 고역, 막연한 두려움이 차지한다.

거의 하루도 빠지지 않고 비가 온다. 내 머리카락은 곱슬거리고, 치마는 습기로 인해 달라붙고, 발목은 극심하고 묵직한 고통으로 시큰거린다. 그럼에도 불구하고 나는 걷는다. 걸어야 한다. 쥘리앵에게 "넌 네 일을 해. 내 일은 내가 알아서 할 거야"라고 말할 수 있어야 하기 때문이다. 그에게 의존했던 길고 긴 몇 달의 시간과 내가 그를 사랑했던 것이 고마움 때문이라는 생각을 그에게서 지우려면 그의 곁을 비우고 은밀해져야 한다. 우리의 만남에는 어떤 저열한 의도도 없고, 이번에야말로 내가 그를 걱정시키고, 그가 조금이나마 나를 그리워하도록 만들기 위한 것이기도 하다…. 피에르와 애니의 집에서 그의 애정은 잔잔했다. 그곳에서의 체류는 안정적이었고, 나는 언제나 그곳에 있는 존재였다. 지금의 나는 더 위험하지만 살기에는 더 좋은 거처를 마련했다. 오로지 나만이 사용하는 작은 다락방도, 수치스럽고 좁고 옹색한 방도 아니다. 그와 함께 지낼 수 있을 정도로 여유가 있고 널찍한 장소로 이곳을 유지해야 한다.

물론 나중에는 '장사'도 할 거고, 방이 커지고 황금칠도 할 테지만, 그때까지는 자원을 확보해야 한다. 배는 절대 고프지 않지만 머릿속은 수많은 허기로 우글거린다. 예상 밖의 유치하고 복잡한 욕망들로 분해된 쥘리앵에 대한 허기다.

오후 4시경. 밤까지도 무너지지 않게 공들여 화장을 한다. 올이 나가지 않는 스타킹, 번지지 않는 마스카라, 우아하지만 편안한 옷. 나는 옷가지와 이불을 개고, 먼지를 털고, 감옥에서처럼 방을 정돈한다. 한편으로는 청소부들이 살짝 두렵기 때문이고, 다른 한편으로는 어쩌면 내가 다시는 이곳으로 돌아올 수 없을지도 모르기 때문이다.

("얼른 일어나. 너 같은 계집애에게 줄 의자는 없어. 저 멍청한 얼굴을 좀 봐!")

몇 시간의 고된 심문을 당한 끝에 마지못해 주소를 넘긴다 하더라도 이곳에서 경찰들이 찾을 수 있는 거라곤 라디에이터 위에서 마르고 있는 속옷뿐이다. 여기서 건질 것이라고는 훔친 거라기에는 지나치게 예쁜 물건들과 우체국, 시계, 기차표와 같은 영수증 뭉치들뿐일 거다.

매분 매초, 발걸음 하나하나 모두 앞을 내다보아야 한다….

내가 외박하는 일은 드물다. 보통은 잠을 극복하고 그림자가 되어, '한 번'에 그치지 않고 더 많은 돈을 벌 수 있는 밤동무를 찾기 전에 지루함이 먼저 찾아온다. 하룻밤에 3만에서 5만 프랑은 세 치 혀로 온갖 사치품을 유통하는 감방에서나 들어본 액수였다. 아마 도주 중인 여자와의 밤이라면 더 비싸게 쳐줄지도 모른다. 하지만 밤은 낮을 뒤덮고 있고, 모든 시간은 똑같이 창백한 위험의 색깔을 하고 있다. 나는 돈을 손에 쥘 때까지 피로함과 역겨움을 참아내고, 짧고 달콤한 잠으로 그것들을 씻어낸다.

매춘부들이 모여드는 술집에서 인근 미성년 교도소 출신 몇몇을 알아보았다. 신분증을 만들 수 있는 나이까지는 불법으로 손님을 끌다가 그 나이에 도달하면 아예 매춘을 직업으로 삼는 아이들이었다. 나의 달라진 걸음걸이, 십여 킬로는 훌쩍 빠져 가늘어진 허리, 생소한 민간인 복장에도 불구하고 그 애들은 나를 알아보았다.

"어머, 안! 출소한 거야?"

나는 내 이름은 안이 아니고, 파리에서 내가 '새로운 삶'을 살고 있다고만 대답한다. 그러는 동시에 교도소에서 만났던 얼굴들을 기억 속에서 더듬는다. 회색이나 갈색의 두껍고 목이 푹 파묻히는 옷을 입은 겨울의 얼굴들, 낡아서 속이 비쳐 보이고 늘어난 곳이나 접히는 부분은 닳아 헤진 타탄체크 무늬나 줄무늬 셔츠를 입은 여름의 얼굴들. 하지만 여름이든 겨울이든 어린 자매들은 하나같이 파리하고 창백하거나 빨갛게 상기된 얼굴을 하고 있었고, 눈 밑에 두드러진 그림자를 가지고 있었으며, 하나같이 똑같은 희미한 익명의 분위기를 자아내고 있었다. 이따금 아주 반짝이는 눈이나, 특히나 끝이 말려 올라간 입술, 혹은 새하얀 치아를 가진 애들에게는 시선이 쏠리기 마련이었다. 하지만 희끄무레한 화장, 달라붙는 옷, 염색한 머리카락이라는 또 다른 공통된 분위기를 자아내고 있는 이 애들의 이름을 어떻게 기억해내며, 또 그들이 어느 번데기로부터 탄생했는지 어떻게 알 수 있을까?

애들은 지갑이 제 발로 걸어오기만을 기다리며 술집에 머무른다. 다른 할 일이 없는 것이다. 그물처럼 골목길이 얽혀 있는 창녀들의 왕국을 벗어나면 나오는, 윗동네의 환하게 불이 밝혀진 대로변에 있는 상점 문 앞에서 두 손을 등 뒤로 하고 손님을 기다리는 판매원들처럼 그 애들은 주크박스에 옆구리를 기대거나 유리창 앞 카운터에 앉아 있다. 그 애들의 매출은 계절에 따라, 그들의 옷차림이나 머리 스타일에 따라 달라진다.

"이 원피스를 입은 날에는 실패하는 법이 없어."

"나는 바지를 입은 날에 일이 더 잘되던데."

나는 걷는다. 술집을 어슬렁거리지는 않는다. 내겐 그럴 시간이 없다. 인도에 서 있는 것은 싫다. 그래봤자 나도 다 똑같은 창녀일 뿐이지만. 내가 걷는 편을 택한 이유는 그게 더 빠르고, 시간대가 정해져 있지도 않으며, 경력의 필요도 거의 없기 때문이다. 발 빠른 포주나 교활한 고객은 열여섯 살에 이미 부딪쳐봤고, 그 후로 이쪽 세계는 거의 변한 게 없다. 내가 두려운 건 오로지 경찰이다. 단속에 걸리면 내밀 신분증이 없으니까. 그래도 계속해서 거리와 호텔, 차림새를 바꾼다. 행인이 말을 걸면 대답하기 전에 수상한 사람은 아닌지 살핀다. 막연하고 분명한 직감이 나를 멈춰 세우거나 격려하고, 머릿속에 빨간 신호등이 켜진다. 빨간색은 주의할 것. 초록색은 이상 없음을 뜻한다. 지나가, 기다려, 기다리지 마, 뛰어, 웃어, 이리로 와. 나는 길을 따라 걸으며, 목적지가 정해져 있는 사람들의 급한 발걸음 속에 미끄러지듯 섞여든다. 다리는 거의 절지 않고, 가능한 한 빠르게 걷는다. 겉으로는 무심해 보이는 태도와 "그럴 사람으로 보이지 않는" 분위기가 내게는 방패이자 계략이다.

"우리 다시 볼 수 있을까요?"

"나쁠 것 없죠. 운이 따라준다면?"

"어딜 가야 당신을 찾을 수 있어요? 지내는 곳이나 일하는 술집이 있을 거 아니에요?"

"음, 전… 저는 걸어 다녀요."

특별히 관대하거나 보기 딱한 손님의 경우에는 그들을 위해 나의 이동 경로를 그려주고, 수첩에 다음번 약속을 적어둔다. (대충 휘갈겨 쓴 '오늘 저녁' 표시를 까먹지 말 것. 아차, 이건 누구였더라?) 남자가 나를 다시 만난다면 놀라운 일이 될 거다. 파리는 넓으니까. 못 만난다고 해도 내가 빚진 게 있나? 나를 한 시간이나 기다렸다고요? 나는 두 시간 기다렸는데요? 사실 당신을 기다렸던 건 아니지만, 그게 중요한가요? 당신들 중의 하나가 내게 한 시간을 빚진 거예요.

조금씩 나만의 체계가 잡히고, 단골들이 생기고, 사야 할 물건들 목록이 생긴다. 작은방은 아름다워지고, 나는 추해지지 않으며, 쥘리앵의 전화는 전보다 자주 걸려온다. 나는 다시 잡히지 않을 것이다. 안 된다. 쥘리앵을 계속해서 떠올리면 나는 잠시 현실을 벗어날 수 있고, 나를 보호할 수 있다. 예전에는 감방에 다시 돌아갈지도 모른다고 자조하기도 했지만, 이제 그건 말도 안 되는 생각처럼 여겨진다…. 오늘은 새로운 시대의 서막이다. 물론 잡혀갈 날의 서막도 언젠가는 당도하겠지만, 지금 이 순간만큼은 조금 더 걷고 싶다…. 5월이 코앞으로 다가왔다. 올해 처음으로 태운 피부, 거기에 어울리는 원피스, 색색의 라따뚜이를 사고, 전처럼 샌들을 신고 걷는다. 부활절의 새순이 돋아난 나무 아래를 걸으며 나는 도취된다. 밖으로 나온 지 벌써 일 년이 지났다니!

남자들의 말들과 손길 속에서 나는 내가 그렇게 예쁘지도, 그렇게 착하지도 않다는 사실을 때때로 망각한다. 머저리 같은 놈들. 사랑을 모르던 순진한 예전의 나를 알고 난 뒤에도, 오로지 사랑으로만 낫고 치유될 수 있는 미래의 나를 보고 난 뒤에도, 지금처럼 말할 수 있을까?

애니도 그렇게 말했었나.

"너는 너무 어려…. 데데와 내가 만약 네 나이라면 그래도 지금처럼 지내고 있을 것 같니?"

단속에 잡히면 안 된다는 나의 걱정과 신분증을 보여주지 않겠다는 내 고집을 설명하기 위해서 다른 아이들에게는 내가 다른 지역으로 이동하지 않는 조건으로 가석방을 받았다고 둘러댄다. 방랑벽을 다스릴 방법으로 이 일을 하는 것뿐이라고. 파리에서 진실을 아는 유일한 사람이 있다면 그건 애니 뿐이다…. '도주'를 한 거의 직후부터 나는 조용히 살아왔다. 그리고 어쨌든 애니는 여섯 달이 넘도록 내게 엄마나 다름없는 존재가 되어주었다. 우리는 함께 다정한 시간과 힘든 시간을 보냈고, 서로의 이유는 달랐지만 우리 둘 다 한 남자가 돌아오기만을 간절히 바라고 있었다….

쥘리앵의 손이 너무나도 차가웠고 가방은 너무나도 무거웠던 그날 아침, 우리는 기차를 몇 대나 떠나보내며 역내 구내식당에서 미적거리고 있었다. 나는 코코아를 주문했다. 나는 아무런 걱정도 들지 않았고, 그저 배가 고프고 활기찼다.

"쥘리앵, 내 사랑! 슬퍼하지 마. 코코아 마시자…. 대체 무슨 생각을 하는 거야? 이제 나를 믿고 싶지 않은 거야?"

마지막 기차가 승강장을 떠나기 시작했을 때, 나는 머릿속에 쥘리앵의 전화번호를 단단히 새긴 뒤에 기차 발판에서 뛰어내렸다. 그 숫자들은 나를 스쳐 지나가는 기차 위로 끊어지지 않는 질긴 밧줄처럼 펼쳐졌다. 의심과 파멸로부터 나를 지켜내기 위해서 나는 밧줄의 한쪽 끝을 단단히 붙잡았다. 쥘리앵….

파리에는 호텔 카운터에서 신분증을 검사하지 않는 동네가 몇몇 있었다. 그곳에서는 당당한 태도로 카드 지갑이 비었다는 걸 보여주기만 하면 된다. 그러면 호텔 지배인은 정중하게 괜찮다는 표정을 지어 보인다. 그곳의 사람들은 웃는 낯짝을 신뢰한다. 이리저리 꿰매고 기운 우스꽝스러운 복장을 봐도 아무도 놀라지 않는다. 돈만 넉넉하다면야.

자유 여성으로서의 삶을 적절하고 제대로 시작하려 저녁까지 잠을 잤다. 저녁을 먹고 난 뒤 다시 잠을 청해 다음 날 오전 내내 방 안에만 머물렀다. 머리맡에 놓인 전화기는 장난감이었다. 호텔 요금은 술집 토큰보다 사용이 자유로워서 여기저기 깜짝 안부 전화를 걸었다. 애니가 살던 건물 아래층에서 우리에게 파스티스 술을 한 잔씩 팔았던 선술집 여주인에게 전화를 걸어 애니를 바꿔달라고 요청했다.

애니는 나의 사과를 정중히 받아주었고, 거기에 자신의 사과까지 보탰다. "나도 조금 취했었는걸. 원래 싸우기도 하면서 우정이 돈독해지는 거야. 얼른 나를 보러 오렴."

그래서 이따금 애니의 집으로 잠깐씩 놀러 간다. 바구니 가득 담배를 채워서 가져가는데, 항상 가운만 걸치고 있는 애니에게 나의 차림새(갈 때마다 공들여 새롭게 갈아입은)가 미안하기 때문이다. 나는 온 힘을 다해 친절하고 자연스럽게 행동한다. 애니가 나를 신고할 거라고는 생각하지 않지만, 세상 사람들 모두가 두렵게 느껴져서 신경이 쓰이는 탓이다. 체포될지도 모른다는 생각이 머리를 떠나지 않는다. 그것을 징

면으로 마주하는 법을 배우고 그것을 길들여도 보지만 영영 쫓아낼 수는 없다. 그것의 그림자가 주위를 어슬렁거리고, 나는 그것을 인지하고 있으며, 상세히 살핀 뒤에 그것을 덮친다. 왔니? 그래, 내가 갈게. 먼저 가, 뒤따라갈 테니까. 아르바이트, 담배꽁초, 엄청난 위험, 지친 발목, 미생물, 매질이 언제든지 나를 덮칠 수 있다. 쥘리앵, 나를 보호해 줘. 내가 돌아갈 곳은 오로지 너뿐이야. 내가 가진 자유가 나를 숨 막히게 해. 나는 너만이 문을 잠그고 부술 수 있는 감옥 속에서 조금 더, 조금 더 오래 살고 싶어….

오늘은 일을 열심히 했다. 그리고 인근 미성년 교도소에서 꽤 많은 몸무게와 상스러움, 기둥서방, 그리고 그보다 앞서 현재는 세 살이 된 여자아이를 얻었던 수지와 박하를 첨가한 파스티스를 마시며 휴식을 취하고 있는 중이다. 수지는 가끔 딸을 일터로 데려오는데, 엄마가 일을 하는 동안 딸은 카운터 뒤나 위에서 다리를 활짝 벌린 채로 논다.

당시 수감이었던 수지가 '봉 파스퇴르'*에서 탈출, 사소한 절도나 특별 부랑죄로 일 년에 두세 번씩 교도소를 들락거리던 때를 떠올린다. 미성년 여성 교도소에서 거의 스무 살이 되었던 수감은 인기가 좋은 편이었는데―성인이라 이거지―차를 운전할 줄 알았고, 훔칠 줄도 알았기 때문이었다. 나는 조악하게 칠해지고 다듬어진 수지의 손톱과 포동포동한 손, 절반은 레이스고 절반은 저지로 된 검은 블라우스 아래로 비

---

* 미성년 교정 시설. 알베르틴 사라쟁도 이곳 출신이다.

164

처 보이는 뽀얀 어깨, 발을 부풀려 보이게 해서 둥그런 다리를 뾰족하게 마무리하는 높은 하이힐을 바라본다. 내가 말한다.

"요즘은 어때? 여전히 차를 좋아해?"

페달 위로 미끄러지듯 옮겨가는 스틸레토 힐과 악어 클립*을 뒤집는 손톱을 상상해본다. 매일 정오가 되면 짧은 체육복 바지를 입고 너스레를 떨던 교도소 시절 수잔의 모습이 눈에 선하다. "내 다리를 봐봐. 아주 꼿꼿하지 않니?"

"그럴 리가!" 수지는 도금된 라이터로 폴몰 담배에 불을 붙이고, 천장까지 연기를 길게 내뿜으며 말한다. "애가 있는걸? 난 정착했어! 이제는 남의 건 손대지 않아. 조용히 손님 좀 끄는 게 다야…."

하지만 나는 수지를 자극해 사건을 일으키고 싶었다!

"조조, 리카르 두 잔 더!" 수지가 웨이터를 부른다. "하나는 기본으로, 하나는 박하를 타줘."

나는 거부 의사를 표한다. 오늘은 취하는 게 지긋지긋하게 느껴진다.

"딱 이것만, 이것만 마셔. 마지막이야!"

"알겠어. 그럼 이게 마지막이야…."

이틀 전 쥘리앵은 낡은 시트로엥을 운전해서 왔다. "엄청 싸게 샀어. 안 사면 바보였지." 그는 내게 자동차 등록증, 납

---

* 자동차 시동이 걸리지 않을 때 점프스타터로 사용할 수 있는 케이블. 이야기 전개상 차를 훔쳐 키 없이 시동을 켜기 위해 썼던 것으로 보인다.

세필증, 보험증서를 보여주었다. 그가 뭔가를 샀다고 자랑하는 건 처음이었다. 어쩌면 가시지 않는 공포를 사라지게 하기 위해서였는지도 모르겠다. 걱정하지 마, 안. 나의 토끼. 쥘리앵은 봄이 되면 길가에 십 미터마다 서는 상점의 상인에게서 수선화를 사서 내게 가져왔다. 꽃다발은 내 커다란 가방 속으로 직행했다. 화장품 케이스이자 옷장, 휴대용 욕실을 겸하는 각진 트렁크 가방이었다.

"들어가자마자 미지근한 물에 바로 넣을게." 내가 말한다. "그럼 주름이 바로 퍼질 거야. 가서 보여줄게,"

"오늘은 안 돼…. 오, 미안해 안. 오늘 저녁은 함께 있지 못해."

그가 저녁에 만날 친구들 설명을 하고 작별 인사로 다정한 미소를 지으며 황급히 떠날 때면 나는 어김없이 마음속으로나마 눈물을 흘린다. 하지만 얼마 안 가 나는 상황을 받아들이고, 내 잡동사니 방으로 돌아간다…. 하지만 이틀 전은 달랐다. 쥘리앵이 파리에 머무르며 다른 여자를 만나기 위해 내게서 벗어나려 한다는 기분이 들었던 것이다…. 다른 여자. 쥘리앵이 그 여자에 관해 침묵하고 모호하게 굴수록 그 존재와 형체는 점점 선명해진다. 언젠가 난 그 그림자를 찾아 나서고, 그걸 없애고 말 거다…. 아니다. 그림자는 바로 나다. 그림자와 같은 내 손은 다른 그림자의 목을 충분한 힘으로 붙들 수가 없다. 쥘리앵과 그의 무리를 함께 받아들여야 한다. 쥘리앵에게 합류해서 그의 곁에서 걸을 수 있게 될 때까지 "실례합니다"라는 말로 조금씩 다가가 다른 이들이 우리를 따라오든 우리를 버리고 떠나든 알아서 하게 돼야 한다. 그러려면 일단 내가 먼저 다가가야 한다….

나는 시트로엥 문짝이 부서져라 닫은 뒤 내 발이 허락하는 만큼 빠르게 걸었다. 뒤도 돌아보지 않고, 밤의 소란스러운 교통 체증 속에 이미 섞여 들어간 엔진 소리에도 귀를 기울이지 않았다. 전철을 타서 유리창 너머로 눈물을 흘리는 내 모습을 바라보았다. 나시옹-에투알, 에투알-나시옹 노선. '지하철을 타는 것'은 잠들기 위한 내 오랜 비결이었다.

호텔이 있는 역 바로 전 역에서 내렸다. 침대까지는 걸어서 이동하고 싶었고, 가능하다면 가는 길에 나를 알아보는 사람이 없고 아직 문을 연 술집이 있다면 들르고 싶었다. 호텔에 있는 바는 한계도 없고 우아하지도 않으며 끝도 없는 내 갈증과는 맞지 않았다. 나는 더블 코냑을 여러 잔 연거푸 들이켰고, 마지막 잔은 호텔에서 비웠다. 내색을 하기엔 다른 사람들은 온 지 얼마 안 된 이들이었다. 나는 아무렇지도 않았고, 현기증이나 열도 나지 않았고, 몸은 차갑고 정신이 또렷했다. 열쇠를 들고 승강기 대신 계단으로 걸어서 올라갔다. 똑바로 서 있지 못하거나, 관절을 움직이지 못하거나, 걷기가 힘들 때에는 걸음을 늦추었다. 머리에서 생각들이 이미 치워졌고, 덩어리째 차곡차곡 쌓여서 하나의 고정된 이미지만이 남았다. 최근에 쥘리앵이 가져왔던, 옷장 선반에 놓인―내가 싫어하는―따지도 않은 체리 코냑 한 병의 이미지. 나는 옷을 벗기도 전에 그 병을 붙잡아 빠르게 마시려고 했는데, 선반에 손이 닿으려면 의자를 밟고 올라서야 했다. 그리고 코냑은 내 눈과 귀 앞에서 톡 소리를 내며 열렸다. 다음으로는 느릿느릿 세수를 했다. 동작과 동작 사이에 한 모금씩 삼킨 알코올이 동맥을 타고 퍼져 나가며 용해되는 소리가 들렸다. 남은 술은 양치 컵에 마저 따랐고, 그걸 손이 닿는 곳에 올려둔 채로 침대 위에 뻗어 잠에 들었다.

시곗바늘이 세 바퀴를 도는 동안 나는 생사를 오갔다. 숨을 막히게 하고 동작을 구속하는 엉킨 이불과 시트로 이루어진 바다에서 뒹굴다가, 이내 노를 저으며 허우적대는 조난자처럼 무섭고 텅 빈 공간으로 풀려났다. 전화가 울렸고, 나는 받을 생각도 못 하고 "여보세요, 여보세요"만 외쳤다. 여전히 굳게 닫힌 커튼이 만들어낸, 번갈아 나타나는 희미한 빛과 캄캄한 어둠 사이에서 나의 죽음을 찾아 헤맸다.

낮, 밤, 낮. 그리고 다시 아침이 되었다. 새로운 삶을 살기로 결심했다. 청소부가 여벌 열쇠로 결국 문을 따고 들어오지는 않을까 두려웠다.

저녁이 되자 굉장히 기분이 좋다. 솜처럼 가벼운 완충재가 내 궤도를 감싸고 있다. 이따금 사람들의 목소리, 주변 소음, 주크박스 음악이 끔찍할 정도로 소란을 일으키고 사람들의 얼굴과 사물들의 모습이 눈앞에서 부풀고 폭발하지만, 눈꺼풀을 한 번 깜짝이고 나면 모든 게 깔끔하고 안정적인 정상 상태로 되돌아온다.

"아, 실례합니다. 수지…."

술집 안으로 들어온 남자는 이미 내가 한 번 '올라탄' 적이 있는 사람이다. 나는 남자들을 올라타고 가끔은 거기서 내리기도 하지만, 다시 올라타는 일은 드물다. 대대수는 내가 자주 들른다고 알려줬던 장소에서 나를 찾다 지쳐 다른 여자를 데려가거나 그냥 떠나버린다. 하지만 이 남자는 특히나 끈질기다.

"일주일 전부터 당신을 찾아다녔어요." 수지가 비켜준 자리에 앉으며 남자가 말한다. 좋은 동료인 수지는 "고객은 신성하니까"라고 말하며 곧바로 자리를 비워주었다. "선술집들을 돌아다니면서 파스티스를 하도 마셨더니 골이 다 아파요. 그래도 이렇게 당신을 다시 만났다는 게 중요하죠."

잘 빗어놓은 무성하고 부자연스러운 회색 머리카락이 젊어 보이는 노인의 얼굴 위로 내려와 있는 그의 두꺼운 눈썹은 여전히 검다. 얼굴엔 주름이 많지만 눈빛이 맑고 단단하며 하얀 치아가 돋보인다. 남자들이 입을 맞추려 할 때마다 볼 쪽으로 키스를 유도하는 나지만, 공손하면서도 맹렬하고, 편안한 입술을 가진 그와는 입을 맞춰보고 싶다는 생각이 들 정도이다⋯. 우리는 호텔 아래로 내려가 헤어진 뒤 동시에 뒤를 돌아보고, 다시 서로의 곁으로 돌아와 발을 맞추고 나란히 걷기 시작한다.

"나랑 저녁 먹을래요?"

나는 망설인다. 아직 원하는 금액을 채우지 못한 탓이다. 누구 밑에서 일하는 건 아니지만, 내가 바로 나 자신의 엄격한 포주이다. 그러고는 싫지만⋯ 한 시간이나 한 시간 반 뒤에 여기 다시 들르는 건 좀 그럴까요?

"일을 너 하고 싶은 거군요? 저녁 먹으러 갑시다. 얼마를 손해 보는 건지 말해주면 그만큼 내가 당신에게 줄게요….”

흥미로운 사내다. 입은 옷이나 말투는 저속한데, 씀씀이를 보면 돈이 많아 보이고 자신감에 차 있으면서도 정중하다. 내게 있어서 그는 잠을 잘 자도록 해주는 경유지, 눈으로는 금발의 어깨를 가득 담은 채 잠시 기대어 쉴 수 있는 갈색 어깨의 사내다. 오, 쥘리앵….

택시를 타고, 피갈로 향하고, 레스토랑으로 간다. 영수증 주세요. 이제 어디로 갈까요? 영화? 디스코장? 무도회장? 풍자만담 극장?

이 늙은 남자와 있는 모습을 드러내고 싶지 않다. 그가 돈을 쓰게 만들고, 한바탕 즐긴 다음에 그의 침대를 빼앗고, 동이 터오기 전에 내뺄 생각이다. 내가 혼자 일한다고 하자 그는 두 귀를 의심한다. 내가 말한다.

“포주는 없어요. 그러니까…”

아니다. 아무 말도 하지 않을 거다.

“…같이 살지는 않는다고요.”

그날 저녁, 나는 할 수 없이 은밀히 그의 집으로 들어가기로 한다. 집주인은 두 명의 노부인인데 밤에 누가 오면 그렇게 끈질기게 질문을 해댄다고 한다. 남자는 성큼성큼 계단을 올라가고, 나는 구두를 손에 들고 그의 뒤를 따라간다.

“사실은”, 그가 말한다. “우리 집에 온 건 당신이 처음이에요.”

그러시겠죠. 나는 그렇게 말하고 신발을 던져두고, 부풀어 오른 지친 발목을 매끈한 침대 커버 위로 뻗는다.

셋방이라니…. 눈썹을 찌푸렸다. 남자가 보인 행동 때문에 고급 독신자 아파트 정도를 예상했던 나는 정중하게 입을 다물고 있자고 다짐했었다. 하지만 맥이 탁 풀렸다. 더는 움직일 수도, 입을 열 수도, 그게 뭐든 간에 몸짓으로 뭔가를 표현할 수도 없을 만큼 피로가 몰려온다. 나는 남자가 술을 따르도록 내버려둔다. 그는 잔을 내 입술에까지 가져다주고, 나는 마치 아기처럼 그걸 받아먹는다. 혀가 불에 타는 듯하고 맛은 짜고 시큼하다. 그는 내 옷을 벗기고 내 몸 아래에 시트를 갈아주고, 침대 가장자리에 앉는다. 밤새 간호라도 할 생각인 건가?

"자러 온 것 맞죠?"

이제 그는 오후에 만났던 남자들보다 더 못생기지도, 덜 못생기지도 않은 익명의 벌거벗은 남자가 된다. 그가 그들보다더 잘난 건 자신의 침대를 가지고 있다는 게 다다. 얼마간의 시간이 지난 뒤 내가 말한다.

"자, 이렇게 해요…."

가엾은 남자. 나를 만족시키길 원했다니!

남자는 다음 일요일에도 만나자고 청한다. 내가 이번 주말을 함께 보내고 싶은 건 쥘리앵이다. 이 끔찍한 숙취는 내게 마땅한 보상을 해줘야 한다. 하지만 쥘리앵으로부터 아무런 전화도 걸려오지 않았다.

날도 덥고, 할 일도 없는 나는 함께 시간을 보내고, 밥을 먹고, 잠을 자자는 장의 제안을 받아들인다. 그의 돈이 포함하고 있는 내용물도 받아들인다. 그는 제 인생 이야기를 들려

171

준다. 역시 그는 노동자가 맞다. 거대한 기계가 낮잠을 잘 때, 혹은 기계가 경기를 펼친 뒤에 그 섬세한 내장을 다루는 귀한 기술자. 정비공 장은 사랑하는 여인들의 이야기를 들려주듯 기계를 묘사한다.

사람들이 너무 많을 때는 예를 들면 피에르의 집에서처럼, 나는 관심을 끌려고 하지 않는다. 몇 번의 수작이 나쁘게 받아들여지고, 왜곡되어 멋대로 해석된 이후부터는 사람들이 나를 내버려둔 무관심 속에서 얼굴을 찡그리고 있기로 한다. 사람들을 멸시해서가 아니라, 사람들의 귀와 마음을 내 쪽으로 당기는 방법을 모르기 때문이다. 나는 사람들이 원해서 내게로 오길 바란다. 나는 그들이 하는 그대로 한다. 멸시엔 무관심으로, 배려엔 신뢰로, 쾌활함에는 미소로 대응한다.

장은 나를 흥분시키고, 혀로 핥고, 두 다리를 똑같이 대한다.

"당신 다리가 예쁘지 않다고요? 당신 다리를 봐요. 거울 속에 비친 모습을 보세요!"

그래. 오른쪽 다리는 편 걸 같고, 왼쪽 다리는 인형 같다. 그러니 그의 말을 어떻게 믿지 않을 수 있을까?

"아이, 장. 쓸데없는 소리는 그만해요. 짜증 나요."

호텔 카운터에서 확인한 방문 메모는 매일 저녁 공란이다. 매일 아침, 나는 전화벨 소리가 울리기를 소망한다. 하지만 그는 결코 내게 전화하지 않는다. 저주받은 전화기. 저주받은 쥘리앵. 저주받은 이 삶. 그래도 매일 눈을 뜰 때마다 여명 사이로 사람들이 나를 유폐시켰다고 믿었던 감옥 대신 스스로 택한 이 방의 모습을 볼 때마다 감사함을 느끼는 저주받은 인생.

"나는 걸을 수 있어, 쥘리앵…."

일은 재산을 늘려준다. 돈이 가득 차고 있다. 계산을 해보니 곧 거처를 마련할 수 있을 정도가 모일 터다. 하지만 쥘리앵이 돌아와서 나를 한 번 더 해방시키기 전까지, 나는 호텔 방에 머무르며 전화기만 하염없이 바라볼 뿐이다.

더는 그에게 강요할 수 없고, 그가 내 앞에서 슬피 우는 건 더는 원하지 않는다….

"장, 울어요?"

"아뇨. 감기에 걸려서…."

오늘 저녁은 특히나 끔찍했다. 종이 가방에 담겨 오는 배달 음식을 먹자는 걸 거부했다. 침대 시트는 더러웠고, 수돗물은 미지근했다…. 십 센티미터 간격을 두고 누워서 우리는 서로를 피하고 있다. 장은 내 말을 회피하고, 나는 그의 손길을 피한다. 그는 나를 사랑하고, 그의 침대만을 사랑하는 나로서는 그게 갑갑하다. 내가 못되게 굴수록 그는 위축되고, 그럴수록 인내심과 친절함만을 내보이고 있다…. 그래서 부끄럽다. 나는 나 자신을 격려하기 위해, 이곳에 온 이후부터 강박적일 정도로 먼지 한 톨 없이 정돈된 장식장에 당당히 놓여 있는 술병을 입에 탈탈 털어 넣고, 이제부터는 호의적으로 굴기로 결심한다. 두 눈을 감고 나는 장을 받아들인다. 그의 다정함과 현명함에 감사함을 느낀다. 그가 내게 줄 수 있을 행복을 떠올리고, 그 이레로 고통에 억눌린 얼굴이 지나간다.

쥘리앵, 쥘리앵….

12

"엄마 집으로 가는 건 절대 안 돼. 어디 가지 말고 파리에서 나를 기다려. 나는 항상 네게 돌아올 거니까." 안타깝게도 나는 신중한 그의 말을 잊어버리고, 그의 소식을 찾아 직접 나서기로 한다. 대놓고 나타나지는 않고 그의 엄마 집 주변을 어슬렁거릴 작정이다. 만약 쥘리앵이 거기에 있다면 내가 왔다는 사실을 금세 알아차릴 거다. 그가 내게 남긴 전화번호가 있으니, 그곳 주소를 찾아서 가볼 생각이다. 만약 수프에 풍덩 빠진다 해도 어딘가 발을 디딜 만한 단단한 구석은 있겠지. 쥘리앵의 침묵이 내게 뭔가를 알리고 있고, 그게 뭔지 알아내야 한다.

빈손으로 기차를 탄다. 주머니도 가볍다. 가진 거라고는 기차표와 지폐 몇 장이 전부다. 저녁에는 다시 돌아올 것이다. 쥘리앵과 함께든 혼자든, 그의 소식만은 무조건 가지고 올 것이다.

규칙적인 기차 소음 속에서 나는 인조 가죽 베개를 베고 깜

175

벅꾸벅 존다. 잔잔하고 침울한 창밖 풍경 위로 앞뒤로 요동치는 전선들이 늘어져 있다. 시느가 내 옆자리에 돌아와 있다. 전과 똑같은 여정이다. 하지만 오늘 아침에는 내리는 비가 파리에 작별을 고하지도 않았고, 햇살은 포근하고, 희망차며, 또 자유롭다. 그리고 시느는 죽었고 쥘리앵은 살아 있다.

도착했다. 나는 조금도 틀리지 않고 길을 찾아낸다. 이윽고 '엄마'의 집에 도착한다. 아침 10시 반. 적당한 시각이다. 아이들은 학교에 가고 에디는 직장에 가는 시간. 점심시간에 불쑥 찾아온 불청객처럼 보이지도 않을 시간. 정원 쪽문을 밀고 들어가서 주방으로 이어지는 유리문에 코를 바짝 갖다 댄다. 가스레인지 앞의 의자에 앉아서 피투성이가 된 채로 몸을 떨고 있던 내 모습이 보인다. 불만에 차 있고, 부활절 식사로 배를 잔뜩 채우고, 졸음에 겨웠던 때의 나도 저 위층 방 창문을 통해 보인다. 이곳은 내가 가장 오래 머무른, 최고의 집이다.

"부인!"

한 손에 샐러드 바구니를 들고 막 바깥으로 나온 '엄마'를 마주친다. 문턱을 넘으려는 찰나에 나를 발견하고 동작을 멈춘다. 잠시 어리둥절해하다가 이내 미소를 지으며 두 팔을 벌린다. 한 남자를 향한 우리의 사랑이 그녀와 나를 이해와 염려라는 하나의 끈으로 엮어준다. 쥘리앵, 내 남자, 그녀의 아들…. 우리 사이에는 쥘리앵이 있고, 그가 우리의 손을 하나로 잡아주고 있다.

"여기까지 와서 죄송해요! 위험한 거 알아요…. 하지만 걱정이 돼서 견딜 수가 없었어요. 그는 어디 있나요?"

그러자 엄마가 울기 시작한다. 조용한 눈물이 뚝뚝 흘러내린다. 체구가 너무나 작다. 나이를 먹으며 굽어진 몸으로 인해 나보다도 조금 더 작은 그 몸이 내 품 안에 어렵지 않게 들어올 정도다. 쥘리앵을 배 속에 품고 있었으니 그는 아직 '엄마'의 일부이고, 그는 내 남자인 동시에 내 오빠이기도 하니 그의 엄마 역시 나의 것이고, 내 언니이고, 엄마인 셈이다.

"왜 그러세요, 엄… 부인?"

"이틀 전에 쥘리앵이 편지를 보내왔단다. 구치소에 있다는구나…. 또 잡혀 들어간 거야…. 검열 때문에 자세한 이야기는 없었어…. 지네트가 수사판사를 찾아가서 방문 허가를 받아냈어. 토요일에 만나러 갈 예정이란다. 면회는 거의 토요일마다 있거든…. 아직 재판 전인지, 이미 받았는지 아무것도 몰라."

"언제… 그렇게 된 거예요?"

"아마 2주 전일 거야. 쥘리앵이 일요일에 오지 않은 지 그쯤 됐거든. 늘 일요일마다 왔었어. 5분 만이라도 꼭 왔지. 올수 있을 때는…."

("밖에서는 할 수 있는 게 많다…")

쥘리앵의 가족은 나를 자리에 앉히고 점심을 먹게 한다. 아이들은 어렴풋이 기억은 나지만 다리가 있었는지도 사탕이 들어 있는 가방을 갖고 있는지도 몰랐던 나를 보자 기뻐한다. 아이들의 웃음 뒤로 어른들의 걱정은 두껍게 자리하고 있다. 나는 '엄마' 가까이에 앉아 있다. 쥘리앵에 대한 우리의 시

177

랑은 동질의 것이다. 하지만 지네트는… '그 녀석 또 빵에 갔어. 영치금 창구랑 면회 창구를 한동안 또 왔다 갔다 해야 하잖아? 할 말이 없네.' 입 밖으로 내지는 않았어도 그런 지네트의 생각이 들리는 듯하다….

어색하게나마 돈을 탁자 위로 올려놓으려 하는데, 그들은 이렇게 대답한다.

"너는 신경 쓸 것 없단다. 보낼 돈은 충분히 있어."

엄마의 연금, 매형의 급여로는 '충분히'라는 말을 설명하기에 충분치 않다. 거기다 이 방 안에 가족과 나 외에 다른 누군가가 더 있다. 교묘하게 끼어들어 힘을 행사하는 누군가. 그림자가 지나가고 있다…. 왜 내게는 말하지 않는 거지? 다들 내가 쥘리앵의 연인이라는 사실을 의심하고 있는 게 분명하다. 아닌가? 쥘리앵에게 편지를 못 쓰게 하는 거야 이해할 수 있다. 잘은 모르지만 쥘리앵이 아직 피의자 신분이라고 해도 내 편지들은 수사판사의 사무실에서 아무런 힘도 못 쓸 거고, 이미 형이 선고되었다면 가족의 편지밖에 못 볼 테니까. 그렇지만 영치금은? 내가 보내게 될 약간의 영치금이 검열에 걸린다 해도, 그 돈은 내게 황금으로 된 발을 만들어주었다는 기억만을 간직하고 있을 테니 큰 문제가 되지 않을 텐데 말이다.

물론 가족의 이름으로 보내라고 돈을 넘겨줄 수는 있었을 거다. 그 편이 '몸을 사리는 세련된' 방법일 테다…. 하지만 나는 몸을 사리는 사람도, 세련된 사람도 아니다. 내게는 연인들이 가지는 오만함이 있고, 위조된 돈을 보낸다는 건 구미가 당기지 않는다. 나를 걷게 만들기 위해 쥘리앵이 펑펑 썼던 돈은 동전 하나하나까지도 내 이름으로 된 돈으로 온전히 메우고 싶다. 더없이 인자한 사랑으로 그가 지독한 몇 천 프랑으로 반격할지도 모르는 일이지만…. ("너는 내게 빚진 게 하나도 없어. 그것참 이상한 생각이네! 네게 빚이 있는 건 오히려 나야!" 그래, 쥘리앵.)

파리로 돌아가는 기차 안에서 나는 곰곰이 생각에 잠긴다. 내게 내려진 현상 수배가 야기하는 위험은 여전하다. 그건 내가 손님을 끌든, 물건을 훔치든, 상점에서 단순히 구경만 하든 똑같다. 어딜 가든 무엇을 하든 잘못은 내게 있다. 감옥이 아니라 이곳에 있다는 이유로.

감옥, 그게 내가 가야 할 길이다.

쥘리앵은 나를 대신해 그곳으로 돌아간 거다. 나는 그의 고통을 몸에 걸치고, 그것을 갑옷 삼아 나의 길과 그의 길을 대신 걸어가고 있다. 우리는 이상한 길을 통해서 서로에게 향하고 있는 셈이다….

그의 방식대로 일하는 법은 모르지만 이제는 쓸모가 없어진, 그가 버려두고 간 그의 능력과 기술을 잠시 빌려달라고 부탁한다. 내게 모자란 것을 내게 주입해 줘, 쥘리앵. 나를 보호해 줘. 밤이 너를 데려가지 않고, 내 머리와 마음이 폭발하는 감정으로 가득 차서 보초를 서던 예전처럼. 나는 그렇게 나 자신의 복귀를 지켜볼 거다. 남자들에 관해 알고 있는 모든 것을 활용해 그들을 이용할 거다.

단골들의 이야기를 듣다 보면 졸리기 십상이지만, 그중에서도 때때로 관심이 가고 세부적인 내용이 궁금해지고 그것을 분명히 밝히도록 부추기게 만드는 이야기들도 있다. 그렇게 나는 흥미로운 한 단골의 전화번호를 수첩에 적어두었다. 그는 많은 양의 돈을 다루는 회계원이다. 단순히 돈을 세고 다발로 정리하는 게 아니라, 은행과 기업의 양방향으로 송금하는 일을 맡고 있다. 그를 통해 오고 가는 서류들은 마치 벽돌공에게 있어 벽돌이 지니는 가치와 같다. 월말 즈음에 살짝만 손을 대도 나와 같은 여자애들과 가끔 시간을 보내고 즐길 수 있는 정도이다.

그에 관한 보고서를 쥘리앵의 손가락에 가져다주고 싶었다. 결박이나 강도, 기습 작전도 생각해봤다. 나는 여전히 '세리 누아르'의 영향에서 벗어나지 못하고 있는 것이다⋯. 다만 낮을 밤으로, 권총을 열쇠로 바꾸면 되는 것 아닌가? 빈 사무실에 은밀히 들어가서 외투를 벗고, 온기가 남은 타자기와 얌전히 놓인 서류함들을 관람하는 거다⋯. 금고 구석에서 이삼백 프랑을 슬쩍하면 그곳으로 다시는 돌아갈 수 없을 테지만. 그래도 시도해보자.

"당신이 그리워요⋯."

전화상으로는 내 목소리가 본래보다 더 매력적으로 들리는 모양이다.

"좋아요⋯. 아니, 토요일은 안 돼요. 기다려 봐요, 언제가 좋을까⋯."

너무 들떠 보이지 않게, 수많은 약속 중에서 그에게 우선권을 주겠다는 듯이⋯.

"오늘 저녁에 시간이 나는데, 괜찮아요?"

오늘은 일요일이다. 카페의 테라스와 거리는 한산하다. 나는 조심스럽게 행동하고, 질문은 전문적으로 하며 친절하게 군다. 어린 여자애처럼 화장을 했고, 그가 말하는 동안에는 갈라진 손톱을 살핀다. 그것 외에는 아무 걱정도 없다는 듯이.

"내 사랑. 당신은 오늘도 피곤해 보여요. 오늘 전화했던 건, 당신이 낮의 계산서를 떠올리거나 사무실에서 기분을 여기까지 가져오지 않았으면 해서였는데…. 무슨 안 좋은 일이라도 있는 거예요?"

"아니, 아닙니다." 남자가 말한다. "내 일요일은 원래 그래요! 일하느라 바빠서 그런 겁니다. 월말이라 계산할 게 끝도 없거든요! 그래도 이제 다 끝냈어요. 돈 때문에 오늘은 사무실에서 잘 생각이었지만, 그거야 뭐, 내일 아침 일찍 사무실에 나가면 되고, 은행은 사장님 오시기 전에 들르면 되니까. 그래도 당신을 사무실로 데려갈 순 없으니…. 우리 집으로 갈래요? 아니면 호텔이 낫겠어요?

…한밤중이 되어 남자가 곤히 잠에 빠진 걸 확인한 뒤, 나는 그의 저택을 빠져나온다. 주머니에는 사무실 열쇠가 들어있다. 남자가 예상보다 일찍 깨어날 때를 대비해 인질로 가방을 남겨두었다. 내 사랑, 잠시 잊은 용무가 있었어요.

나를 사무실 근처까지 데려가 줄 택시를 잡고, 계단을 네 칸씩 뛰어 올라가서 관리인을 통하지 않고 자동 버튼을 누르고 들어가고, 지그미힌, 그 이름도 유명한 브라마 자물쇠의 열쇠를 꺼내 단숨에 찔러 넣고 돌린다고 해도… 강도 짓을 하는 것보다는 한두 시간은 줄일 수 있었다.

어떤 서랍도 잠겨 있지 않다. 회계원 책상의 서랍에서 나는 '잔돈' 몇 천 프랑을 챙기고, 계속해서 수색을 이어나간다. 교활한 자식. 회계원은 회색 종이에 돈을 싸서 고무줄로 묶은 뒤, 오래된 서류들이 잔뜩 들어 있는 서랍 맨 밑에 넣어두었다. 귀퉁이를 살짝 찢자 바스락거리는 소리와 함께 깨끗한 새 지폐들이 모습을 드러낸다…. 그것들을 꺼내지 않고 봉투 그대로 상의 안에 쑤셔 넣고 몸을 일으킨다. 약간 도취된 상태다. 일이 이렇게 쉬울 리가 없는데, 무슨 일이 일어날 것만 같다…. 아니다. 사무실은 계속해서 잠에 빠져 있을 거고, 이 건물에서든 거리에서든 아무것도 움직이지 않을 거다. 이제 가장 까다로운 일이 남아 있다. 강도의 짓으로 위장하는 것. 남자와 나를 모두 보호하기 위해서다.

사장의 책상 뒤에는 작은 골방이 하나 있다. 세면대와 외투 걸이가 있는 작은 화장실이다. 좁은 길이 내려다보이는 불투명한 유리로 된 작은 창문은 닫혀 있다. 빗장이 걸려 있다. 나는 창문을 연다. 밤이 내게로 온다. 가슴 가득 고요한 공기를 들이마신다. 따뜻한 돈다발 아래로 내 심장만이 박동하고 있다. 세면대 아래에는 양동이와 대걸레가 있다. 나는 왼손으로 대걸레를 감싸 쥔 다음 유리창에 가져가 누르고, 잠시 주변의 소리에 귀를 기울인다…. 그리고 오른손에 쥔 구두로 유리창 한가운데를 둔탁하게 내리친다. 유리는 소리를 거의 내지 않고 금이 간다. 유리 파편을 하나하나 떼어낸다. 그것들을 세면대에 깔아놓은 핸드 타월에 내려놓는다. 올라오고 다시 내려간 흔적을 새기기 위해 벽의 안과 밖을 긁는다. 창문 아래로 유리 파편들을 비처럼 흩뿌려두고, 걸레를 흔들어 조각들을 털어낸 다음, 다시 제자리에 걸어둔다.

다시 문을 닫고 그곳을 떠난다. 왔던 것과 반대 방향으로 전속력을 다해 길을 되돌아간다. 저택 문은 내가 미는 힘으로도 쉽게 열린다. 좋다. 내 연인은 잘 자고 있었다. 그는 계산서 꿈을 꾸며 잠들어 있다. 열쇠를 다시 그의 주머니에 넣어두고, 돈은 내 장바구니에 숨긴다. 남자는 사려 깊은 성격이니 내가 잠들어 있는 동안이라도 거길 뒤질 생각은 하지 않을 거다. 피로감이 나를 쓰러트리고 감정이 나를 덮친다. 자야 한다. 자야 해…. 아니다. 알람 시계가 곧 울릴 거다. 조심해. 아침까지는 깨어 있어야 한다. 나는 침대 속으로 미끄러지듯 들어가 그를 내버려놓은 밤을 다시 취한다. 창녀답게 굴자. "자기…." 남자는 비쩍 마른 가슴으로 나를 꼭 끌어안는다. 온몸의 털이 곤두서고 코가 작게 떨리며 나를 사랑한다고, 나는 다른 창녀들과는 다르다고, 몸 파는 일은 내게 맞지 않는다고, 자신은 언제든 나를 거기서 꺼내줄 준비가 되어 있다고 말한다.

"여기서 살아요. 나는 혼자 사니까. 당신이 원하는 건 뭐든 해요. 손님을 받는 일이라도 괜찮아…. 그런데 이런 나쁜 일을 왜 계속하겠다는 거죠? 원하는 모든 걸 내가 줄 수 있다는데…."

"내 포주는 어떡하고요. 잊었어요? 경찰이 내가 당신이랑 함께 사는 걸 알게 되면 당신을 포주라고 여길 거예요. 안 돼요, 내 사랑. 그건 불가능해요. 당신은 이쪽 세계의 법칙을 몰라요."

"하지만 나는 당신을 사랑한단 말이야…."

어제는 장, 오늘은 이 남자까지! 사랑과는 거리가 먼 '사랑해'라는 말로 성가시게 굴다니!

그의 사무실에서 훔쳐 온 돈을 그의 집에 숨겨놓아 그를 위험한 상황에 빠트렸다는 생각이 들자 미소가 지어진다. 만약 불시 검문이 닥치면 그는 어떻게 빠져나가려나? 공범에 범죄자 은닉까지 더해지려나…. 방탕한 행실 외에도, 언뜻 보면 풋내기 같지만 전문적인 그의 회계 방식에 대한 모든 진실을 내가 신고라도 한다면 어떻게 될까?

그리고 이제 이 돈은 어떻게 처리하지?

돈은 위험천만한 탈장(脫腸)처럼 내 가방을 부풀려놓고 있다. 지금부터 돈을 벌지 않고 펑펑 쓴다 해도 이 '혹'은 그리 빨리 줄어들 것 같지 않다. 혹은 사람들의 시선을 끌 것이다. 행인들은 경찰과 같은 눈으로 내 혹을 바라볼 거다. 서로 다른 두 개의 발목을 가지고 처음으로 절뚝였을 때에도 사람들의 눈은 예쁜 다리를 좋아했었으니까.

그렇다고 내가 없을 때 잠겨 있는 모든 게 열릴 가능성이 있는 호텔에 그걸 둘 수는 없다. 은행도, 세리 누아르에서처럼 수하물 보관소도 안 된다. 이 세상에서 돈다발보다 나를 더 좋아할 사람이 과연 있을까? 한 번 도난당한 것이 또다시 도난당하지 않으리란 보장은 없다.

…나는 애니를 떠올린다. 애니의 맑고 길쭉한 눈. 스스로 악당이라 생각하는 창녀의 눈. 엄마이자 친구인 눈…. 얼마 전부터 나는 애니의 집을 5월의 크리스마스로 만들고 있다. 누누슈에게 기계식 말을 선물했는데, 누누슈는 예전의 내가 지불할 수 있었던 몇 안 되는 것들 중 하나인 뤽상부르 공원의 '건강에 좋은 말'보다 그걸 더 좋아하게 되었다. 모래알 같은 마음을 가진 영락없는 아이인 누누슈는 제가 예전에 나를 이웃의 꼬맹이들 중 하나와 다름없이 대했었고, 내가 반격할 수도, 자신을 때릴 수도, 변명할 수도 없는 어린아이의 잔인함으로 내 마음을 할퀴었었다는 사실을 잊어버렸다. 지금의 누누슈는 이제 당연하다는 듯 내게 친근하게 말을 붙인다. 함께 산책을 나가면 내 곁에서 걷고, 얌전한 작은 손으로 내 손을 붙들고, 길을 건너겠다고 빠져나가는 법도 없고, 내 취향에 반박을 하지도 않는다. 제 엄마를 위한 향수를 고르는 것에 동의하고, 모노폴리 게임을 하는 걸 좋아한다. "안, 네가 먹고 싶은 과자를 먹어. 나는 다 좋아."

애니는 기절초풍을 한다. 내가 혼자서 그 많은 돈을 번 게 가능할 리 없다는 거다. 그리고 쥘리앵이 도움을 줬을 리도 없다. 왜냐하면…. 그녀의 말마따나 강도 짓이든 매춘이든, 이쪽 세계에서 돈은 침묵에 비하면 종이 쪼가리에 불과하다. 그리고 가볍고 발랄한 나의 침묵은 내게 값비싼 보석을 매달아준다. 그러니 해보자.

"애니. 며칠 동안만 내 짐을 보관해줄 수 있을까요? 잠시 여행을 떠나고 싶은데 짐을 가지고 가려니 걸리적거려서요.

185

아무 목적 없이, 짐도 없이 훌쩍 떠나고 싶어요. 쥘리앵이 나올 때까지 시간이 빨리 흐르면 좋겠거든요…. 그가 감옥에 있으니 나는 어디론가 가고 싶어요. 해변으로 가서 햇볕도 쐬고, 잠도 자고…."

"안, 여긴 네 집이나 마찬가지야. 짐은 원하는 만큼 두고 가렴. 아예 쥘리앵이 돌아올 때까지 여기서 지내는 건 어때?"

바로 그거다. 그렇게 하면 쥘리앵이 돌아올 즈음에는 그가 떠났을 때만큼이나 알거지 신세가 되고 말 거다. 그건 안 된다. 애니는 내 짐을 가방에 넣은 다음, 내 짐이 오랫동안 잠을 잤던 옷장 위에다 올려둔다. 내 돈은 데데가 보내온 편지와 노랗게 변한 온갖 종류의 중요한 서류들, 영수증, 편지 다발 사이에 틀어박힌다.

"자. 여기에 두면 아무도 못 건드릴 거야. 가방을 열쇠로 잠글게."

그리고 애니는 가방과 현관문 열쇠를 복사해주겠다고 한다. 그럼 자신이 집에 없어도 숨겨둔 돈을 가져갈 수 있다는 거다. 애니는 친근하고, 재주 좋고, 불안한 나의 친구이다.

이 세상에서 나를 바라보는 건 애니가 유일하다.

13

호텔 계산서를 정산하고 짐들은 장의 집으로 옮긴다.

"자, 됐다…. 이건 다 옷이고 나머지 짐도 곧 올 거예요."

내 돈, 옷들, 나 자신을 서로 다른 은신처에 배분했다. 애니의 집에 옷들을 두고 장의 집에 돈을 둬야 하는 건 아닐지, 모든 짐을 가지고 나 역시 장의 집으로 가야 하는 건 아닐지, 그것도 아니면 모든 걸 들고서 아무 데도 가지 말아야 하는 건 아닐지 고민하는 건 이제 쓸데없는 짓이다. 한 번 결정을 내렸으면 끝이다. 아무런 생각도 하지 않으려 나는 며칠의 짬을 내어 해변으로 향하는 열차를 탄다…. 하지만 내 마음이 갇혀 있는 곳을 계속해서 돌아보고, 돌아가고, 그곳에 가 부딪치고 만다. 봐, 쥘리앵. 새벽을 관통하는 회색빛 바다를 봐. 해수욕장에 가까워지는데도 여전히 추운 이 감각을 너도 느껴봐.

전날 저녁, 기차 안은 활기차고, 소란스럽고, 굶주린 사람들로 북적였다. 가만히 있지 못하는 아이들, 웃음을 터뜨리고 아이들을 꾸중하는 어른들, 성가서 하는 엄마들, 조용히 십

자말풀이에 열중한 사람들이 한데 뒤섞여 있었다. 나는 추리소설을 읽는 남자와 청소년으로 보이는 남자애 사이에 자리를 잡았다. 그 애 역시 글을 읽고 있었는데 이따금 시선이 내게로 향했다. 그 애는 오늘 아침 복도에서는 내 옆에 서 있고, 가볍게 서로 붙잡은 두 손이 낯선 그와 나의 외로움을 연결하는 다리가 되어준다.

"괜찮으시다면", 남자애가 말한다. "도착하자마자 수영하러 가지 않을래요? 아침에는 물이 좋아요. 부모님 집에 들러서 수영복을 가져올 테니까, 저기 어디서 만나는 거예요. 어때요?"

순진하고, 그을린 피부를 가진 남자애는 휴가철 아페리티프처럼 자극적이다. 나 자신이 늙고 고단하게 느껴진다. 그의 젊음에 질투가 난다.

"아뇨. 바로 호텔로 갈 거예요. 거기까지 같이 갈래요? 그리고 오후에 나를 다시 데리러 오는 거죠. 너무 비싸지 않고 지저분하지 않은 괜찮은 호텔을 알아요?"

별 달린 비좁은 호텔로 가는 건 두렵다. 승강기를 내버려두고 계단을 오르고 싶다. 정교하게 줄 맞춰 쌓이지 않은, 회칠된 틈새로 쌀쌀한 바람이 느껴지는 붉은 벽돌로 된 가파른 경사의 계단. 시트는 까칠까칠하고 라벤더 향을 풍기며, 창문은 길거리로 나 있지 않고, 저녁이면 마늘과 양파 냄새가 안뜰의 소음과 바다의 조용한 숨결과 함께 흘러들어 올 그런 호텔. 우리가 걸어가는 주변 지형을 담은 동일한 색감들, 여름 해변을 거니는 사람들의 전형적인 모습처럼 허리에 손을 기대고 느릿느릿 걷는 소년과 나. 그게 엽서에서나 보던 프로방스의 모습일 거다.

호텔방은 원하던 그대로다. 한두 시간을 방에서 보낸다. 열어젖힌 덧창이 아주 작은 모래알 같은 벌레와 먼지들이 떠다니는 황금빛 종적을 방 안으로 들여보내고 있다.

나는 남자애와 놀았다. 우리의 몸은 가르랑거리고, 홀가분하고, 나풀거린다. 조금 뒤에 배가 고프거나 새로이 갈증이 나면 술집에 나무가 우거진 어두운 구석으로 가거나 해변으로 나가서 드러누울 거다. 내일 보자고 작별 인사를 나눈 뒤에 내일이 되면 나는 혼자서, 아니면 다른 사람과 함께 해수욕객들 사이로 사라질 거다. 하지만 바닷물과 소나무의 청명하고 천진한 아름다움과 함께, 나를 둘러싼 원이나 사각형 속에서 나는 언제나 홀로일 테다. 나는 한 걸음, 한 걸음, 나의 여름으로 향하고 있다. 나의 사랑의 형태를 빚어내기 위해서라면 나는 어디에도 얽매이지 않고, 나를 명확히 밝히지도 않을 마음의 준비를 단단히 마친 채로 나의 여름에 도달할 것이다.

다시금 걷는다. 발은 먼지가 붙어 황토색으로 변하고, 주변을 둘러싼 사람들은 나를 데려가고, 마치 파도처럼 무신경하게 내게 몸을 부딪친다. 나는 수동적으로 걷는다. 기쁘지도, 슬프지도 않다. 햇볕의 열기가 발산되지 못하고 내 안에서 쌓여간다. 곧 추운 곳으로 올라가게 되면 모아둔 걸 꺼내 쓸 필요가 있을 것이다.

발은 깔창 없이는 디는 걸을 수가 없다. 띡띡하게 긱질이

잡힌 발바닥이지만 마치 점막처럼 티끌 같은 조약돌 부스러기만으로도 아파질 만큼 예민해진 탓이다. 다리는 하체의 균형을 단단하게 잡아주지 못하고, 모든 걸음은 하나의 흉내, 교정된 추락과 같다. 내 걸음걸이에 대한 생각은 그만두자, 곧 나 자신이 절뚝이고 있고, 깁스 주형으로 인한 '약간의 첨족'* 상태의 각도로 발을 삐딱하게 놓고 있다는 사실을 깨닫고 만다.

똑바로 걸어, 안. 누군가 널 알아보거나 질문을 하면 그때의 사고를 드러내 보여서는 안 돼. 네 발은 그걸 구해줬던 사람들을 감옥으로 보낼 수 있어. 그렇지만… 이곳에서 감옥을 떠올리는 게 가능한가? 그걸 믿을 수는 있을까? 이곳의 모두는 변장하고 있는 것처럼 보이고, 도처에 있는 경찰은 군중을 가만히 내버려두고 있으며, 싸구려 모자와 선글라스를 쓴 나는 그들과 조금도 다르지 않은 모습이다.

아침 8시가 되자마자 곧장 해변으로 나가서 저녁이 될 때까지 머무른다. 타월이 만든 네모 속에서 벗어날 때는 오로지 수영을 할 때뿐이다. 너무 멀리까지 가지 않고 약간 헤엄을 친 다음, 피부를 태우기 위해 돌아와 등을 대거나 배를 대고 눕는다. 저녁 7시가 다 되어 물이 시원해지고 남자애들이 돌아다니며 함께 춤을 추거나 저녁을 먹을 여자를 구하기 시작하면 그곳을 떠난다. 소금기를 털어내기 위해 물을 끼얹고 옷을 갈아입은 뒤, 바다 냄새와 찰랑거리는 물소리를 잔뜩 머

* 뒤꿈치가 땅에 닿지 않는 형태.

금은 채로 지쳐 언덕을 오른다. 시내에서 장을 본다. 식당에서 혼자 식사하는 건 정말이지 싫다. 파리에서처럼 이곳에서도 먹을 것을 사서 종이봉투에 담아 오고, 침대에 티슈 한 장을 깔고 식탁을 차린 뒤, 글을 읽으며 음식을 깨작댄다. 날음식, 익혀 먹어야 하지만 익히지 않은 것, 후추를 뿌린 다진 소고기, 대용량으로 구입한 과일에 메타 커피를 곁들인다. 쥘리앵이 내게 돌아올 때, 혹시라도 우리가 함께 지내며 식사를 한다면 '가정 수업'을 들었던 때를 떠올려 장식이 들어간 세련되고 정성스러운 식사를 만들 것이다. 하지만 쥘리앵은 감옥에 있고, 나는 도주 중이다. 행복은 아직도 저 멀리에나 있다.

니스에서 나는 장에게 전화를 건다.

"기차역으로 데리러 와요. 내일 아침에 돌아갈 거예요."

약속을 지키기 위해 기차표를 사야 한다. 그게 아니라면 가을까지 축 늘어져 빈둥거리며 이곳에 머무를 터였다. 정신 차리자. 피부는 충분히 탔다. 미소와 함께 보이는 치아도 하얘졌고. 네가 사람들에게 다가가면 그들이 "프랑스어 할 줄 알아요?" 물을 정도지. 쥘리앵은 자신이 첫날밤을 함께 보냈던 창백한 아이를 다시는 보지 못할 거다. 나는 피부가 검고 아름다울 테고, 새로운 여자가 되어 그를 만족시킬 것이다. 심지어 발의 상처까지 그을렸을 정도이니…. 어색하게 보이진 않겠느냐고? 풋. 나는 매력적인 혼혈이고 약간 다리를 절뚝이는 것뿐이다. 비키니가 만들어놓은 하얀 삼각형은 그 누구도 볼 수 없을 테고, 나의 출신이 그림자이고, 그곳으로 되돌아온 사람이라는 걸 그 누구도 알지 못할 테다.

마다가스카르로 출장을 다녀온 장은 나를 "안탄드로이* 꼬마"라고 부르고, 창녀들은 "오, 예쁜 흑인!"이라며 환호하고, 나는 태운 피부색을 유지하기 위해 매일 아침 전철을 타고 릴라 역에서 투렐 수영장으로 향한다. 정오가 될 때까지 전문 다이빙 선수들과 크롤 영법 챔피언들이 레인 방향을 바꾸며 왕복 수영하는 모습을 지켜보고, 나는 평형을 약간 한다…. 그곳에서도 내 향신료 빵 주변을 맴도는 남자애들이 있다. 그 창백한 남자애들을 위해 나는 요리에 소질이 없고, 밥 먹을 시간에 늦으면 어김없이 따귀를 날리는 가상의 엄마를 만들어낸다. 내게는 직업도 있다. 속기 타이피스트다. 일은 오후 2시부터 시작한다. 실례할게요. 이제 일하러 갈 시간이라.

하루는 타자기를 얌전히 두드리고 있다고 여겨지는 시각에 수지가 있는 술집을 나오면서 마른 수영 선수와 바로 코앞에서 마주쳤다…. 나는 마주치는 모든 얼굴, 내가 짓는 모든 표정, 파리에서 내딛는 모든 걸음을 신경 쓴다. 하지만 그 남자는 수영복을 입은 내 모습밖에 못 봤으니 나를 알아보지 못한 게 분명했다. 다음 날을 위한 설득력 있는 변명을 만드느라 전날을 보냈지만, 그 문장들은 사실 아무런 쓸모도 없었다. 마른 수영 선수도 나도, 그날 향락의 거리에서 마주쳤던 일에 대해서는 한마디도 꺼내지 않았고, 평소처럼 가볍게 시시덕거리며 아침나절을 보냈다. 내가 그에게 말한다.

"이제 투렐에서 나를 다시 보는 일은 없을 거예요…."

---

*   Antandroy. 마다가스카르 남부 지방에 거주하는 부족.

"오, 아쉬워라! 파리를 떠날 건가요?"

그렇다. '엄마'를 보러 간 게 벌써 한 달 전이다. 지금이라면 쥘리앵의 판결이 났을 거다. 그가 출소하는 날짜를 알기 위해서는 그곳으로 돌아가야 한다. 보호막의 끈이 약해지고, 태양열 비축분도 줄어들었다. 그러니 다시 채워 넣어야 한다.

그 전에, 애니의 집으로 가서 지갑을 채워야 한다.

…애니의 얼굴에 낭패감이 역력하다. 황급히 더듬거리며 늘어놓는 질서 정연한 말들은 거울 앞에서 반복 연습했던 것이 분명했다. 말을 닮은 그녀의 입에서 단어들이 밧줄에 달린 매듭처럼 흘러나온다. 나는 태연하게 줄을 감고 어딘가에 낚싯줄이 걸렸을 때처럼 부드럽게 당긴다. 놀랍지도, 당황스럽지도 않다. 그저 내 양 옆구리 뒤에 웅크리고 있는 것들을 토해내고 싶다는 막연한 욕구와 약간의 슬픔이 느껴질 뿐이다. 나는 담배 연기와 숨을 번갈아 내쉰다. 숨, 연기, 숨, 연기. 담배를 빨아들이고, 그것을 움켜쥔다.

누누슈는 한쪽 발로 무게 중심을 잡고 식탁 앞에 우두커니 서 있다. 내가 내게 안겨도 좋다는 미소를 지어주기만을 기다리고 있다. 검은 피부색을 하고 돌아온 내게 안기고, 내 의자 위로 올라와, 내 가방을 뒤지고 싶을 테지만 나는 웃어주지 않는다. 누누슈는 애니의 딸, 애니의 축소판, 애니처럼 자라날 아이다. 퀭한 두 눈과 전체적인 이미지는 벌써부터 제 엄마를 빼닮아 있다. 내가 관심 있는 건 애니 쪽이다. 어른들의 우정이 사망하는 게 누누슈의 사망보다는 덜 심각할 테니까.

낚싯줄을 빤쯤 당겼다고 느껴질 때 나는 묻는다.

"대체 어떻게 침입했을까요? 밤에는 항상 두 사람이 있잖아요. 낮에도 계단에는 사람이 가득하고요."

"그게… 내 생각에는 우리가 영화를 보러 나갔을 때 일이 그렇게 된 것 같아. 이제 네가 없으니까 저녁이 너무 길더라고…. 요즘은 저녁에도 날씨가 너무 좋잖아! 누누슈는 내가 없으면 잠을 자려고 하지 않아. 내가 안 돌아올까 봐, 제 아빠처럼 나도 '병원'에 갈까 봐 무서운가 보더라고…. 그래서 영화관에도 데려간 거야. 아마 토요일이었을 거야. 다음 날까지 늦잠을 자도 되니까. 올해는 학교엘 들어가야 하니까, 맞지?"

"으응, 엄마…."

나는 대화를 다시 애니의 궤도 위에 올려놓고, 마침내 애니는 여러 개의 매듭을 한꺼번에 쏟아내고 스스로의 목을 조르기 시작한다. 만회하기 위해 몇 방울의 눈물도 쏟아내는데, 마스카라가 번지는 걸 보니 웃음을 터뜨리고만 싶어진다. 나는 자리에서 일어나 현관문을 연다. 걸쇠들을 만지작거린다. 열쇠는 평소처럼 안쪽 문에 꽂혀 있다. 걸쇠들은 물론 멀쩡하다. 반면에 중앙 자물쇠─힘없고 단순한 작은 자물쇠─에는 침입의 흔적이 새겨져 있다. 여기서 보냈던 마지막 날 밤과 애니가 먼저 잠에 들 때마다 했던 말들이 귀에 울린다. "걸쇠들을 잠그는 거 잊지 마…." 이따금, 하지만 기계적으로 누군가가 열쇠를 사용해온 흔적이다. 걸쇠가 없는 문은 안전해 보이지 않았으니까. 나는 몸을 일으키며 말한다.

"이 자물쇠는 강제로 열린 적이 없어요. 봐요! 이 줄질한 흔적, 아니면 그게 뭔지는 모르겠지만 이거 다 거짓말이죠.

형편없는 시나리오야! 이것도, 그날 밤의 서부극 영화도 다 당신의 실수였던 거예요."

애니는 문에 난 흠집을 살펴보기 위해 몸을 숙인다. 얼마간의 시간이 흐르고, 어리둥절한 얼굴로 애니가 나를 돌아본다. 아무것도 이해하지 못한 표정이다. 만약 누가 열쇠로 문을 열고 들어온 거라면….

애니는 온 힘을 다해 기억을 더듬는다. 몇 년에 걸쳐 데데와 자신이 열쇠를 맡겼고(열쇠를 복사해주었다고 가정하면) 자신이 홀로 지내는 지금을 이용할 만한 모든 인물들을 떠올린다. 목적은…. 가엾은 애니. 그녀는 즉흥 연기에는 소질이 없다. 이토록 큰일을 내가 아무런 불평 없이 넘어가리라 생각했다는 사실에 짜증이 치민다. 애니가 매듭을 짓지 못하고 끙끙거리고 있자, 나는 결국 끼어들고 만다.

"됐어요. 더는 이 일에 대해 말하지 않기로 해요…."

그러자 애니의 눈이 눈에 띄게 환해진다.

"…남은 걸 내게 돌려주고, 더 있었다는 사실을 잊어버리자고요. 그걸 죄다 훔쳐 가진 않았을 거 아니에요?"

한 시간 전부터 내가 애니에 대해 새롭게 알게 된 것은 그녀가 돈을 전부 훔칠 정도로 미친 사람은 아닐 거란 사실이다. 애니라면 저열한 일도 대충 했을 터였다. 그 절반의 감정이 후회이든, 두려움이든, 어쨌든 일은 절반만 행한 셈이다. 아쉬워라! 우리는 고작 몇 십만 프랑을 벌자고 훨씬 더 많은 미래의 이득을 놓치고, 스스로를 잃는다….

애니는 방 안 옷장을 뒤적이고, 신문지로 만든 봉투 하나를

195

가져와 테이블에 던진다. 봉투가 우리 사이에 던져짐과 동시에 애니는 의자 위로 무너지듯 앉는다.

"그 일로 너무 당황해서", 애니가 말한다. "여길 봐, 미처 정리할 기력이 없었어. '그들'이 온통 헤집어놔서 말이지…."

방은 원래도 엉망이었기 때문에 누군가 그곳을 뒤졌다는 흔적은 알아볼 수 없었다. 어떻게 보면 맞는 말이다. 오늘 누군가 그걸 썩게 두지 않고 뒤진 건 사실이니까….

"…세어볼 정신도 없었어. 나는 네가 맡기고 간 돈이 얼마나 되는지 정확히 몰랐으니까."

애니는 머리를 살짝 두드린 뒤, 몸을 일으키고, 다시 평소의 목소리로 말한다.

"이해해 줘. 네가 떠난 뒤에 가방에서 돈을 꺼내서 다른 곳에 숨겼어. 그 뒤로도 장소를 여러 번 바꿨고. 이 집이 그렇게 안전하게 느껴지지 않더라고. 너도 알잖아. 누누슈가 여기저기 올라가고 뒤지는 거. 그래서 여러 개 봉투에 나눠 담고 각기 다른 장소에 넣어뒀던 거야…."

"누군가 올 걸 예감했나 봐요?"

"아니야. 네가 어서 오기만 기다렸어. 정말이야. 친구의 돈을 맡아두는 것보단 도주범 열 명을 숨겨주는 편을 택하겠어."

"그럼 자리를 훨씬 더 많이 차지할 텐데요…."

"그래. 하지만 도둑을 끌지는 않을 거 아냐…."

"경찰은 끌겠죠. 그게 더 나쁠 텐데요…."

"오, 경찰이 여길 왜 오겠어? 안. 그러지 말고 얼마가 부족

한지 말해 줘. 데데가 출소하면 바로 갚아줄게. 약속해." 애니
는 엄마 같은 노련한 어조를 되찾았다. "돈이야 뭐, 길모퉁이
만 돌면 있잖아. 가서 찾아오기만 하면 돼…. 네가 바쁘지만
않다면 말이야…. 그때까지만 기다려 줘, 어차피 쥘리앵도 곧
나올 거 아니니?"

손해를 계산하는 건 관뒀다. 남은 지폐 뭉치와 귀퉁이가
찢어진 신문지 봉투를 구겨 넣는다. 진수성찬과 오랜 비밀이
놓여 있는 리놀륨 식탁 위에서 내 돈은 아무런 가치도 없는
것처럼 느껴진다. 이해할 수 없는 수수께끼는 돈을 감싸고 있
는 인쇄된 활자 조각들뿐이다. 더럽고 의미도 없는 관계. 어
제의 신문, 혹은 지난달 신문 속 활자들은 배를 드러내 보이
며 반들반들하고 아름다운 돈을 숨기고 있다. 나머지는 데데
를 위한 사식이 되거나 누누슈를 위한 스테이크가 되겠지. 목
적은 수단을 정화한다. 이제 내게는 도망치는 일만이 남아 있
다.

"그럼 다음에 봐요, 애니. 이런 하찮은 일로 너무 걱정하지
말아요. 당신 말대로 쥘리앵이 곧 나올 테니까요. 데데도요.
두고 보자고요. 그들이 이 일을 우리보다 훨씬 더 잘 처리해
줄 거예요. 당신은 내 친구예요. 나는 친구와는 계산하지 않
아요…."

나는 장의 집으로 돌아간다. 쥘리앵의 집은 너무 멀고, 기
차를 타기엔 무력하다. 그리고 나는 잠을 자고, 술을 마시고,
웃고 싶다.

하지만 건물 계단을 오르며 나는 훌쩍이며 운다. 신발은

손에 들려 있다. 내 발처럼 마음도 헐벗은 채다.

함께 살자는 장의 제안을 받아들였던 건 그가 프랑스 전역에 있는 공사판으로 출장을 떠나며 자주 집을 비운다고 해서였다. 처음 술잔을 나누었을 때, 처음 택시를 탔을 때, 우리는 서로가 하는 일에 관해서만 대화를 나누었고, 장은 오로지 여행 이야기만 했었다. 그간의 독서 덕분에 나는 그의 대화를 따라갈 수 있었고, 언젠가 그와 동행하겠다는 약속도 했다…. 그런데 제길, 그는 내가 이곳으로 온 이후로 한 발짝도 움직이지 않는다. 아프다는 핑계로 대체 인력을 구하고, 실제로 매우 피로해하고 있다. 내가 그의 집 문턱을 넘어온 그날 저녁 이후로 그의 존재는 내 주변을 감싸고 있다. 구석진 곳에 아무렇게나 앉아 있는 그뿐만 아니라, 혀를 내두를 만큼 질서 정연하게 내 물건 주위로 그의 물건들이 세심하게 정렬된 장식장의 배치도 마찬가지다. 아프리카 공사 현장에서 가져온 우라늄 조각이 떠다니는 둥근 확대경, 데저트 로즈,* 판 형태의 석영이 그렇게 광채를 잃고 정렬되어 있다. 덮개에 음반을 쌓을 수 있게 만들어진 내 전축에는 깨끗한 천이 덮여 있다. 옷장 안에는 그의 옷들 사이사이 내 옷과 신발이 들어차 있고, 옷장 위에는 커다란 플라스틱 장미 꽃다발이 있다. 주방 수납장 위에는 여러 개 작은 봉투들이 놓여 있는데, 몇 개는 사각거리는 소리가 나고—케이크이다—다른 것들은 끈적끈

---

*   Desert Rose. 사막 지대에서 발견되는 석고 또는 중정석 결정으로, 결정이 장미 모양과 비슷해 '사막의 장미'라고 부른다.

적한 것이 흘러내리고 있다―배달 음식이다. 그가 준비해놓은 것과 그의 놀란 눈을 본 나는 딸꾹질을 하며 그에게로 걸어간다. 나는 그의 품에 안기고, 입맞춤을 받아들이고, 머리카락을 쓰다듬게 내버려둔다.

장의 셔츠에서는 세제 향이 풍기고, 비누 향이 섞인 땀 냄새가 난다. 그는 계속해서 내 머리카락을 기계적이고 정성스럽게 쓰다듬으며 말한다.

"대체 무슨 일이에요? 누가 당신에게 무슨 짓 했어요? 말해봐요. 이렇게 우는 건 처음 봐요!"

"내가 답답해서 죽으면 좋겠어요? 그때는 하고 싶어도 말을 못 할 텐데!"

"여기 내가 있잖아요. 내가 도와줄게요. 말해봐요….."

나는 의자로 더러운 신문지를 던진다. 열 장씩 묶인 지폐들이 카드 패처럼 바닥으로 떨어진다. 트럼프 카드, 롤랑드…. 지금이 바로 그 순간일 거다. 몇 개월 늦었지만 발목만 제외하면 나는 이 만남을 위해 꿈꾸던 그대로의 모습을 하고 있다. 무엇보다 여기 내 발목이 있다.

더러우리만치 망가진 뒤, 구사일생으로 구출되고, 대충 수리된 것. 그건 징조다. 무언가의 전조이자 조건. 망각이라는 반쯤 죽은 상태로 오두막에서 피어난 불순한 사랑보다 훨씬 더 중요한 것.

장은 눈을 휘둥그레 뜬다. 살면서 자신의 침대 아래 깔개 위로 그토록 많은 돈이 떨어진 건 처음인 게 분명하다. 나는 마지막 논붕지를 꺼내 나든 것들과 마찬가지로 바닥으로 떨어뜨리고, 전축 위에 음반을 올려두어 집주인들이 우리의 말을 듣지 못하게 한다. 나는 장에게 말한다.

"이리 와서 앉아요! 당신은 걷고, 돌고, 선회하죠…. 당신은 '그게' 즐거운가요? 나는 눈물이 나요."

나는 지폐 위로 두 발을 올리고, 장이 다시 내 머리카락을 어루만지게 둔다. 그러고는 모든 이야기를 들려준다. 해변에서 돌아온 후에 무슨 일이 있었는지, 그리고 해변으로 떠나기 전으로 거슬러 올라간다. 그를 만나기 전, 쥘리앵, 부러진 발, 탈옥, 감옥, 재판…. 긴 침묵이 내려앉고, 머리를 위아래로 쓰다듬던 장의 손은 멈추어 내 어깨 위에서 무겁게 머무른다. 나는 계속해서 말을 잇는다.

"나도 알아요. 뭐라 할 말이 없겠죠. 가방을 다시 쌀게요. 결국 어떻게 보면 난 당신까지 위험한 일에 연루시킨 거니까…. 물론 다른 사람들만큼은 아니지만요. 당신은… 내 고객이에요. 셋방 서류에도 나는 존재하지 않는 사람이에요. 하지만 어떻게 여기 내가 살지 않는다고 할 수가 있겠어요? 여길 봐요. 옷장 속의 내 물건들, 내 사진…."

나는 뒤로 몸을 빼서, 장식장에 있는 내 사진을 낚아챈다. 해변에서 수영복을 입고 있는 사진이다. 길거리 사진사로부터 구입한 그 사진은 내 소식을 전하기 위해 니스에서 장에게 보냈던 거였다.

"이걸 간직할 만큼 바보는 아니죠? 나는 도주 중이에요. 그게 무슨 뜻인지는 알죠?"

"하지만", 장이 말한다. "난 그 사실을 알게 된 지 오 분밖에 안 됐는걸요…. 내게 소화할 시간을 줘요…. 당신은 가끔 너무해요. 알고 있죠?"

그의 손은 이번에는 내 팔을 쓰다듬는다. 장이 다시 입을 열었을 때 그의 목소리는 분명하고 딱딱하다. 처음 듣는 목소리다.

"그런다고 변하는 건 없어요. 당신은 여기서 지내요. 만약 경찰이 알게 된다고 해도 내가 뭐라 말하겠어요? 나는 부끄러울 게 없어요. 그리고 당신… 이제 당신을 꽁꽁 숨겨두지도 않을 거예요. 셋방살이도 이젠 지겨워요. 내일부터는 방을 하나 구해서 우리 두 사람의 이름으로 신고하는 거예요. 난 아무래도 좋아요. 정식 신분증이 있다고 했죠?"

"네. 완전히 위조된 거예요. 그래도 통과는 될 거예요."

"좋아요. 그럴싸한 말을 지어내야겠어요. 그건 내가 알아서 할 테니, 그동안 당신은 그 사람 집에 다녀와요. 그가 어떻게 됐는지 알아내야죠. 이미 풀려났을지도 몰라요. 지금 파리에서 당신을 찾아다니고 있을 수도 있잖아요!"

고민이 된다. 숙소는 안전하고, 장은 나를 쫓아내지 않는다. 그러니 머물지 않을 이유가 없지 않은가?

물론 돈을 지불해야 하고, 사랑받을 수 있도록 말과 몸을 유지해야겠지만…. 조금 더 참아야지 뭐…. 하지만 장이 말한다.

"물론 나는 당신에게 아무것도 바라는 게 없어요. 그래도 삼각관계는 싫어요…. 그건 그 사람도 싫을 테고요. 당신은 그냥 이곳에 오고, 먹고, 자고, 하고 싶은 걸 하면 돼요. 난…

안, 당신이 이곳에 아주 가끔, 단 오 분이라도 들러주면 그것만으로도 기쁠 거예요. 당신을 보고, 당신 이야기를 듣고, 당신이 어떻게 지내는지 알고, 당신이 행복한지 알 수 있다면 말이죠…. 그럼 괜찮은 거죠?"

"쥘리앵은 아직 거기에 있어요. 나는 그의 아내도 아니고요. 나는 그도, 당신도, 세상 누구든 거절할 수 있어요. 탈옥한 뒤로 나는 늘 '짐짝'이었죠. 그런데 당신마저 나를 짊어지려 하네요! 오, 장. 나는 떠나고 싶어요. 바닷가로 가서 혼자가 되고 싶어요. 홀로, 죽어가는 거죠…."

나는 울음을 터뜨린다. 장은 내가 눈물을 그칠 때까지 기다린다. 그러고는 밖으로 나가자고 제안한다. 머리를 식힐 필요가 있다고, 애니와의 일이 내게 커다란 실망을 안겨줬기 때문이라고.

"얼른요. 가고 싶은 곳으로 갑시다…. 안, 말해봐요…. 눈물은 그치고요. 당신이 울면 내 마음이 어떤지 당신은 모를 거예요."

"아뇨. 우리 이 봉투들을 정리하고 잠을 자도록 해요."

나의 일부는 장과 함께 잠에 들고, 장과 함께 깨어나며, 저녁이 되면 장과 다시 만난다. 이따금 나는 직장에 있는 그에게 전화해 만나러 가겠다고 말하고, 그러기 위해 전철을 타고 죽음의 경로를 이동한다. 택시로 가는 것보다 더 먼 여정이다. 시간을 죽이기 위해 사람들이 바글거리고 열기가 후끈한 대로변에서 장과 함께 미적거리고, 그가 나를 데리고 상점으로 들어가거나 파리 이곳저곳 구경을 시켜주고, 이런저런 설명을 해주도록 내버려둔다. 그건 그의 파리이고, 그는 그의 파리를 내게 바친다. 그런 다음, 선량한 부부처럼 물건을 사고, 후식을 사고, 배달 음식을 주문한다. 내가 가스레인지를 건드리는 일은 드물다. 장은 내가 하는 아주 작은 일에도 경탄하고 기뻐한다. 그런 그의 태도를 이해하기 어렵다.

우리는 이사를 했다. 전보다 덜 아름답긴 하지만 떳떳이 드나들 수 있는 방이다. 카운터에서는 내 신분증을 슬쩍 보고, 장의 성에 부인을 붙인 호칭으로 나를 부른다. 건물 안뜰은 아이들로 가득 차 있고, 창문에는 빨래들이 잔뜩 널려 있고, 방에 따로 수도 시설은 없다. 하지만 간소한 노동자의 삶이 퍽 마음에 든다.

욕실은 복도 끝, 화장실 안에 있다. 변기 시트에 두 발을 올리고, 대야에 담은 시원한 물을 어깨 위로 끼얹는다. 다리를 맞은편 벽, 무릎 높이 위치에 달린 수도꼭지로 뻗는다. 수건을 칭칭 두르고 욕실 밖을 나서면, 이웃들이 저마다의 용기를 들고 층계참에 모여 있다. 그 층에서 물을 받을 수 있는 유일한 곳인 탓이다. 하지만 아무도 불만을 토로하지 않는다. 항의를 전달하는 건 호텔 주인이다…. 그래도 나는 아랑곳 않는다. 삼십 분이 소요되는 샤워를 나는 하루에도 두 번씩 해나가고 있다.

나머지 시간은 장의 책들을 읽고, 그의 기술이나 관광, 사적 서류들을 훑으며 보낸다. 창문 너머로 보이는 안뜰에 있는 아이들의 얼굴을 보고 미소 짓고, 남편이 돌아오기를 기다린다. 하얗게 센 머리를 한 장과 연인처럼 손을 맞잡은 내 젊음을 보고도 놀라는 사람은 없는 것 같다. 호텔 문턱을 넘자마자 나는 손을 놓고, 그가 팔을 동그랗게 구부리면 내가 팔짱을 낀다. 꼭 그래야 한다. 이 동네에서는 자기보다 훨씬 나이가 많거나 어린 사람과 불륜을 저지르고, 험담을 나누고, 술을 마시고, 싸우는 일이 허다하다. 이국적 색채는 두 개의 방을 나눠 쓰는 흑인들이 더하고 있다. 흑인 여자들과 흑인 아이들이다. 그들은 울지 않고 노래를 부른다. 문틈으로 그들의 요리에서 나는 향신료 향이 풍긴다. 그 향을 맡으면 장은 그들 집단에 관한 이야기를 다시금 늘어놓고, 나는 한쪽 귀로는 트랜지스터라디오를 들으며 이따금 바닥에 놓인 코냑을 들이킨다. 내가 술을 마시든, 산책을 하러 나가든("같이 걸을까요? 나도 가도 되나요?"), 아무런 대답도 하기 싫을 정도로 녹초가 되어 돌아오든, 장은 내게 아무런 말도 하지 않는다…. 나는 침대에 가방을 활짝 열어놓고 그날 오후에 번 돈을 센다.

"그런데 말이죠", 장이 말한다. "이해가 안 되는 게 있어요. 일전에 돈이 생겼을 때, 어째서 도둑질당할 위험을 무릅쓴 거죠? 당신이 그 사람들을 그렇게 좋아하는 것도 아니잖아요!"

"그럼 장, 나는 당신을 좋아할까요? 그런데도 불구하고 매일, 거의 매일 저녁 나는 이곳에 돌아오잖아요. 왜일까요? 그게 편하기 때문이에요. 편하니까. 나는 당신도, 그 사람들도, 세상 전부에게도 관심이 없어요. 돈은 그저 보관할 뿐이에요. 내 것이 아니라 쥘리앵의 것이기도 하니까요. 우리가 함께 써야 하는 돈이거든요. 그를 위해서 손도 안 대고 모아둘 거예요. 내가 짜낼 수 있는 작은 사랑을 더해서 말이죠….”

장은 그 말을 듣고도 묵묵히 견딘다. 그가 그런 걸 좋아하는 건 아닐까 생각될 정도다. 나는 필요 이상의 말을 하고, 쌀쌀맞게 굴고, 술을 마시고 쓰러진다. 그리고 장이 소리를 내지 않고, 눈을 뜬 내가 기분이 좋도록 직접 잘라 버터를 바른 빵과 커피를 준비해서 나를 깨울 때까지 실컷 잠을 잔다. 그때는 그가 이미 옷을 갈아입고, 면도를 끝내고, 손에는 손수건을 들고 이미 직장에 갈 준비를 마친 뒤다. 그때마다 내 마음은 부드럽게 녹는다….

“장, 일하러 가는 거예요?” 그러면 내가 말한다.

“그럼요. 오늘은 늦을 거예요. 당신은요?”

숙소는 하루 종일 지낼 수 있게 돈을 지불했다. 원할 때면 언제든, 원하면 하룻밤 내내 외출하는 것도 가능하다. 하지만 외박하는 일은 거의 없다. 내 발은 더위를 타고, 낡은 실내화와 시원한 시트에 갈증을 느낀다. 그리고 나는 불경한 일이라면 뭐든지 그 가장자리에서 멈춰 서려 노력한다. 쥘리앵과 닮은 눈을 하거나 그와 같은 서류 가방을 가지고 다니는 남자가 있거나, 그와 비슷한 목소리로 누군가 내게 접근하면 곧장 뒤돌아 장에게로 도망친다. 적어도 장은 내게 그를 사랑하고 싶은 마음만 들게 한다. 그의 몸이 더는 역겹지 않다. 그는 다정하고, 늘 예상이 가능하며, 고분고분하고 호의적이다. 그에게서 내가 싫어하는 점이 있다면, 그건 그가 나서지 않는 것, 체념하는 것, 가끔 슬픔이 치밀 때마다 기계적으로 미소를 짓는 것이다.

14

"자고 갈 거죠? 안이 쓰던 침대는 여전히 있으니까…."

그날 저녁 기차를 타려 했지만 에디가 만류한다. 내게 따로 할 말이 있는 것 같다. 그래서 그의 권유를 받아들인 거다.

저녁을 먹은 뒤, 지네트는 아이들을 재우러 위층으로 올라가고, '엄마'는 나를 안아준 뒤 방으로 퇴장한다. 식당에는 나와 에디만이 남아 있다. 그는 전축에 음반을 올리고, 내 옆자리에 앉아 지갑에서 네모난 유산지를 한 장 꺼낸다.

"받아", 그가 말한다. "쥘리앵이 안에게 쓴 편지야. 장모님이나 지네트에게는 비밀. 괜히 걱정시킬 필요는 없잖아?"

나는 얇은 종이를 펼친다. 서두 앞부분에 쥘리앵은 그것이 '세 개의 쪽지 중 하나'라는 표시를 해두었다. 하나는 가족에게 보낸 것일 테고, 나머지 하나는 분명 '다른 여자'에게 보낸 거겠지…. 하지만 첫 문장을 읽자마자 모든 질문은 사라진다. 긴 의자에 몸을 파묻고 눈을 감은 채 음악을 음미하는 에디 앞에서 나는 죽을 듯이 괴로운 마음과 기쁨이 만연한 얼굴로 편지를 읽는다.

쥘리앵은 사건의 본질과 예심의 진행 상황에 따라 내가 어떤 행동을 취해야 하는지 몇몇 지시 사항을 적는 것으로 편지를 시작하고 있다. "변호사를 찾아가. 비열한 노인이지만 능력은 좋아. 대신 딱 한 번만 가야 해. 그에게는 스스로 찾아온 거라 말하고, 내가 그걸 안다고 해서 달라지는 건 없다고 말해…. 비용은 내가 이미 치렀으니 돈은 내지 말고, 돈을 내겠다고는 제안해"와 같은 내용이다.

그가 저지른 건 체류 금지 위반(쥘리앵은 이곳으로 오던 길에 체포를 당했다)이라는 별것 아닌 경범죄였지만, 편지에서 그가 이 지역에서 벌어진 여러 건의 주거 침입 및 강도 사건의 혐의까지 사게 될까 봐 우려하고 있다는 걸 알 수 있다. 만약 일이 그렇게 된다면… "파멸에 이르지 않을 유일한 방법은 서로 떨어지지 않는 거야. 만약 형을 선고받게 되면 도주하겠어. 너와 함께할 수만 있다면 도주를 택할 거야…."

"에디, 그래서 지금 쥘리앵은 어떻게 되고 있는 거예요? 이 편지는 판결이 나기 전에 작성된 거잖아요. 더 최근의 소식은 없어요?"

에디는 머뭇거리며 말한다.

"있죠…. 일단 그 편지는 처음으로 받은 헌 세탁물 소포 속에 파묻혀 있던 첫 번째 편지예요. 그 뒤로 다른 편지들도 받았지만… 당신에게 보내온 건 그게 다예요. 쥘리앵은 곧 만날 수 있을 거예요. 6월 21일에 출소하거든요."

"판결이 언제 났는데요?"

"기다려봐요…. 열흘이 채 안 됐을 거예요. 예심이 미뤄졌거든요. 사법 경찰관이 자백을 받아내려고 구치소로 몇 번이나 찾아갔어요. 쥘리앵의 걱정이 이만저만이 아니었죠. 수사망에서 빠져나가기만을 얼마나 바랐는지…. 결국에는 잘 해결됐죠. 그들이 아무것도 발견하지 못한 거예요. 쥘리앵의 집에서도, 차에서도, 여기서도."

"경찰이 여기까지 왔던 거예요?"

에디는 어깨를 으쓱하며 말했다.

"당연하죠! 늘 그랬듯이 집을 뒤지고, 장모님과 아내를 심문하고…. 아침 여덟 시부터 저녁 여섯 시까지 집을 완전히 뒤집어놨더군요. 일을 마치고 돌아오는데 집이 공사판이 따로 없었죠! 뭐, 그래도 경찰들은 나까지 귀찮게 하진 않았어요."

바로 그런 경우에 대비해 그는 아내의 남편보다는 쥘리앵 조카의 아버지가 되기를 택한 거다. 지금으로부터 5년 전에 출소한 에디는 쥘리앵의 집에서 잠깐 머물며 지네트의 눈에 들었다. 그렇게 정착하게 된 그는 깨끗한 세탁물과 슬리퍼와 자기 자신을 교환했다. 그의 말에 따르면 그가 거둔 '가짜' 아이들은 그를 '아빠'라고 부르고 있다. 상호 입양은 에디에게 훌륭한 역할을 선사하고, 에디는 그 역할을 솜씨 좋게 수행하고 있다.

별안간, 쥘리앵이 바깥에서 아이를 데려온다면 그 아이에게 어떤 이름을 붙여줘야 할까?와 같은 생각이 든다…. 말도 안 되는 생각이다. 누군지도 모르는 여자의 아이를 거둘 수는 없다! 나는 말을 잇는다.

"그럼 21일에 쥘리앵을 데리러 가겠네요? 그럼 나도 같이 갈게요. 그러고 싶어요."

어떤 것도 그를 불편하게 만들지 않는 것처럼 보이는 에디는 그 말에 시선을 피한다. 두껍고 긴 침묵이 이어진다.

"자러 올라가기 전에 마지막으로 한 잔 더 할까요?" 에디가 술을 권하며 말한다. "안 그래도 쥘리앵이 그 일로 내게 편지를 보냈어요. 21일 이후에 약속 날짜를 하나 정하면 내가 쥘리앵에게 전달할게요. 쥘리앵은 안이 교도소 근처로 오는 위험한 행동을 하길 원하지 않거든요. 사람 일은 모르잖아요. '그들'이 눈치를 채고 뒤를 밟을 수도 있고…."

"당연히 교도소 코앞까지 가겠단 말은 아니에요! 내가 그 정도로 바보는 아니거든요? 내 말은, 근처 어디 술집 같은 곳에서 보면 되잖아요!"

별안간 또다시 배척당하는 기분이 든다. 코앞에 하나의 집단이나 그림자를 앞에 두고 철창에 매달려 있는 거지라도 된 것처럼 마음이 아프다…. 나는 몸을 곧추세우고, 가방에서 수첩을 꺼내 일정을 살핀다. 다행히 6월 20일부터 25일 사이에 많은 메모들이 있다. 장 만나기, 기타 남자들, 전화번호와 시간들. 나는 고민하는 척하며 뜸을 들인다.

"음, 24일 저녁에는 시간이 나요. 쉬우니까 외워요. 생 장이라는 곳에요…."

"아니, 아니지…."

"내 말은 시내 기차역 술집이나 그런 데서… 저녁 일곱 시

어때요?"

나는 그리 오래 귀찮게 굴지 않았다. 안도한 에디는 낮은 목소리로 뚜쟁이같이 말한다.

"삼 일이나 뒤잖아! 쥘리앵이 만약 그 전에 널 만나고 싶어 하면 어디로 가야 하는데?"

그에게 장의 집 주소를 알려줄 수는 없다.

"기다리라고 해요. 나도 기다렸는데요, 뭘! 잊지 마세요. 생 장, 안, 오후 일곱 시예요."

우리는 음반 몇 장을 더 감상한다. 에디는 계속해서 내게 존대와 반말을 번갈아 쓴다. 우리 둘 다 피곤했던 게 분명하다.

…생 장에서 만나기로 한 약속이 바로 내일이다. 머리와 배 속, 그리고 혈관을 비워내고, 피부를 박박 씻고 솔질하고 싶다. 쥘리앵이 나를 온전히 가득 채우고, 그가 나를 가지고, 그 대신 언제든 내게 자신을 온전히 내어준다면 좋겠다…. 외로움, 태양, 권태의 편지들 이후로 마지막 편지를 쓴다. 부치지는 못했으나, 언젠가 쥘리앵이 읽으리라는 확신으로 보관해두었던 편지들이다. 감옥에서는 과도하게 열중하여 선별적이고 왜곡된 시선으로 편지를 읽게 마련이니까.

감옥의 쥘리앵은 내가 알던 쥘리앵도, 내가 알아가게 될 쥘리앵도 아니다. 아무리 계속해서 안개를 덮어쓰려고 고집을 부린들 그곳의 안개는 다른 농도를 띠고 있을 거다. 석방 전날 밤, 석방 예정자들의 감방에서 함께 지냈던 여자애들처럼 어쩌면 쥘리앵 역시 결국 승리하여 무기를 내려놓은 사람의, 가면이 벗겨진 낯선 얼굴을 하고 있을지도 모른다.

그림자로 살았던 불행한 3개월에 격렬히 투쟁했던 건 잘한 일이었다! 몇 년간의 감옥 생활을 끝냈을 때, 쥘리앵이 나를 거두었을 때, 나는 별로 승리자의 모습을 하진 않았었다…. 지금 이 순간에도 나는 내가 언젠가 무기를 내려놓을 수 있을지 의문이 든다.

내일, 내일이라…. 나는 습관처럼 침대에 길게 누워, 장이 내게 들러붙으려 하지 못하게끔 이불을 목 끝까지 끌어 올리고 있다. 나는 아무 말 없이 천장의 균열에만 시선을 고정하고 있다. 장은 무거운 발걸음으로 방 안을 서성이고, 물건들을 이리저리 옮기고, 다른 물건들을 정리한다. 세 배 느린 속도로 소리를 제거하고 촬영한, 그와 나의 예민함이 극도로 치밀어 오른 장면이다. 나는 장에게 와서 앉으라고 말하고, 내 편지들 일부를 소리 내어 읽어준다.

"걱정 마요." 장이 말한다. "당신만의 문체가 있네요."

"그가 내 편지들을 좋아할까요?"

"나도 그런 걸 받아보면 좋겠군요!"

우편의 가치, 그것을 작성하거나 기다리는 데 드는 열정의 가치를 떠올린다. 하지만 감옥에서는 생각들이 웅얼거리고, 이미지들은 덫에 걸린 덩치 큰 벌레들처럼 윙윙거리고, 사람들은 그것을 쫓아버리고, 가두고, 핀을 꽂아 고정시키려 하지만 결국 망가뜨리고 만다. 주거나 받은 편지에서 우리는 강조하고, 생략하고, 왜곡시킨다…. 쥘리앵, 네 머릿속이 보물의 모조품들로 가득하던 그 계절, 넌 내가 네게 편지를 보내길 바랐을까? 감옥에서 날카롭게 벼려진 부정과 결심들도 때론 석방 한 시간 만에 재로 변할 수 있다…. 오늘 내가 네가 했던 말들을 믿고 있다면, 그것은 그걸 믿어야 한다는 필요와 내 의지에 의한 것이다. 하지만 내일은….

"가방을 챙겨 갈 건가요?" 장이 묻는다.

그는 내가 영영 떠난다고 믿고 있다. 사실상 짐을 챙겨 간다면 여기로 다시 되돌아올 이유가 없지 않은가? 이제 그 어떤 끈도 나를 이 방에 묶어두지 못한다. 방금 전 장은 내게 남은 돈을 돌려주었다. 그는 나를 위해 기발한 은신처를 만들어 그곳에 돈을 숨겨뒀었고, 이따금 내게 그곳을 방문해 확인하게 했었다. 돈은 내 핸드백에 있고, 짐 가방은 금방 닫힐 것이다…. 물론 울기는 하겠지만 장은 나의 행복에 기뻐할 것이고, 나를 붙잡기 위한 어떤 행동도 하지 않을 것이다. 그건 힘든 일일 터다. 쥘리앵이 뭘 할 계획인지 하나도 아는 게 없지만 나는 진작부터 모든 걸 받아들인 뒤다. 우리가 아주 먼 곳으로 떠날 수도 있고, 파리나 근교에 머무를 수도 있고, 반드시 둘이 함께 지내지 않을 수도 있다. 삼엄한 경비, 도주, 수면과 세탁의 필요성…. 나는 침대에 앉는다.

"짐은 두고 갈게요." 내가 말한다. "내 옷도 같이 세탁소에 가져갈 거죠? 걱정 마요. 장, 금방 돌아올 거예요…."

쥘리앵. 나를 붙잡아 줘. 내가 여기로 돌아오게 두지 말아 줘. 내가 불쾌한 일을 하지 못하게 막아 줘…. 어쩌면 우리는 서로의 동정을 살피고 시기하며, 다른 사람들과 똑같이 행동하고 울게 될지도 모른다….

시곗바늘이 어찌나 느리게 가는지! 이불은 가슴께에 달라붙어 속을 조금 답답하게 만들고 있다. 잠을 자고 싶다. 차라리 돌이 되고 싶다. 나보다 먼저 부풀고 뛰어대는 심장 주변의 덩어리가 되고 싶다. 쥘리앵 그 길을 골라. 나로 향하는 길이야. 주저하지 말고 뛰어내려. 네 발은 영원히 내가 받쳐줄테니.

…내가 유리잔에 물을 따르자 잔 속의 물은 물줄기를 따라 차오르고 요동친다. 물감용 잔이다. 나는 선술집과 테이블들을 노란 수채화 물감으로 칠하는 데 재미를 들였다. 웨이터의 하얀 조끼와 여자애들의 하얀 블라우스를 제외한 나머지에 물감을 튀긴다. 선반 위에서 꿈쩍 않는 술병들, 휘갈겨 쓴 라벨 글씨들, 어두운색 가방과 색이 짙은 가죽들, 밝은 색감의 옷들.

머리가 빙빙 돈다. 삼 일 동안 술을 마시지 않았다. 잔을 들었다가 이내 내려놓는다. 이 잔은 재회의 건배를 위해 아껴두고 싶다. 앞선 잔들은 이미 들이켜졌고, 사라졌고, 헹궈졌지만, 이 잔만은 배경 속에 멀쩡히 새겨진다. 이곳에 앉아 계산대 위에 놓인 시계추에 시선을 고정한 뒤부터 나는 배경 속 부속품들을 한 점 한 점 조립하고 있다. 7시 5분 전. 이제 5분만 더 있으면 나는 영화를 중단한다. 기차역의 사람들, 교묘하게 끼어드는 차량들, 가까운 도로에서 나는 휘파람 소리와 연기들… 하나의 핀이 되어 어딘가에 꽂혀 빛나길 원하는 나. 그런 내 주변의 모든 것이 귀중하다. 오늘 저녁 그림자는 희

213

미해지고, 태양이 나를 잠식시킨다…. 7시 3분 전이다.

나는 더는 시계추를 올려다보지 않는다. 밀고 당겨지는 테라스 문도 바라보지 않는다. 쥘리앵은 몇 명의 사람들과 함께 들어올 것이다. 내리깔린 내 눈은 아무것도 담지 않은 채로 그를 기다린다. 시선과 두 손 두 발을 모으고, 몸을 웅크리고, 내 주변은 또다시 내게로 달라붙지 않고 몇 초간 스쳐 지나간다. 매끄러운 표면 위의 액체, 흐릿함 위의 파도처럼… 나는 여기에 있다. 그것은 사실이다. 어두운 샛길들에서 다리를 절뚝거리고 서성인 뒤, 비로소 나의 길을 되찾았다. 하지만 지금도 동쪽으로 항로를 고정하고 그곳으로 이끌리며 그 길로 가고 있었다. 나침반을 잃어버린 게 아니다. 안녕! 쥘리앵이다.

쥘리앵은 손목시계를 바라본다.

"내가 제시간에 온 건 처음인 것 같은데…."

내가 그를 미처 알아보기도 전에 그는 옆에 있는 벤치에 미끄러지듯 앉았다. 나는 서둘러 현실의 끈을 다시 잇고 그것을 되찾으려 하지만, 그의 눈을 보자 머릿속이 텅 빈다. 아무 말도 못 하고 쥘리앵을 바라보기만 한다. 모든 질문들, 모든 불안들, 모든 약속들이 우리가 서로를 바라본 찰나의 순간에 녹아내리고, 사라지고, 실현된다.

흑백의 거대한 벌레처럼 웨이터는 등을 돌린다. 그는 한 명분의 잔이 부족한 테이블을 향해 저절로 이끌린다. 그에게 내 앞에 놓인 리카르는 곧 나다. 그러니 쥘리앵의 존재를 증명하는 것 역시 필요한 것이다. 무심하게 주변을 살피는 웨이터는 어슬렁거리며 쟁반과 행주를 능숙하게 다루고, 사람 없

214

는 의자를 밀치고 다닌다. 불쾌한 인간이다.

"웨이터!" 나는 웨이터를 부른 뒤, 쥘리앵에게 뭘 마시겠냐고 묻고, "리카르 한 잔 더"를 외친다. 웨이터는 사라진다. 쥘리앵의 존재가 조금씩 명확해진다.

쥘리앵은 내가 알던 모습이 아니다. 낯빛이 창백하고, 통통하게 살찐 입술을 간지럽히는 억양처럼 수염이 돋아나 있다. 정화라도 된 듯 얼굴은 평온하고, 신성하거나 금지된 사물처럼 나를 주눅 들게 한다. 안, 저 남자가 바로 네 연인이야. 매일 아침 감옥에서 나와서 술집 문 앞을 지나가는 사내들과 같은 남자이기도 하지. 그런 남자를 사랑하는 게 당연한가? 그럴 필요가 있을까? 그의 몸에서 나와서 나의 몸으로 부딪치는 그것은 무엇이고, 어디서 탄생한 거지?

우리는 잡담을 나눈다. 우리가 느끼는 감정은 깊이 묻어둔 채로 단어들을 나누고, 뱉어내고, 동반한다. 나는 나에 대해 이야기하고, 그는 그에 대해 이야기한다. 우리에 관한 것은 침묵이고 이전의 일이다. 3개월과 3개월, 6개월의 헤어짐. 이야기할 거리가 많은 긴 기간이다. 웨이터는 네온사인을 밝혔고, 잔을 새로 채워주었지만, 말에 대한 우리의 허기는 채워지지 않는다.

쥘리앵은 자신이 체포되었던 일, 사법 경찰관의 심문, 내가 위험에 처할까 봐 걱정했던 때를 상세히 들려준다.

"멍청하게 네 전화번호를 수첩에 적어뒀는데 그걸 내내 지니고 있었던 거야. 그들이 수갑을 채우고, 내 곁에서 떨어지지 않는 탓에 수첩을 없앨 방법이 없었어…. 그 번호를 가지고 나를 얼마나 괴롭혔는지! 결국 진실을 털어놨어. 사람들이 추천한 호텔 번호라고 했지…. 그러니 좋다고 달려들면서 "아하! 파리에 갔던 거군요?" 묻는 거야. 나는 갈 시간이 없었다고 했어. 도중에 붙잡힌 거라고…. 말도 마. 그들이 호텔 주인을 찾아가서 고객들을 하나하나 탈탈 털까 봐 얼마나 걱정했는지 몰라…."

나는 키득키득 웃는다.

"내 사랑. 나는 낌새를 알아차리면 그길로 그 구역을 벗어날 사람이란 걸 알잖아? 와볼 테면 오라지…."

(이제 장에 관한 이야기를 할 차례다.)

"다음 은신처를 찾기 전까지는 널 기다리면서 내 짐을 한 남자의 집에 두자고 생각했어. 멋진 사람이긴 한데 내 집처럼 편하지는 않아…. 여기에는 평소처럼 이름도 뭣도 없이 거의 맨몸으로 왔어. 우리가 처음 만난 그날 저녁처럼…. 아니다. 돈이 조금 있어. 네 숙박 비용, 아니 우리 숙박 비용으로 쓸 돈이야."

나는 회색 종이봉투를 쥘리앵에게 내밀고, 손동작이 가볍고 자연스럽게 보이도록 노력한다. 그토록 많은 것들을 받아왔는데 돈을 건네는 게 어색하다. 그걸 너무나도 잘 알고 있는 우리는 매번 장난스럽게 연기를 하곤 한다. 애니의 집에서 쥘리앵이 어떤 장난을 쳤는지 떠올려낸다. 그는 돈을 내 주머니에 넣거나 손에 쥐어주며 이렇게 말했었다. "자, 이걸로 스타킹을 새로 사 입도록 하시오." 액수가 얼마나 많든, 그 돈은 언제나 스타킹 한 벌을 살 돈이었다. 그때를 떠올리며 나는 말한다.

"자, 이걸로 기름이라도 넣으시오…. 어차피 나와 같이 가는 거니까 차도 한 대 사자고. 저번에 그 차보다 더 큰 걸로. 그러고 보니 그 차는 어디에 있어?"

"에디가 경찰서에 찾으러 갔어. 그 썩을 놈들이 그걸 견인 차량 보관소에 내버려뒀다니 뭐야. 위임장이 필요하다고 해서 수사판사에게 허가를 요청해놨어…. 에디가 고생을 많이 했고, 지네트도 돌아다니는 걸 좋아하니까 그냥 두 사람 가지라고 했지. 그 둘이 그걸 끝까지 탈 거야."

"그럼 우리는 다른 걸로 시작하면 되지. 새 차로…."

"그건 안 돼! 자고로 차는 중고로 사야 나중에 망가뜨렸을 때도 아쉽지 않은 법이야. 파리로 돌아가서 저번에 그 차를 내게 팔았던 사람 집에 갈 생각이야. 이제…"

쥘리앵이 자리에서 일어나자 웨이터가 달려온다. 그는 내 외투를 집어 들고 내 핸드백을 내게 내민다.

"이제 갈 시간이야. 여긴 내 마을이고, 경찰들이 나를 예의 주시하고 있다는 걸 잊지 마…. 언제 다시 들어가게 될지 몰라, 안…."

"다시 방벽을 쳐야지…. 오늘 저녁의 나는 무적이야. 감옥으로 돌아가는 건 이제 아무렇지 않아. 우리가 여기 있잖아…."

"바보 같은 소리 하지 마. 그냥 안아줘. 다시 보니 좋다, 안…."

급하게 나눠야 할 대화에 집중하느라 우리는 그것에 대해서는 아직 생각하지 못했다. 시곗바늘은 어느새 한 바퀴를 돌았고, 밤은 사선을 이루는 햇빛 아래로 사라진 뒤다. 테라스의 사람들은 새로운 사람들로 교체되었고, 빨대를 흠뻑 적시고 있는 거품이 올라오는 노란색, 주황색, 빨간색, 황금색의 새로운 잔들이 자리하고 있었다.

"발은 안 피곤해?" 쥘리앵이 묻는다.

한때 절뚝이는 나로 인해 쥘리앵은 일련의 동작과 다정한 작은 습관들을 들였다. 군중 속에서는 나보다 앞서 걸으며 충돌로부터 나를 보호해줄 수 있는 궤적을 그리고, 내 걸음걸이가 치우치는 쪽에 서서 나를 일으켜 세울 때처럼 겨드랑이 아래를 받치고 내 보폭에 맞추어 천천히 걷는 것이었다…

하지만 오늘 저녁 우리 두 사람은 모두 회복기에 있다. 감옥에서의 3개월은 우리에게 낙인을 찍고 우리를 하나로 이어주는 상흔과 같다. 물론 각자 다른 의미로 고통스러운 수감 생활을 보냈으나 이렇게 명확하고 열렬히 갈망하고 한숨 쉬었던 적은 없었다. 우리의 꿈들은 드넓고 연약했다. 방금 전과 같은 일 분의 짬을 내기 위해서 우리는 3개월이라는 가장 길었던 밤의 '짧은 고통'을 보내야 했다.

'엄마'의 집은 샛길 끝에 있다. 마을이 끝나고 농촌 황무지가 시작되는 이 지역은 티끌만큼의 초록도 보이지 않고 순무와 감자밭 속에 온기가 여전히 파묻혀 있는 곳이다. 집으로 돌아가기 위해 우리는 가장자리를 빙 둘러 풀숲과 구덩이로 이루어진 길을 따라 걷는다. 끝나가는 낮이 지르는 비명과 뉘엿뉘엿 넘어가는 해가 분출하는 빛이 우리를 부드럽게 감싼다.

"네 집으로 가는 게 정말이지 내키지 않아…."

쥘리앵의 가족이라면 이제 지긋지긋하다. 지네트의 정중한 친근함과 에디의 치근덕대는 동지애가 내게 고함을 지르고 싶게 만든다. '엄마'는 천진하면서도 현명하다. 쥘리앵은 어쩔 수 없다는 듯 웃기만 하지만 나는 다시 얽매이는 기분이 드는 것이다….

어쩌면 그들은 쥘리앵을 필요로 하는 건 나이고, 쥘리앵이 비밀을 그들이 아닌 다른 사람에게 털어놓을까 봐 두려운 걸까? 쥘리앵의 가족은 그를 필요로 하고, 그를 고립시키려 하고, 그의 여자와 친구들을 그들이 대신 골라주려고 한다…. 쥘리앵은 모르고 있지만 그가 없던 기간에 그들이 보여준 독점욕에 가까운 염려는 그가 돌아오자 투덜거림으로 바뀌어 있다. 쥘리앵이 그들을 성가시게 하고, 근처로 경찰을 불러오고, 지네트는 밤마다 그에게 음식을 해주러 한밤중에 일어나야 하니까…. 다행히 쥘리앵은 아랑곳 않는다.

"나는 내 어머니의 아들인걸?"

"하지만 나는 그들에게 아무도 아니지. 그들을 불편하게 만들기 싫고, 나도 불편해지기 싫은 거야. 네 엄마와 조카들은 좋지만…."

"그들이 따로 분가하겠다고 말한 지는 오래됐어. 하지만 집을 구할 생각을 안 하더라고! 어머니 집에서 지내는 게 편한 거지. 아이들을 놔두고 무도회장으로 꽁무니를 뺄 수도 있고…. 내 어머니는… 아이들을 좋아하시기는 하지만 요새는

219

안색이 좋지 못하더군. 그러니 곧 상황이 바뀔 거야. 낮에 어머니를 모시고 나가서 이곳저곳 외출하는 것부터 시작해보자. 그럼 더 친해질 수 있을 거야. 그 뒤에 어머니 혼자 조용히 지낼 수 있는 작은 집을 구하면 그땐 우리가 어머니만 따로 보러 갈 수 있잖아…."

그게 '엄마'를 더 행복하게 할지는 모르는 일이다. 그래도 헛소리를 하거나 입을 가볍게 놀려서 고요한 새벽을 망치지는 않을 것이다. 나의 의견을 제시할 권리도, 그러고 싶은 마음도 없다. 사실 의견이랄 것도 없고, 오히려 무관심한 쪽에 가깝다. 쥘리앵이 엄마를 데려와도 되고, 내가 그가 원하는 곳으로 가도 된다. 중요한 건 그의 곁에서나 뒤에서 조금이나마 내가 걸을 수 있다는 사실이다. 지금처럼 이렇게 그를 만나고 그를 만지는 것도 상황이 허락해야 가능한 일이다.

"같이 갈 거지? 잠은 다른 데서 자더라도 그 전에 너를 소개하고 싶어. 오늘 저녁에 내가 본 네 모습 그대로 말이야. 안, 내 사랑. 내 유일한…."

그는 걸음을 멈추고, 나도 멈춘다.

"아", 그가 말을 계속한다. "우리 두 사람이 어디로 가는지는 모르지만, 우리가 걸어갈 길은 멀고, 오랜 시간이 걸릴 거야…."

집들은 멀리 있다. 땅은 마치 하나의 섬처럼 우리 발밑에 존재한다. 보이지 않는 정복자인 새들이 지저귄다. 그것이 모든 추억과 망각, 생 장에서의 저녁이다. 우리의 입맞춤은 자연처럼 조화롭다.

15

자동차는 신비로운 물건은 아니지만 순수한 사람들의 무시의 대상도 아니다. 이목을 끌지 않기 위해 우리는 파노라마 선루프가 없는 튼튼한 골격을 지닌 인기 있는 모델의 오래된 고물차를 골랐다. 위축되지도, 노출된 기분도 느껴지지 않고, 꼭 친구의 차를 타고 있는 것 같은 기분을 들게 한다. 내 몸 아래로 자동차 시트가 고로롱거린다.

"졸려?" 쥘리앵이 물었다.

"오, 죽겠어!"

나는 뒷좌석에 누워 있다. 자동차는 너비로나 높이로나 내게 딱 맞는 크기다. 두 발을 팔걸이에, 머리는 둥글게 뭉친 옷덩이에 올려두니 날아갈 것처럼 기분이 좋다. 전신주 위로 푸르른 하늘이 높아져가고, 시선 속에서 풍경이 켜켜이 쌓여간다. 잠들지 않기 위해 졸음의 바다 경계선에서 버틴다. 우리의 첫 여행인 만큼 쥘리앵의 머리칼과 뒷덜미를 바라보며 그와 함께 있고 싶다. 잠이야 나중에 나면 된다. 우선 만나야 할 사람들이 있다. 쥘리앵은 파드칼레 북부에 살고 있는 그의 친구들을 내게 소개해주겠다고 한다.

전날 장터의 사격 연습장에서 게임을 하고 온갖 잡동사니를 얻었다. 반짝거리는 금속 장식이 달린 인형이 앞 유리창 가운데에서 흔들리고 있고, 후방 유리창에는 다른 인형들이 난잡하게 놓인 지도, 옷가지, 먹을 것들과 함께 놓여 있다….

생 장에서의 저녁, 그러니까 이틀 전 우리는 아이들의 방으로 비켜준 '엄마'의 침대에서 밤을 보냈다. 그 뒤로… 잠을 미칠 듯이 원하고 있었다! 이제야 솔직히 인정하지만 머릿속은 온통 잠 생각뿐이다! 그 뒤로 우리는 쭉 이동하는 중이다. 전날 아침에는 파리까지 기차를 타고, 자동차 시승을 하고, 구매 절차를 밟고, 서류를 작성하면서 아침나절을 보내고, 점심은 쥘리앵 친구들 집에서 먹었다.

"이 친구야. 대체 어디서 지냈던 거야?"

그의 친구들 집에서는 커피를 마신 뒤에 메인 요리가 일종의 '푸스카페'*처럼 나오고, 끝없이 이어지는 수다가 곁들여진다. 그들의 웃음과 과거의 좋았던 추억을 회상하는 수다를 건성으로 들으며, 나는 모두가 손바닥으로 허벅지를 내리치면 덩달아 웃고, 하품을 삼키고 두통이 느껴질 때까지 술과 담배를 번갈아 하는 수밖에 없었다.

저녁에는 짐 일부를 가지러 장의 집에 잠시 들렀다. 쥘리

---

* Pousse-café. '커피를 밀어낸다'는 뜻으로, 식후 커피를 마신 다음에 마시는 작은 잔의 리큐어.

앵은 아무런 짐 없이 자신을 만나러 온 나를 그대로 받아주었지만, 내 '유일한 비천한' 재능도 속옷을 갈아입을 필요를 없애주지 못했다.

장은 내게 아주 오래된, 아주 먼 과거의 사람처럼 느껴졌다. 하루 전 기차역 승강장에서 그가 내게 잘 가란 인사를 한 뒤로, 내게는 새로운 세상이 탄생했다. 그렇게 나는 장이 계속해서 맴돌고 있던 세계 속으로 졸림과 행복의 후광을 가지고 돌아갔던 거다. 오래된 방의 칙칙함 속에서 나만 혼자 환하게 빛나는 기분이었다. 안뜰에서 들려오는 아이들의 고성과 흑인 이웃들의 방에서 흘러나오는 음악 소리가 형태 없이 귓속을 통과했다. 정신을 차릴 수 없었다.

"당신 행복에 겨운 눈을 하고 있네요." 장이 말한다. "어제 이후로 다른 사람이 됐군요! 이렇게 일찍 여기로 돌아올 줄은 몰랐어요…. 몇 달은 떠나 있을 줄 알았는데…."

"옷만 갈아입으러 온 거예요. 도와줘요. 얼른, 나 급해요!"

나는 신나게 옷을 훌렁훌렁 벗었고, 장이 등의 단추를 채우게 했고, 새로운 내 피부 냄새를 맡게 했다. 그에게 적선할 셈으로 그런 건 아니고, '그의 행복은 행복한 나를 보는 것'이니까, 그런 잘못된 잔인한 믿음으로 그에게 행복한 내 모습을 확인시켜 주었던 것이다. 내 행복에 그의 자리는 없었고, 앞으로도 조금도 없을 것이다. 그가 버티어낸다면야, 그는 내 짐 보관소, 운송업자, 옷걸이, 행운의 부적 같은 존재("그래, 욕이 절로 나오지?")일 거라고 나는 쥘리앵에게 설명했었다. 쥘리앵이 장을 받아들일 수 있도록 하기 위한 거였다. 하지만 쥘리앵은 단 한 번도 내 삶을 파고들려 하지 않았다. 내가 어떤 사람이었는지, 내가 전날 무엇을 했는지, 그 무엇도 그에겐 중요치 않았다. 어제는 죽었고, 우리는 살아 있다. 결국 내일이라는 것도 모호한 미래에 속하는 거니까…. 생각이란 얼마나 피곤한 것인지! 나무들이 위로부터 나를 덮쳐오고, 자동차는 끝이 보이지 않는 비탈을 빠르게 내려가고, 나는 졸고 있다….

"바다야." 쥘리앵이 도착을 알린다.

자고 싶은 마음이 곧바로 물러가고, 나는 수평선으로 물러나는 미지의 물, 인적 없는 모래사장, 얕은 물가, 녹슨 듯한 바위가 자아내는 황량한 진실을 마음껏 보기 위해 자리에 앉는다. 따뜻했던 지중해 바다를 추억하며 도착하면 동이 트자마자 물에 몸부터 담그겠다고 생각했지만, 북슬북슬한 구름이 잔뜩 낀 잿빛 하늘 아래서는 수영복보다는 외투를 걸치고 싶다는 생각이 간절하게 든다.

차를 모래에 빠지지 않는 경계까지 바짝 대고 신발을 벗는다. 바위를 깎아 만든 계단이 해변까지 이어져 있다. 그 아래로 나는 고통스럽게 내려간다. 튀어나온 돌마다 발이 따끔거려 쥘리앵의 팔을 움켜잡는다. 발은 앞서 나 있는 발자국 위로만 디딘다. 모래사장에 이르러 해방되자, 발은 비로소 끈적끈적하고 차가운 모래, 등유, 플랑크톤, 찌꺼기의 퓌레 속으로 편안하게 파고든다…. 도시인의 복장을 하고, 우리는 비릿한 바닷바람에 낯설어하며 파도의 측면을 걷는다. 나를 붙들고 움츠리게 만드는 무심한 배경, 엄숙한 죽은 배경에 당황해

버둥거리자, 쥘리앵이 웃는다.

"이제 몸 담그기 싫어졌지? 이만 올라가자. 저 위에 식당이 하나 있더라. 바람은 충분히 쐬었으니 이제 커피를 마셔야겠어."

자동차 안으로 무너지듯 들어가 눈을 감는다. 이번에는 꼼짝도 하지 않을 거다…. 쥘리앵은 김이 모락모락 피어오르는 잔과 함께 식당 밖으로 나온다. 쓴 커피를 마시자 몇 분 동안은 머리가 맑아지고, 이내 암전되어 나는 푹 곯아떨어진다. 그래도 이 두껍고 포근한 휴식에 감사함을 느낄 새는 있다. 그것을 이끄는 게 쥘리앵인 만큼 그 어떤 것도 나를 여기서 내쫓지 못할 것이다.

…자동차는 그날 아침 우리가 갔던 바다에 접한, 아침의 해변과 거의 비슷한 해변 한가운데에 떠 있는 하나의 섬과 같다. 아침과 동일한 모래 돌풍이 차체에 타닥타닥 부딪쳐온다. 쥘리앵의 품에 안겨 나는 흐느낀다. 바다만큼이나 짠맛이 나고 또 그만큼이나 절박한 커다란 돌풍 속의 작은 돌풍이다. 나는 계속해서 훌쩍거린다. 쥘리앵은 자신이 일으킨 나의 눈물에 놀라고, 단어를 뒤죽박죽 섞으며 나를 달랠 만한 말들을 만들어낸다. 하지만 나는 좀처럼 마음을 진정시키고 싶지 않다. 이게 다 바로 직전에 쥘리앵이 했던 말 때문이다.

"네게 할 말이 있어. 내 말을 끝까지 들어줬으면 해…."

나는 준비가 됐고, 들을 수 있다고 대답했다. 나는 내가 충분히 명민하고, 예의 있고, 단단한 사람이라고 생각했었다. 내가 어떤 말을 듣게 될지 짐작은 했지만 실제로 들었을 때 그렇게나 아플지, 권총을 맞은 듯이 경악스럽고 치명적이고 뜻밖의 것일지는 몰랐다. 이름도 형체도 없는 그림자처럼 쥘리앵 주변에는 많은 여자들이나 어떤 여자가 어슬렁거리고 있었고, 내 믿음과 젊음을 비웃어도, 그들은 내게 커다란 아픔을 주지 못하고 나를 지나쳤다. 그들과 얼마든지 사랑을 나눠. 네가 옳아. 그들 모두와 해버려.

하지만 내겐 고해 신부의 단단함도, 확신에 대한 무관심도 없다. 나는 이해할 수도, 용서할 수도 없다. 쥘리앵이 말하는 동안에 눈앞에서 끓어오르고 넘쳐흐르며, 고함치고 몸을 뒤틀고 학대하고 싶은 욕망을 불러일으키는 이 증오와 맹렬한 분노를 한곳으로 모으려고 시도할 뿐이다.

"왜 그걸 그렇게 심각하게 받아들여? 넌 강하고 단단한 사람인 줄 알았어. 너는 항상 농담을 하면서 상황을 모면하고 시니컬했잖아. 어떤 것에도 흔들리지 않는 것처럼 보였다고…. 안, 나를 봐봐! 이미 다 끝난 일이야. 내겐 이제 너밖에 없어…. 우리가 바로 내일이야!"

"하지만 쥘리앵, 어제는 우리가 아니었던 거잖아…. 그 교도소 문 앞에, 내가 그토록 서 있고 싶었던 그곳에 그 여자가 있었다고 생각하니까! 자유를 맞이하고 맞이한 첫 순간과 첫 어루만짐이 그 여자 것이었다니…. 안 돼. 그건 말도 안 돼! 나는 오로지 네 생각뿐이었어. 너와 만날 순간을 위해 나는 모든 걸 간직했고, 모든 걸 버렸다고!"

"아냐… 나도 그랬어…. 네가 에디와 거기 올 줄 알았어. 그런데… 그가 다른 여자애를 데려온 거야. 그러니 우연히 일어난 일이었던 거야. 에디가 내가 부탁한 대로 해주지 않았어. 그게 다야… 이해해 줘, 안. 부탁이야! 그 여자가 우리 가족에게 필요한 모든 걸 사줬어. 내 어머니와 조카들에게까지. 늘 꽃과 장난감, 옷들을 가지고 왔지. 건실하고 정직한 직업도 가지고 있고, 나이대도 나와 비슷한 데다, 진중하고 점잖은 사람이야…. 그래서 그래! 우리 가족이 나를 그 여자와 결혼시키려고 하는 거야. 내가 그날 아침에 거기 와주길 바랐던 건 너였어. 정말이야. 그런데 눈앞에 그 여자가 있었고, 또 그 손길이 나를 억누르는 바람에…"

"그럼 나는 뭔데?"

"너는… 너는 내게 사치품이고, 비밀이야…. 소싯적에 카드 점을 쳤던 엄마가 늘 말해. 너와 함께한다면 나는 다시 나쁜 짓들을 할 거고, 우리는 함께 힘든 생활을 하게 될 거라고…. 엄마는 내가 계속해서 범죄를 저지르는 걸 보기 힘들어 했어. 내 엄마잖아. 내가 뭘 어떻게 해야 해? 그리고 그 여자는… 그냥 파리에 갈 때마다 그녀 집에서 자는 게 편했어. 너도 알잖아. 내가 호텔에 갈 수 없는 신세란 걸. 피에르와 애니 집에서는 너도 인정하겠지만 상황이 썩 유쾌하지만은 않았잖아…. 게다가… 가끔은 너무 피곤하기도 했고…"

작은 별 하나가 거대한 어둠 속으로 떨어진다. 아마 언젠가는 그의 무리에 받아들여질 수 있을 것이다. 쥘리앵에게 침대를 내어주고 내 성을 되찾게 될 거다…. 그렇다. 몇 년 후에, 내 고통과 젊음이 끝나고, 한 남자를 만족시킬 방법이 더는 없을 때가 되면! 나이 들기를 기다려야 하다니! 나는 발이 나아서 걸을 수 있기를 한참 기다렸고, 그것만으로도 긴 시간 이었다. 별은 너무 먼 곳에 있다…. 지금으로서는 나는 이곳에 있고, 시야가 눈물로 흐려지지만, 그건 해결할 수 있다. 나는 밤에도 앞을 보는 법을 알고 있으니까. 어쩌면 그 여자도 나만큼이나 인내하는 법을 알고, 그것을 다시 찰거머리처럼 달라붙기 위한 힘을 모을 시간으로 삼으려 할지도 모른다. 나보다 연륜이 있고 좋은 길을 가고 있으니, 결혼을 위한 서류를 내민다면 거절하기 힘들 수도 있다…. 하지만 내가 끊어내고 싶은 건 그것만이 아니다. 나는 현재와 미래로부터 그녀의 부스러기를 모조리 치우고 싶다. 쥘리앵이 무언가를 줄 때마다 그러하듯, 그 여자에게 친절하고 거침없이 주었던 것을 되찾아오길 바란다. 그의 매력을 그 여자에게 주는 것을 거부하기를, 그 여자를 다시는 만나지 않기를 바라는 것이다.

"추억보다는 육신을 죽이는 게 더 쉽지." 내가 말한다.

"그 여자를 죽이긴 왜 죽여? 안 사랑한다니까? 사랑할 수 없다고 말했잖아."

"적어도 다른 것들이 생겨나는 걸 막을 순 있잖아!"

"뭐?"

"다른 추억들 말이야…. 생각해 봐. 네가 그 여자에게 내 이야기를 하거나, 네가 그 여자를 버릴 거라는 걸 그 여자가 느끼게 된다면 그 여자가 갑자기 말을 바꾸거나 협박할 방법을 찾을 수도 있지 않겠어? 장담하지 마 쥘리앵. 계집애들을 믿지 마. 나는 그 애들을 잘 알아…."

나는 시느를 떠올린다. 우리의 '이혼' 후 열정과 다정한 눈물이 사라진 자리를 채웠던 그 증오 어린 잔혹함을. 롤랑드, 장, 그리고 그들이 있기 전 내 청소년 시절의 연인들을 떠올린다. 때가 되어 그들로부터 도망치기 위해 내가 무심하게 떼어냈던, 내게 애걸했던 그들을… 그때의 그들도 지금 내가 아픈 것처럼 아팠을까? 이 낯선 상처에서 소리가 울릴 때마다 그들도 끝없이 놀라며 그 소리를 들었을까? 경악하며 주의 깊게 나는 사랑의 아픔을 알게 된다. 심장의 고통과 발의 고통이야 옆으로 내려놓고 거리를 두면 된다. 하지만 사랑의 아픔에는 약도, 적당한 구실도 없다. 고통이 나를 비틀고 온몸에서 신음을 자아낸다. 고통이 곧 나다. 자잘한 사실들이 눈앞을 침범하고, 비명과 공허를 가져온다. 내 안의 성급하고 단단한 믿음, 사랑에 멍들고 희미해진 얼굴, 오만… 이 모든 것이 모래사장과 해변에서 죽음을 맞이한다. 나는 꿋꿋하게 고통스러운 사랑을 실현하고 고통으로 미쳐간다….

고마워 쥘리앵, 이런 아픔을 알게 해줘서. 너는 공상을 종결시켜 줬어. 처음에는 내게 여자의 몸을 만들어주고 그 뒤엔 여자의 심장을 만들어줬지. 나는 여자의 애걸복걸하는 능력, 광포한 애정과 비굴함을 경멸했지. 그런데 이제는 내가 네 셔츠 냄새를 맡고 있구나….

"이제 가자." 내가 말한다. "다들 식사 못 하고 기다리고 있겠어."

꿈에서처럼 또 하루가 지나간다. 푹푹 찌는 듯한 자동차 지붕 아래서, 혹은 친구들 정자의 시원한 그늘 아래서 나는 시간을 세며 졸음과 싸운다. 그런데도 며칠 밤낮을 더 깨 있을 수 있을 것 같은 기분이다. 나는 기계처럼 반응하고, 시간은 멈췄다.

쥘리앵에게 석 달 동안 썼던 편지를 건넨다. 그리고 마치 판결을 기다리듯 손가락 사이로 들어간 모래를 털어내는 일에 몰두하며, 그가 편지를 다 읽기를 기다린다.

몇 번이고 마지막, 마지막의 마지막 술을 마신 뒤, 마침내 그의 친구들 곁에서 벗어났고, 지금은 단둘이 모래 언덕에 누워 있다. 명확한 생각은 하지 않고, 손가락 끝에 생 장에서의 저녁 이후로 부서트리지도, 놓아주지도 않은 끈질긴 기쁨의 끈을 쥐고 있다. 이 끈은 그날 아침 해변이 흘린 눈물로 단단해져 있다. 빗물을 맞은 가느다란 끈이 뻣뻣해지는 것처럼.

"네가 쓴 편지를 읽고 놀랐어." 쥘리앵이 편지를 돌려주며 말한다. "나를 위해 보관해 줘. 아직 너에 대해 알아야 할 게 많은 것 같아…. 안, 나를 용서해 줘…."

"뭘 용서하란 거야?"

"그 여자 일 말이야. 네가 다시는 우는 일을 만들지 않으려면, 그 여자와 당장 끝내는 수밖에 없어. 가자. 파리로 돌아가면 자정 전에 그 여자 집에 갈 수 있어. 너는 차에서 기다려. 그다음에 하루든, 이틀이든, 여드레든 원하는 만큼 푹 자자. 그 여자를 늘 잘라내고 싶었는데, 오늘 아침에서야 네 편지를 읽고 비로소 결심이 섰어…. 깨트리지 않고 부수고 싶다는 어리석은 욕망이었어. 어떤 값을 치르든 꼭 해야만 하는 일이라면 얼른 해내는 수밖에. 내가 네게 줬던 그 고통을 그 여자도 치르게 될 거야."

"여기서 파리까지는 삼백 킬로미터나 걸리잖아…. 나는 운전도 못 하고 기진맥진이고, 너는 어제부터 계속해서 운전대를 잡고 있는데!"

"안, 우리가 함께하게 될 밤만을 생각해…. 며칠 밤을 달려야 해. 어디든 당도하거나 어디서부터든 멀어져야 하니까…. 운전하는 법도 가르쳐 줄게. 그럼 교대로 운전을 해도 되고, 나중에 네가 차를 가져갈 수도 있잖아."

"운전을 한다고? 이 뻣뻣한 다리로?"

"할 수 있어. 그때가 되면 너도 피로나 수면욕 같은 건 그리 중요치 않다는 걸 알게 될 거야."

뒷좌석에 다시 누울 수는 없다. 이제 조수석에 앉아서 길을 살피고, 현실의 길은 어떠해야 하는지 그것을 있는 그대로 알아보는 데 집중한다. 나무들은 줄지어 놓인 회색빛 밤으로 희석된다. 그러나 진짜 밤의 틈새는 갓길로 가까워지고 어둡고 커다란 기둥을 드러낸다. 분간할 수 없는 형체들이 도로를 가로지르고 굴러떨어지고 껑충 뛰어오르며, 자동차로 돌진하며 우리를 집어삼킨다. 나뭇가지들이 만든 둥근 천장이 뿜어내는 거대하고 지저분한 거미줄은 전조등에 의해 절단되다가도 금세 형태를 되찾는다. 이제 거미줄은 자동차 위로 비처럼 쏟아지고 있다…. 쥘리앵도 그것을 봐야 한다. 그는 밤과 싸우고 있고, 자동차의 들썩임이 그를 시트에서 뽑아내고, 그를 바닥으로 떨어뜨리고 운전대에 몸을 기대게 한다. 그는 노래를 흥얼거리고 웃고 소리를 지르고, 이내 약간 속도를 줄이며 콧바람 소리를 낸다.

"불 좀 붙여줄래?"

나는 담배 두 개비에 불을 붙이고, 하나를 그의 손가락 사이로 넣는다. 담배는 나를 달군 다음 빠져나가고, 나는 계속해서 침몰하고 깨기를 반복한다.

마침내 파리의 입구에 도착했다.

나는 차에서 내려 기지개를 켠다. 뒤꿈치 아래로 인도가 빙빙 돌고 자동차 바닥처럼 진동한다. 내가 말한다.

"방을 잡으러 가자. 지금 시간이면 신분증을 요구하지 않을 거야."

"그럴 리가!" 쥘리앵이 반대한다. "방을 잡자고 이 먼 길을 달려온 게 아니야."

"넌 그 여자 침대에 고꾸라지고 말 거야…."

"말도 안 되는 걱정은 하지 마! 너는 잠을 자 둬. 일을 해결하자마자 호텔로 갈게…. 아니다. 생각해보니까, 내가 호텔 앞에 차를 세우고 거기서 널 기다리는 게 좋겠어. 추방령을 받은 신분증뿐이라 호텔에 낼 수 없으니까…."

"그러지 말고 같이 가. 아무 이름이나 적으면 되잖아. 몇 시간만."

"…정확히 여덟 시에 호텔 아래에 있을게. 잘 쉬고 있어. 호텔에 깨워달라고 요청하는 거 잊지 말고."

더는 말을 보태지 않고, 쥘리앵이 트렁크에서 세면 가방을 찾도록 내버려둔다. 무겁고 서늘한 발길을 옮겨 우리는 호텔을 알리는 첫 번째 네온사인을 향해 걷는다. 내 발은 포석 위로 미끄러지고, 발은 지하철 입구 철제 울타리 앞에서 잠시

묶였다가, 눈꺼풀이 내려앉는다. 우리 주위로 졸음의 마법이 환상적이고 요동치는 눈부신 배경을 만들어놓는다.

…침대, 테이블, 화장대 옆의 간이 벽. 나는 허리를 굽힌 채로 다리를 절뚝이며 한 곳에서 다른 곳으로 이동한다. 방은 사막처럼 드넓다. 한 번 잠에 들자, 층층의 무기력 속에서 나는 골반을 바꾸어가며 침대를 따라 세워진 벽을 더듬거린다. 깊은 잠에 들지 못하고 악몽을 꾼다. 사람들이 나를 찾아 달리며, 나를 꾀어내는 말과 끔찍한 말을 동시에 외쳐댄다. 나는 그들 앞에서 내 이름을 울부짖지만 내겐 이름이 없고, 모두가 나를 알아보지 못하고 멀어져간다. 나를 사랑한다고 했던 사람들도 마찬가지다. 그래서 나는 달린다. 숲속, 자갈밭, 물속을 계속해서 달린다. 벌거벗은 검은 몸으로 나의 젊음을 움켜쥐고 공기와 불빛으로 물든 경사로를 향해 도망친다.

꿈은 어디에 있는 걸까? 나의 미래는 나를 어디로 데려갈까? 오늘 아침 해변에 갔던 일…. 씁쓸한 거품이 다시 차오른다…. 돌아와 쥘리앵. 매끈하고 고요한 이 침대에서 내가 널 기다리고 있어.

"들어오세요!"

내가 맨몸이라는 걸 떠올린 나는 이불을 어깨까지 치켜올린다. 문이 열리고 아침 식사를 담은 쟁반이 등장한다. 그걸 든 사람은 롤랑드다.

"일곱 시예요, 부인."

롤랑드는 테이블 한쪽 구석에 쟁반을 올려두고 사라진다. 그녀 역시 나를 보지 못했다. 깡마른 롤랑드 네가 여기서 뭘 하는 거야? 나와 점심을 먹고 싶지 않은 거야? 감방에서 각자의 작업장으로 떠나기 전, 우리는 보리로 만든 형편없는 커피를 함께 삼키며 꽤 많은 꿈을 함께 꿨었잖아.

그리고 우리는 속삭였었지. "곧 두 잔이 될 거야…."

롤랑드를 닮은 여자애는 전날과 전전날의 내 눈물과 함께 섞인다. 이제 오랜 애정도, 홧김에 이는 충동도 더는 나를 자극하지 못한다. 롤랑드는 밤의 전등이다. 아침이 되었으니 그것을 끈다. 반대편 창문에서 태양이 네온사인과 환상을 꺼트리고, 유리창은 벌써 미지근해져 있다. 아래로 보이는 길에는 사람들이 바글거리기 시작한다.

이제 한 시간 후면 쥘리앵이 거기서 나를 기다릴 것이다! 어서, 샤워하고, 옷을 입고, 바지를 잠그자. 하나도 빼먹으면 안 된다.

8시 20분 전. 주전자에 입을 대고 남은 커피를 마신다. 방을 나서기 전에 예전처럼 청소부들이 흡족해하도록 어질러진 방을 정리한다. 하지만 이번에는 내가 이곳으로 돌아오지 않으리라는 걸 확신할 수 있다. 오늘 저녁에는 새로운 경유지가 나를 기다리고 있을 테니까. 쥘리앵은 마침내 자신의 신비 속으로 나를 데려갈 거다.

나는 그의 고장, 휴식처, 친구들, 심지어 '그 여자'까지 알게 될 테다. 그러면 안 될 이유가 뭔가? 그 여자와 언니 동생 사이가 될 수도 있고, 아니면 그 여자를 장에게 소개해줄 수도 있다. 그리고 나는 늘 그렇듯 그림자와 장신구가 되어 여행을 다닐 것이다. 쥘리앵의 흔적은 내 과거의 모든 저열한 짓들을 지워줄 것이다. 찰나의 비행은 내 발과 함께 내게 남은 마지막 조악한 인연들을 모두 끊어냈다. 잘 지내길, 사랑하는 여인들이여!

나는 창문을 활짝 열고 창밖으로 몸을 꺼낸다.

8시 1분 전. 자동차 지붕이 미끄러지듯 들어와 길에 멈춘다. 내가 있는 곳에서 고작 십 미터 아래다…. 쥘리앵이다! 1분 후면 네게 달려갈 거야….

나는 세면 가방을 움켜쥐고 문을 연 뒤, 열쇠를 옆으로 비튼다. 층계참에 한 남자가 서 있다. 키가 별로 크지 않고, 호의적이고 사람 좋은 인상이다.

"안녕하세요, 안." 그가 내게 말한다. "당신을 찾아다닌 지 꽤 됐는데, 알고 있습니까? 자, 먼저 가시죠. 내가 뒤따라갈 테니까. 도망칠 생각은 말고요. 알겠죠?"

나는 미소 짓는다. 쥘리앵은 우리가 지나가는 모습을 볼 거고, 내가 조금 늦을 거란 사실과 그것이 내 잘못이 아니라는 걸 이해할 것이다.

너무 걱정하지 마. 조명이 밝혀진 승강장에서 우리는 다시 만날 테니까. 우리 둘 중 하나는 여전히 가파른 산줄기 아래쪽에 있다. 차례차례 기어오르고, 당기고, 휴식은 뒤로 미뤄야 한다…. 아무래도 상관없다. 나는 걷는다. 경찰을 뒤세우고, 나는 다리를 거의 절지 않고 계단을 내려간다.

1964년 4월-8월

알베르틴 사라쟁 소개

* 이 자료는 프랑스 위키피디아를 토대로 작성되었다.—편집자

알베르틴 사라쟁은 1937년 9월 17일 알제리 알제에서 태어나 1967년 7월 10일 프랑스 몽펠리에에서 사망한 프랑스 작가이다.

매춘 및 범죄인으로서의 삶과 여성 교도소에서의 경험을 소설로 이야기한 최초의 여성으로 29세에 신장 수술을 받던 중 사망했다. 복역 기간은 8년에서 10년 정도이다.

유년기

1937년 9월 17일 출생 직후 프랑스령 알제리 알제의 사회 복지 시설에 버려져 9월 23일에 그날의 성인(聖人)인 '다미앵'의 이름을 따서 '알베르틴 다미앵'이라고 불렸다. 1939년 2월 아이가 없는 부부에게 입양되었다. 양부는 58세로 알제에서 복무 중인 군의관이었고, 양모는 55세로 전쟁 중에 자원하여

간호 인력으로 일했다. 확정된 입양 기록에는 날짜가 1941년 11월 17일로 되어 있다. 학업은 종교 기관에서 이어 나갔다. 1947년에는 종교 교육을 수료하고 알제 대주교로부터 기본 증명서를 받았다.

10세가 되었을 때 알베르틴은 양부의 형제에게 강간을 당했다. 가족은 1947년 알제를 떠나 프랑스 엑상프로방스로 이사했다. 알베르틴은 부르주아 가정 환경의 엄격한 교육을 받았고 카테리나 다 시에나 중학교에 입학하면서 우등상을 여러 번 수상했다.

1949년부터 공책에 '반항적인 세 가이드의 모험'을 쓰기 시작했다. 1952년 기숙형 고등학교에 들어갔고, 교사들은 알베르틴의 반항적인 면모를 불평했다. 양부는 정신과 진료를 받게 했는데, 의사는 알베르틴을 정상이라 진단하면서도 가족으로부터 멀리 떨어뜨려 놓으라고 권고했다. 양부는 판사로부터 알베르틴을 교정 시설에 수용시킬 수 있는 권한을 받아, 알베르틴을 마르세유에 있는 청소년 교정 시설인 '봉 파스퇴르'에 입소시킨다. 입소와 동시에 알베르틴은 그곳에 수감되는 모든 이와 마찬가지로 새로운 이름을 부여받아 '아니크'라고 불리게 된다. 예정된 수감 기간은 성년(21세)이 될 때까지인 6년이었다. 양부는 입양을 철회하고자 했고, 이를 위해 사회 복지 조사를 진행할 것을 요구했다.

재판과 탈옥

1953년, 알베르틴 다미앵은 대입 시험 첫 번째 과정을 좋은 성적으로 통과하고 파리로 도망친다. 봉 파스퇴르에서 사귄 친구를 만나 수많은 모험을 겪는다. 매춘을 하고, 자동차와 상점도 턴다. 1953년 7월 말, 양부를 만나기 위해 마르세유로 갔다가 파리로 돌아오면서 양부의 군용 권총을 훔친다. 그렇게 무기를 갖추고 무장 강도 행위를 하다가 친구가 한 가게 점원의 오른쪽 어깨에 총상을 입히게 된다.

두 소녀는 도주했다가 파리 생 미셸 대로에서 1953년 8월 20일 체포되었다. 24일, 두 사람은 재판에 회부되었고 분리된다. 며칠 후 알베르틴은 검사국에 넘겨진 뒤, 프레스네스 교도소로 보내진다. 1954년 알베르틴은 시를 쓰기 시작하고, 일 년 후 우편으로 대입 시험 두 번째 과정을 치른다.

1955년 11월, 두 친구는 센 중재재판소에 참석하고, 재판은 비공개로 진행된다. 알베르틴은 재판관과 배심원들을 비웃으며 "나는 아무런 후회도 하지 않는다. 만약 후회가 든다면 미리 알려주겠다"라고 말했다. 무장 강도 행위의 주동자로 판단된 알베르틴은 징역 7년을 선고받고, 알베르틴의 '하수인'은 5년만을 선고받는다. 알베르틴은 프레스네스 교도소에 수감되었다가 1956년, 솜 코뮌의 둘랑(Doullens) 교정 시설로 이감된다. 알베르틴은 양부모에게 변호사 선임을 요청하지만, 양부모는 입양을 전면 철회하는 것으로 대답을 대신한다. 프랑스에서는 이례적인 절차였다.

같은 해, 다른 수감자에게 입을 맞췄다는 죄목으로 열흘간 독방에 갇힌다. 그리고 1957년 4월 19일, 탈옥을 위해 십 미터 높이의 교도소 담벼락에서 뛰어내렸다가 복사뼈가 골절된다. 다리를 절며 알베르틴은 국도까지 나아간다.

위대한 사랑

바로 이 도로에서 독일 점령기 동안 절도 죄목으로 15년의 강제 노역형에 처해진 '작은 깡패' 쥘리앵 사라쟁이 알베르틴을 거둔다. 그는 알베르틴을 어머니 집에 숨긴 뒤 돌보고, 사랑에 빠진다. 알베르틴도 그에게 애정을 느끼게 된다. 알베르틴은 크레테유에서 병원에 입원해 복사뼈 수술을 받는다.

1958년 3월 쥘리앵은 체포되어 방데 주의 불로뉴에 수감된다. 알베르틴은 파리에 홀로 남아 생존을 위해 매춘을 하고, 그녀가 '삼촌'이라고 부른 엔지니어 모리스 부비에를 만난다. 그는 알베르틴에게 금전적인 지원을 한다. 몇 달 후 쥘리앵이 풀려나고, 두 사람은 칼레로 떠난다.

1958년 9월 8일, 쥘리앵은 절도, 알베르틴은 위조 신분증 사용으로 체포된다. 석방된 몸이었던 쥘리앵은 9월 17일 다시 풀려났지만 알베르틴은 둘랑에서의 징역형을 마저 마쳐야 했다. 아미앵 구치소로 옮겨진 알베르틴은 여성 구역에 감금된다. 그곳에서 재봉 일을 맡으며 철학과 영어를 공부하고 시를 썼다.

1959년 2월 7일 쥘리앵과 알베르틴(21세)은 파리 10구 구청에서 결혼식을 올린다. 알베르틴은 그 무렵 『도주(La Cavale)』를 쓰기 시작하고, 쥘리앵과 더 자주 면회를 할 수 있도록 수아송 교도소로 이감 신청을 한다. 하지만 쥘리앵은 강도 행위로 체포되고 15개월 형을 선고받는다. 쥘리앵이 석방

된 때는 1960년 9월 23일이었다.

1960년 10월, 알베르틴은 7개월의 사면을 얻어낸다. 1961년 쥘리앵과 그의 어머니와 함께 탄 차가 사고를 당한다. 쥘리앵의 모친은 이 사고로 사망한다. 쥘리앵은 보석을 훔쳤다는 명목으로, 알베르틴은 그것을 옮겼다는 명목으로 퐁투아즈 구치소에 수감된다. 알베르틴은 1963년 6월 6일 석방된다. 알베르틴은 1964년 1월 쥘리앵이 수감되어 있던 님 지방에 가까이 지내기 위해 알레스로 이사를 가고, 지방 언론지인 『남프랑스(Méridional)』에서 식자공으로 일한다.

1964년 4월 7일, 상점에서 위스키 한 병을 훔쳐 붙잡히고, 4개월 징역을 선고받고, 알레스 교도소에서 『검은 태양』을 쓴다.(이후 '복사뼈'로 제목이 바뀜.) 이 작품은 "쥘리앵을 위한 짧은 사랑의 소설"이다. 1964년 5월 쥘리앵이 마침내 석방된다. 8월 9일은 알베르틴이 석방되는 날이다. 두 사람은 세벤 지방에 정착하고, 알베르틴의 예전 고객이자 은퇴하여 젊은 알베르틴에게 정신적 사랑을 맹세한 모리스가 구입한 오래된 집에서 살게 된다.

출간

두 번의 수감 시기 사이에 식자공으로 일했던 『남프랑스』 지의 기자 르네 바스티드가 '장 자크 포베르' 출판사에 알베르틴의 작품을 소개하고, 1965년 여름 『복사뼈』와 『도주』가 출판된다.

1966년, 알베르틴의 작품은 비판의 여론 못지않게 인기를 얻으며 대성공을 거둔다. 1966년 '네 명의 심사단 상'을 받는다. 『샛길(La Traversière)』을 완성하고 1966년 11월 25일 출간한다. 『복사뼈』는 1966년 스페인어와 영어로 번역되었고 1969년 기 카사릴 감독에 의해, 『도주』는 1971년 미셸 미트라니 감독에 의해 영화화되었다.

1967년 초 알베르틴은 복사뼈 수술을 여러 번 받으면서 『복사뼈』의 영화화 작업에 참여한다.

죽음

알베르틴과 쥘리앵은 1967년 초 레 마텔르에 정착한다.

알베르틴에게 성을 붙여준 '작은 깡패' 쥘리앵은 지질 조사관이 되었다. 몇 번이나 이름이 바뀌었고 수감번호로 불렸던 알베르틴은 "결혼을 하면서 나는 마침내 내게 성이 있다는 것을 알았다"라고 말했다. 두 사람은 몽펠리에에서 십이 킬로미터 떨어진 낡은 농장에서 행복하게 살았다. 나무딸기가 심어진 오솔길 끝에 작은 성모마리아상이 있어서 알베르틴은 이곳을 '작은 예배당'이라고 불렀다.

하지만 작가는 몽펠리에의 한 병원에서 1967년 7월 10일 29세의 나이로 사망한다. 준비를 제대로 갖추지 못한 신장 수술 때문이었다. 자격증이 없는 마취과 의사는 알베르틴을 수술 전에 본 적도 없었고, 수술을 위한 최소한의 정보인 혈액형과 몸무게도 몰랐다. 거기다 회복실에서 알베르틴을 돌보는 직원도 없었으며 혈액 보유량도 부족했다. 언론은 "알베르틴 사라쟁이 기이한 운명을 끝마쳤다"라고 보도했다. 처음에는 레 마텔르 묘지에 안장되었다가 남편의 요청으로 그들의 작은 예배당에 묻혔다.

남편 쥘리앵 사라쟁은 수술을 맡았던 의료진을 고발했지만 검사는 불기소 처분을 내린다. 쥘리앵은 고소하기로 결심하고, 승소한다. 외과 의사와 마취과 의사를 비롯한 의료진들이 과실치사 혐의로 2개월의 집행유예와 9만 프랑의 벌금형과 손해배상 명목으로 4만 프랑을 쥘리앵에게 지급할 것을 선고받았다. (2024년 기준 1만 프랑은 한화 약 1,500만 원) 이 사건과 더불어 비슷한 사건들을 토대로 프랑스 보건당국은 마취와 수술 전후 과정에 관련한 규정을 수정하게 되었다.

쥘리앵 사라쟁은 1991년 7월 13일 사망했다. 1975년에는 "나의 세 명의 사랑, 나의 어머니, 나의 형제, 알베르틴"에게 헌정한 자전적 작품인 『외벽(Contrescarpe)』을 출간했다. 그는 알베르틴의 옆자리, 그들의 작은 예배당에 묻혔다.

옮긴이의 말

이야기는 주인공 안이 교도소 담벼락을 넘다가 복사뼈가 부러지면서 시작된다. 독특하고 시적인 제목을 가진 『복사뼈 (L'Astragale)』는 1937년 알제리에서 태어나, 30년이 채 안 되는 삶을 살았던 작가 일베르틴 사라쟁(Albertine Sarrazin)의 대표작이자 자전소설이다. 탈옥한 작가라니, 파격적이다. 소설은 출간과 동시에 프랑스 문학계를 뒤집어놓았다. 무장 강도 범죄를 저지르고 교도소를 탈출한 작가라는 점에서 논란의 여지도 있었지만, 소설은 단숨에 많은 독자들을 사로잡았다. 흥행을 증명하듯 출간 3년 만인 1968년에 소설은 영화화되었고, 50년이 지난 2015년에 한 차례 더 영화로 각색될 만큼 강한 인상을 남겼다. 영화는 자유를 찾아 떠나는 절박한 여정을 낭만적이고 현대적으로 그린 작품이라는 평가와 함께 프랑스판 〈보니 앤드 클라이드〉*라는 별명이 붙기도 했다. 이쯤되면 사라쟁이 도대체 어떤 삶을 산 인물인지 궁금해진다.

사라쟁은 친부모에게 버려져 프랑스인 부부에게 입양되어

엄격한 교육을 받았으며, 양부 형제에게 성폭행을 당하는 비극을 겪었다. 어떻게 보면, 반항적인 성정의 사라쟁이 청소년 교정 시설에 맡겨진 것은 자연스러운 수순이었다. 교정 시설을 탈출한 최초의 도망 이후, 사라쟁은 경범죄의 길로 자연스레 빠져든다. 그 뒤로 수감과 도망의 연속인 삶을 산 사라쟁은 15세부터 총 10년에 가까운 세월을 철창 뒤에서 보냈다. 그러면서도 감옥에서 문학을 공부하고 시와 소설을 꾸준히 쓰며 사라쟁은 글쓰기에 매진한다. 실제로 『복사뼈』는 감옥에서 쓴 소설이다. 소설 속 '나'의 연인이자, 남편인 쥘리앵 역시 범죄자였다. 두 범죄자의 사랑은 결코 순탄치 않았다. 서로 여러 번 복역을 거치다 비로소 함께 사는 행복과 작가로서의 성공을 맛보는 것도 잠시, 사라쟁은 29세라는 젊은 나이에 의료사고로 불운하게 사망한다.

여러 굴곡이 많았던 그녀의 삶이 반영된 글에는 범죄와 감옥에 관련된 다양한 은어와 속어가 넘친다. 문체와 표현도 투박하고 거칠다. 하지만 이미지를 눈앞에 연상시키는 통통 튀는 표현들과 시적인 문장의 아름다움 속에는 삶의 투지, 자유의 갈망, 사랑의 광기가 담겨 있다. 명확한 구분 없이 현재와 과거를 자유롭게 넘나드는 몇몇 대목은 난해하게 느껴지기도 하지만, 늘 자유를 꿈꿨던 작가의 내면을 있는 그대로 드러낸다. 현대 프랑스 독자들도 낯설게 느낄 정도로 1950-60년대

---

* 1930년대 초 미국에서 은행 강도와 살인을 일삼은 보니 파커와 클라이드 배로 커플의 실제 이야기를 다룬 범죄 영화로 국내에는 〈우리에게 내일은 없다〉라는 제목으로 알려져 있다. 영화 〈졸업(The Graduate)〉과 함께 1960년대 사회에 큰 충격을 안겼다.

프랑스 뒷골목 언어로 쓰였다는 점은 사라쟁 소설만의 특징인데, 번역을 마치며 그것을 우리말로 오롯이 옮기지 못했다는 아쉬움이 남는다. 하지만 자유분방한 문체와 표현은 최대한 남겨두었다. 날것 그대로의 문장에서 작가가 온전히 드러나길 바라는 마음이다.

오늘날 프랑스인들에게 사라쟁은 과거 사회적 주류였던 순종적인 가정주부나 어머니라는 대표적 여성상을 벗어난 일탈적인 여성, 복사뼈가 부러지면서도 오로지 자유와 행복을 찾아 탈옥을 감행한 비범한 인물, 매춘의 경험과 범죄자로서 드러내기 쉽지 않은 자신의 삶의 내력을 당당히 이야기한 최초의 작가로 남아 있다. 사라쟁은 작가로서의 재능을 모두 펼치기에는 너무나 짧은 삶을 살았다. 그녀의 담담한 문장들 속 도발적이고 발칙한 목소리에 매료된 한 명의 독자로서, 이 작품이 많은 이들에게 사라쟁을 만나볼 기회가 되었으면 하는 바람이다.

2024년 8월
이수진

편집 후기

작가 알베르틴 사라쟁에 대해서는 이 책의 소설이 끝나고 시작되는 「알베르틴 사라쟁 소개」를 권해드린다. 작가가 아직 우리에게 생소한 인물인 만큼 「복사뼈」라는 소설보다 작가를 아는 일이 더 중요해 보인다. (어쩌면 소설은 소설대로, 작가는 작가대로인 분들도 있겠다.) 그래서 이 「알베르틴 사라쟁 소개」에 신경을 썼다. 원래는 원서에 없는 구성인데 한국어판에 꼭 넣고자 했다. 통상 앞날개나 판권 면에 들어가는 약력만으로 갈음하기에는 알베르틴 사라쟁이라는 작가를 국내 독자에게 전달하기에 한계가 있었다.

그리고 이 후기를 읽는 분들께 (소설은 소설대로, 조연에 지나지 않는 「편집 후기」까지 읽는 진짜 멋진 분들께!) 「옮긴이의 말」도 적극 권해드린다. 사라쟁이 어떤 사람인지, 어떤 삶을 살았는지, 그녀가 오늘날 어떻게 기억되는 인물인지 이 글에 잘 나와 있다. 이 글이 소설의 날개가 되어줄 것이다. 여담으로 지금 후기를 쓰는 편집자는 자유를 찾아 일방적으로 투신하는 정신과 작가에 대한 오늘날의 평가가 무척이나 감동적으로 다가왔다.

이 책을 만들게 된 이야기를 할까? 아니면… 이 책을 만드는 동안, 사라쟁이 나에게 준 것들을 말해볼까? 많은 생각이 든다. 확실히 얘기할 수 있는 건 작가를 알게 되면 알게 될수록 이 작품 「복사뼈」를 거부할 힘이 없었다는 것이다. 다시 말해서, 「복사뼈」를 출판하지 않을 수 없었다는 것이다. 출판하지 않을 이유가 없었다. 출판해야 할 이유만 떠올랐다. 결국에는 미행이 해야 한다는 생각만 했다.

나는 이 책을 왠지 잘 만들고 싶었다. (맥주를 한 캔 따자!) 물론 미행의 모든 책을 잘 만들고자 하지만… 나는 이 책을 왠지 잘 만들고 싶었다. 어떤, 전과는 조금 다른 자세로, 무언가를 떠올리면서, 아니 무언가를 바라보면서 이 소설에 더없이 다가가고 싶었다. 그리고 이제 나는 확신할 수 있다. 행복은 이곳에 없다고.

사라쟁 사진을 많이 찾아봤던 기억이 난다. 작가 사진을 어떻게 활용하면 좋을지 작업 때마다 하는 일이지만, 이 책을 작업하는 동안은 무엇에 홀린 것처럼 사라쟁을 계속 보고만 있었다. 알베르틴 사라쟁이 37년생이니 살아 있었다면 24년인 지금 88세. 아주 노인일 테지만 살아 있어도 안 이상한 나이다. 「복사뼈」는 64년에 집필된 작품이니 지금 딱 60년 된 작품이고. 이 책을 잘 만들었는지 아닌지, 미행이 사라쟁을 소개하기로 한 결정이 잘한 건지 지나가는 여러분이 이 후기를 읽고 한 번씩 마음속으로 얘기해주면 좋겠다.

미행에서 만든 책들

1	소설	마르셀 프루스트	최미경	**쾌락과 나날**
2	시	조르주 바타유	권지현	**아르캉젤리크**
3	소설	유리 올레샤	김성일	**리옴빠**
4	시	월리스 스티븐스	정하연	**하모니엄**
5	소설	나카지마 아쓰시	박은정	**빛과 바람과 꿈**
6	시	요제프 어틸러	진경애	**너무 아프다**
7	시	플로르벨라 이스팡카	김지은	**누구의 것도 아닌 나**
8	소설	카트린 퀴세	권지현	**데이비드 호크니의 인생**
9	르포	스티그 다게르만	이유진	**독일의 가을**
10	동화	거트루드 스타인	신혜빈	**세상은 둥글다**
11	산문	미시마 유키오	강방화·손정임	**문장독본**
12	소설	마르셀 프루스트	최미경	**익명의 발신인**
13	시	E. E. 커밍스	송혜리	**내 심장이 항상 열려 있기를**
14	시	E. E. 커밍스	송혜리	**세상이 더 푸르러진다면**
15	산문	데라야마 슈지	손정임	**가출 예찬**
16	칼럼	에릭 사티	박윤신	**사티 에릭 사티**
17	산문	뤽 다르덴	조은미	**인간의 일에 대하여**
18	르포	존 스타인벡·로버트 카파	허승철	**러시아 저널**
19	소설	윌리엄 포크너	신혜빈	**나이츠 갬빗**
20	산문	미시마 유키오	손정임·강방화	**소설독본**
21	소설	조르주 로덴바흐	임민지	**죽음의 도시 브뤼주**
22	시	프랭크 오하라	송혜리	**점심 시집**
23	산문	브론테 자매	김자영·이수진	**벨기에 에세이**
24	소설	뱅자맹 콩스탕	이수진	**아돌프/세실**
25	산문	안드레이 플라토노프	윤영순	**전쟁 산문**
26	소설	안토니 포고렐스키 외	김경준	**난 지금 잠에서 깼다**
27	소설	모리 오가이	전양주	**청년**
28	소설	알베르틴 사라쟁	이수진	**복사뼈**

한국 문학

1	시	김성호	**로로**
2	시	유기환	**당신이 꽃 옆에 서기 전에는**

알베르틴 사라쟁(Albertine Sarrazin, 1937-1967)은 알제리 알제에서 출생하여 프랑스 몽펠리에서 사망했다. 태어나자마자 사회 복지 시설에 맡겨진 알베르틴은 두 살 때 아이가 없는 노부부에게 입양되었다. 알베르틴은 열 살 때 양부의 형제에게 강간을 당했다. 중학교에 입학하면서 우등상을 여러 번 받은 그녀는 중산층 가정에서 엄격한 교육을 받으며 자란다. 1952년 양부는 규율을 지키지 않는다며 고등학생이 된 알베르틴을 청소년 교정 시설인 '봉 파스퇴르'로 보낸다. 알베르틴은 그곳에서 한 여학생과 끈끈한 우정을 맺게 되고, 1953년 첫 번째 대입 시험이 있던 날, 그 친구와 함께 파리로 도망친다. 알베르틴은 파리에서 수많은 연애를 하고, 매춘을 하고 좀도둑질을 했다. 두 소녀는 무장한 채 상점을 습격하려다 체포되었고, 알베르틴은 7년 형을 선고받는다. 그때 그녀의 나이는 열일곱이었다.

1957년 4월 19일, 알베르틴은 탈옥을 하려고 교도소 담벼락 위에서 뛰어내리다가 복사뼈가 부러진다. 이 사건이 작가의 문학계 데뷔작인 『복사뼈』의 토대가 된다. 1965년, 『복사뼈』와 『도주』가 같은 출판사에서 동시 출간된다. 작품은 대성공을 거둔다. 『복사뼈』는 1966년 스페인어와 영어로 번역된다. 알베르틴 사라쟁은 또 다른 자전소설 『샛길』(1966)을 쓴다. 알베르틴이 남편 쥘리앵 사라쟁을 만난 것은 감옥에서 탈옥한 직후 길 위에서였고, 둘은 1959년에 결혼한다. 1964년, 두 사람은 세벤 지방의 작은 집에 정착한다. 1967년 7월, 알베르틴은 프랑스 몽펠리에의 한 병원에서 신장 수술을 받기 전 마취약 과다로 사망한다.

옮긴이 이수진은 성신여자대학교에서 불문학과 영문학을 전공하고 이화여자대학교 통번역대학원 한불번역과를 졸업했다. 옮긴 책으로 『REZA의 포토 저널리즘 강의』, 『내 몸, 과연 내가 그 주체일까?』, 『누가 나르시시스트일까?』, 『만화로 보는 결정적 세계사』, 『벨기에 에세이』, 『아돌프 / 세실』 등이 있다.

복사뼈 L'Astragale

알베르틴 사라쟁

이수진 옮김

초판 1쇄 발행 2024년 9월 10일

펴낸곳 미행   **출판등록** 제2020-000047호
전화 070-4045-7249   **메일** mihaenghouse@gmail.com
인쇄 제책 영신사

ISBN 979-11-92004-23-5   03860